KNAUR

Über den Autor:
Michael Hasenpusch wurde in einer kleinen schwäbischen Stadt geboren und wuchs in einer etwas größeren auf. Er studierte in Deutschland und den USA Soziologie und Geschichte, war Lokaljournalist, leitete Wirtschaftswoche online und arbeitete als Berater. 2008 zog er mit seiner Frau erst nach Ghana, dann nach Kenia und ließ dabei in Deutschland weit mehr zurück als nur seine Sammlung schottischer Whiskys. Seinen Alltag als »männliche First Lady« schildert er seit 2008 (zunächst nur für Freunde und Familie, seit 2009 auch für die Öffentlichkeit) auf der Website der Brigitte Woman, dann als eigenen Blog im www.firstladiesblog.de. Sein Debütroman »Damenprogramm. Nichts für schwache Männer« basiert auf seinen eigenen Erlebnissen.

Michael Hasenpusch

Damen-programm

Nichts für schwache Männer

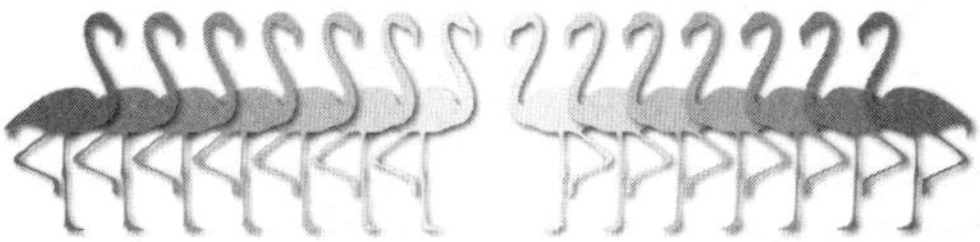

Roman

KNAUR

Das Zitat auf Seite 5 stammt aus:
Marcel Reich-Ranicki: Mein Leben.
Deutsche-Verlags-Anstalt DVA, München 1999

Besuchen Sie uns im Internet:
www.knaur.de

Wenn Ihnen dieser Roman gefallen hat und Sie auf der Suche sind nach ähnlichen Büchern, schreiben Sie uns unter Angabe des Titels »Damenprogramm« an: frauen@droemer-knaur.de

FSC
www.fsc.org
MIX
Papier aus verantwortungsvollen Quellen
FSC® C083411

Originalausgabe September 2014
Knaur Taschenbuch

Redaktion: Regine Weisbrod
Illustration: Shutterstock/newart-graphics
Covergestaltung: ZERO Werbeagentur, München
Coverabbildung: FinePic®, München
Satz: Adobe InDesign im Verlag
Druck und Bindung: CPI books GmbH, Leck
ISBN 978-3-426-51622-5

2 4 5 3 1

Übrigens hat uns eine Putzfrau schon
nach kurzer Zeit den Dienst verweigert.
Sie könne nicht in einem Haushalt tätig sein,
in dem die Frau täglich zur Arbeit gehe,
der Mann aber immer zu Hause sitze und Romane lese.

Marcel Reich-Ranicki, »Mein Leben«

Für E.

Ghana

1

Die Businessclass

Noch nie habe ich mich so lang ausstrecken können. Ich versuche, das letzte Quentchen Beinlänge aus den Kniegelenken herauszuholen, schiebe das Becken auf dem Sitz nach vorne, bis mein Hintern nur noch halb auf der Kante sitzt. Kippe die Füße vorwärts und taste mit den Zehen. Sie finden kein Hindernis. Die Businessclass – unendliche Weiten!

Auch, wenn ich nach links aus dem Fenster schaue. Der Himmel biegt sich um die Erde, die in alle Richtungen von einem sandfarbenen Teppichboden bedeckt zu sein scheint. Das Mittelmeer ist nur noch ein blauer Farbtupfer in der Erinnerung.

Aus dem Kopfhörer dringen Lärmfetzen eines Films. Wegen des Rauschens der Düsen höre ich fast nichts. Johanna liegt neben mir und schläft. Wir sind drei Stunden von Deutschland und noch drei Stunden von unserem Ziel entfernt. Genauso fühle ich mich. Irgendwo dazwischen. Wir fliegen dorthin, wo hartgesottene Touristen Abenteuerurlaub machen. Die kehren nach zwei Wochen zurück in ihre verregnete Gemütlichkeit und schwärmen von exotischen Menschen, Tieren, Landschaften. Wir werden unsere zweimal dreiundzwanzig Kilogramm zuzüglich Handgepäck auspacken und bleiben. Der Rest unserer Habe schwimmt uns hinterher in einem blauen Seefracht-Container, von dem die Farbe abblättert.

Es ruckelt, wir fliegen durch Turbulenzen. Habe ich die Gläser auch gut genug verpackt? Hätte ich vielleicht doch mein Fahrrad mitnehmen sollen? Musste ich wirklich meine Sammlung guter Whiskys zu Hause lassen? Unser Fuhrunternehmer hatte uns eindringlich gewarnt: »Denken Sie an die Einreisebestimmungen! Wenn der Zoll Alkohol im Container findet, gibt's Ärger!« Nach einem Blick in die Hausbar war der Fall klar: Wir brauchten Hilfe. Wir luden unsere Freunde auf einen Abschiedsumtrunk im Hof hinter unserem Haus ein. Es war schön, alle noch einmal zu sehen. Nur getrunken haben sie fast nichts. Vielleicht sind wir mittlerweile zu alt, zu vernünftig oder beides. Immer wenn ich fragte, ob es vielleicht doch noch ein Gläschen guten Obstlers sein dürfe, bekam ich als Antwort, man müsse noch fahren, trinke sowieso nur noch ganz selten oder nehme, wenn überhaupt, dann lieber ein Gläschen von diesem exzellenten Zacapa-Rum, falls wir den dahätten. Hatten wir aber nicht, und am Ende waren die Flaschen immer noch voll. Das meiste kippte ich kurz nach Mitternacht in den Gully. Danach glaubte ich, die Ratten eine beschwipste Polonaise durch die Frankfurter Kanalisation tanzen zu hören. Mit meiner Bodensee-Mirabelle. Die teuren Whiskyflaschen packte ich in einen grünen Plastikeimer und überreichte diesen zum Abschied feierlich meinem Vater.

»Wie weit ist es noch?« Johanna dreht sich auf dem Nebensitz um und sieht mich verschlafen an.

»Die Hälfte haben wir.«

»Aha«, sagt sie und schläft wieder ein.

Sie kann im Flugzeug schlafen. Ich nicht. Vor einigen Jahren habe ich mich einmal akribisch auf einen sehr langen Flug vorbereitet. Habe eine große, weiche Schlafbrille eingepackt, mir Schlaftabletten verschreiben lassen.

»Damit sind Sie acht Stunden weg, garantiert«, hatte der Arzt versprochen. Während des Fluges nahm ich eine Tablette und setzte die Brille auf. Drei Stunden lang saß ich mit offenen Augen hinter dem flauschigen Vorhang und schlief keine Sekunde. Ich starrte auf die Rückseite der Schlafbrille und langweilte mich fürchterlich. Seitdem lasse ich beides weg und genieße das Bord-Entertainment. Die Flugzeiten berechne ich nicht mehr in Stunden, sondern in Filmen. Ein Flug von Frankfurt nach New York ist lang genug für drei, einer von Frankfurt nach Johannesburg reicht für vier. Für alle drei »Herr der Ringe«-Filme in der Extended Version werde ich nach Tokio fliegen müssen.

Ich betrachte Johanna neben mir. Streiche ihr eine Strähne aus dem Gesicht. Vor vier Jahren haben wir uns kennengelernt, sind vor drei Jahren zusammengezogen. Heiraten? Mal sehen. Ich hatte mich auf ein geruhsames Restleben eingerichtet, zwischen Steuererklärungen, Einkaufen im Bioladen, Theater-Abonnement (und dann doch nicht hingehen) und zweimal Urlaub im Jahr. Spießig? Papperlapapp. Gegen ein bisschen Regelmäßigkeit im Leben ist doch nun wahrlich nichts einzuwenden. Und nun das: Elf Kilometer hoch fliegen wir in die falsche Richtung. Es geht nach Süden, nicht nach Norden, nicht nach Hause, sondern von dort weg. Das hatte ich nicht kommen sehen. In der Liebe warnen weder Beipackzettel noch Arzt oder Apotheker vor den Nebenwirkungen.

Johanna ist aufgewacht. Sie stupst meinen Arm. Ich nehme den Kopfhörer ab.

»Was machst du?«, fragt sie.

»Bisschen nachdenken«, sage ich und schaue auf den Bildschirm, auf dem der Film stumm weiterläuft.

»Das Übliche?«

»Hm.«

»Aussteigen geht nicht mehr.«

»Sehr witzig.«

Sie legt ihre Hand auf meine, kringelt sich auf dem Sitz zusammen, so gut es geht, und döst wieder weg.

Sie ist für Abenteuer immer zu haben gewesen. Wandern in Usbekistan, Mountainbiking in der Atacama-Wüste und Riverrafting in Kanada. Das ist alles schon ein paar Jahre her. Jetzt konzentriert sie sich auf ihre Karriere. Afrika, Ghana ist der nächste Schritt. Schön für sie. Und ich? Wandern gehe ich auch gerne, aber lieber in Südtirol. Mountainbiking, ja, aber warum denn nicht im Rheingau? Und Riverrafting? Mit zwanzig kreischenden Leuten auf einem besseren Luftballon über Stromschnellen rutschen? Vielen Dank auch.

Ich halte Händchen und beginne mit dem zweiten Film. Nach einer Weile ist mir langweilig. Da finde ich sogar mein eigenes Leben interessanter. Karrieremäßig ist Ghana für mich auch ein Riesenschritt. Wenn ich nur wüsste, wohin. Ich habe meinen Job aufgegeben und folge meiner Frau ins Ausland. Freunde und Kollegen wollten wissen, was ich da eigentlich machen will. Ich habe immer noch keine Ahnung, aber das kann ich mittlerweile auf viele verschiedene Arten sagen: Mal sehen. Schauen wir mal. Sieht man dann. Kommt noch. Das ergibt sich.

Johanna hat nie gesagt, ich könne ja auch zu Hause bleiben. Wäre das eine Option gewesen? Zweimal im Jahr die siebentausend Kilometer per Flugzeug fliegen und den Rest der Zeit mit Skype überbrücken? Ich bin schon gerne mal allein. Aber das Alleinsein ist doch viel einfacher, wenn man nur so tut, als ob. Komischerweise habe ich ihr nicht ein einziges Mal vorgeschlagen, sie könne ja auch daheimbleiben.

2

Das Mitbringsel

Accra, 32 Grad, 83 Prozent Luftfeuchtigkeit, die Frisur sitzt wie ein feuchter Wischmopp.

Nach der Landung in der ghanaischen Hauptstadt öffnen die Flugbegleiter die Türe zur Außensauna. Wo sind denn nur diese Obstschnitze, die sonst immer zum Aufguss gereicht werden? Wir steigen die Gangway hinab und gehen ein paar Schritte zum Terminal. Es ist ein gut abgehangenes Gebäude aus den siebziger Jahren. Am Eingang steht ein Schild mit der Aufschrift »Akwaaba«. »Das heißt ›Willkommen‹«, sagt Johanna, die Reiseführer immer sehr genau liest. Kräftige Klimaanlagen föhnen mir die verschwitzten Haare im Vorbeigehen zum Seitenscheitel.

Die Schlange vor der Passkontrolle zieht sich. Das gibt mir Zeit, mir über das kommende Gespräch mit dem Grenzbeamten hinter dem Einreiseschalter Gedanken zu machen. Freundlich sein, haben erfahrene Afrika-Reisende uns geraten. Zu Offiziellen sollen wir immer sehr, sehr freundlich sein. Es kann auch nicht schaden, hin und wieder ein »Sir« oder »Ma'am« hinzuzufügen. Und, ganz wichtig: Unter allen Umständen sollen wir den Strich auf dem Boden beachten, der die Wartenden in respektvollem Abstand zum Einreiseschalter hält.

Vor mir und dem Schalter sind noch drei, noch zwei, dann nur noch ein Mitreisender. Ich starre auf den gelben

Strich auf dem Boden, dem ich immer näher komme. Nach siebentausend Kilometern ist er die magische Grenze. Was liegt dahinter? Man wird sehen. Der Strich sieht aus, als wäre er kürzlich erst frisch nachgemalt worden. Ein seltsamer Kontrast zum Rest des Flughafens. Gedankenverloren kratze ich mit dem Schuh daran. Da geht die Farbe ab.

In diesem Moment ruft der Beamte: »Nächster!« Ich verkrampfe. Kaum hier, schon habe ich den Flughafen beschädigt. Ob das strafbar ist? »Nächster!«, wiederholt der Beamte etwas lauter. Die schwitzende Menge hinter mir murrt. Johanna gibt mir einen kleinen Schubs und sagt: »Na los doch.«

Den ersten Schritt in die neue Welt habe ich mir dramatisch ausgemalt: Violinisten fiedeln Speedmetal, Pauken durchbrechen die Schallmauer, ergriffen schnäuzt sich das Publikum, als ich die afrikanische Bühne betrete. Jetzt stolpere ich hektisch über den Strich vorwärts. Ich will schließlich nicht zu spät zu meiner eigenen Einreise kommen. Ich zerre am Handgepäck, das Handgepäck zerrt zurück. Weil mir meine schwere Umhängetasche die Luft abschneidet, erreiche ich den Tresen röchelnd. Mit gequältem Lächeln sage ich: »Guten Abend, Sir« und lege meinen Reisepass auf den Tresen.

Der Grenzbeamte nimmt ihn, blättert vor und zurück auf der Suche nach dem Visum, schaut mehrfach von mir zum Bild im Pass und wieder zurück.

Dann sieht er mich an und fragt: »Und was haben Sie mir mitgebracht?«

An dieser Stelle habe ich eigentlich die Frage erwartet, warum ich nach Ghana reise. Die korrekte Antwort wäre: »Ich werde hier leben.« Jetzt habe ich aber nur ein Visum für drei Monate, die Aufenthaltsgenehmigung für zwei Jahre bekommen wir später. Um Missverständnisse zu vermeiden, haben Johanna und ich deshalb vereinbart, bei der Einreise zu behaupten, wir seien Touristen. Hinter meinem festgeschraubten Lächeln habe ich diese Antwort schon vorbereitet. Jetzt würge ich sie herunter. Ich weiß nicht, was der Beamte mir sagen will. Was könnte ich ihm denn mitbringen, abgesehen von meinem Pass und dem Visum darin? Vielleicht einen Strauß Blumen, eine Schachtel Pralinen oder eine Flasche Obstler?

Als Sohn meines gutbürgerlichen Elternhauses weiß ich: Bei einer Einladung bringt man dem Gastgeber eine Kleinigkeit mit. Aber doch nicht einem Grenzbeamten. Und wieso nur ihm? Warum nicht gleich dem ganzen Land? Vielleicht wäre es möglich, nur mal so als Idee, über ganz Ghana per Flugzeug ausreichende Mengen Mitbringsel abzuwerfen. Zum Beispiel Haribo-Goldbären. Die kommen weltweit gut an.

Vor unserer Abreise haben wir sämtliche erhältlichen Reiseführer gelesen. Auch haben wir ein Training absolviert, das uns auf die neue Kultur vorbereiten sollte. Ich versuche mich an irgendetwas Nützliches zu erinnern. Mir fällt aber gerade nur die Geschichte mit dem kranken Kind ein.

Ich befinde mich irgendwo in Afrika in einem kleinen Dorf auf dem Land. Ein Kind wird krank. Es besteht Lebensgefahr. Warum ich dort bin, habe ich vergessen. Wichtig ist: Ich habe das einzige Auto weit und breit. Die Eltern des Kindes bitten mich um Hilfe. Natürlich helfe ich gerne, will schon losbrausen, aber so einfach ist das nicht. Zehn Kilometer links die Straße entlang wohnt der Zauberdoktor, zehn Kilometer nach rechts befindet sich das Krankenhaus. Die Eltern glauben an den Zauberdoktor, ich an die Schulmedizin. Fahre ich nach links und die Magie versagt, ist es zu spät, das Kind zum Krankenhaus zu bringen. Fahre ich nach rechts und das Kind stirbt im Krankenhaus, werden die Eltern mir die Schuld geben.

Was tun in diesem Fall? Die richtige Antwort weiß ich nicht mehr. Vielleicht gab es gar keine. Das war nur eine Übung, die mich für die andere Kultur sensibilisieren sollte. Gerade jetzt fühle ich mich extrem sensibilisiert. Eines weiß ich ganz genau: Es war nie die Rede davon, dass ich einem Grenzbeamten etwas »mitbringen« sollte.

Ich habe eine Idee: Vielleicht meint er den gelben Impfpass, den ich in der Tasche habe und der sich wie die Charts tödlicher Krankheiten liest: Hepatitis, Typhus, Tollwut, Gelbfieber, Polio und – als Neueinstieg dieser Woche auf Platz drei – Masern. Als der Arzt in der reisemedizinischen Praxis meinen Impfpass sehen wollte, hatte ich geantwortet, ich wüsste nicht einmal, ob ich einen habe. Immerhin konnte ich mich daran erinnern, als Grundschüler einmal einen bitter schmeckenden Zuckerwürfel von einem Teelöffel geschluckt zu haben. Auch die Narben von der Pockenimpfung an meinem Oberarm waren gut sichtbar. Das sei wirklich überaus hilfreich, lobte mich der Arzt, gab mir einen neuen Termin und den Auftrag, meinen Impfpass zu suchen.

Zu Hause durchkramte ich die gesammelten Ausweise und andere Dokumente meines Lebens, die in einer Schachtel ganz hinten in der Schreibtischschublade lagen. Mehrere Bibliotheksausweise. Mein Studentenausweis. Die Karte fürs Fitnessstudio, vor vier Jahren abgelaufen. Die Essenskarte für die Mensa, wahrscheinlich noch Guthaben für ein Stammessen darauf. Mein gelber Schülerausweis, ich mit langen Haaren und Kifferblick. Dabei habe ich gar nicht gekifft. Ich habe nur so ausgesehen. Mein erster Führerschein, der graue Lappen, der auch in trockenem Zustand immer einen klammen Eindruck hinterließ. Mein alter Reisepass, den ein freundlicher Herr vom Einwohnermeldeamt erst durchlöcherte, bevor er »Ungültig« darauf stempelte. Das Sparbuch, das mir mein Großvater schenkte, als ich zehn war. Er hatte fünfzig D-Mark eingezahlt. Einige Jahre später hob ich sie ab und kaufte mir zwei Schallplatten. Die Schallplatten habe ich noch. Opa nicht mehr.

Ein Impfpass war nicht dabei, sorry, Doc. Mit dieser schlechten Nachricht ging ich zum nächsten Termin.

»Prima«, sagte der Reisemediziner, »dann müssen wir ja ganz von vorne anfangen.« Ein Dutzend Impfungen und ein paar hundert Euro später besah sich Johanna meinen Arm und sagte nur: »Junkie.«

Ob der ghanaische Grenzer vielleicht meinen Impfpass sehen will? Ich hätte nichts dagegen, ich habe hart darum gekämpft. In Gedanken spiele ich den Dialog durch:

»Und was haben Sie mir mitgebracht?«

»Meinen Impfpass. Hier, bitte sehr.«

»Oh, vielen Dank! Das wäre wirklich nicht nötig gewesen.«

Nein, das klingt auch nicht richtig. Nächste Idee: Vielleicht will der Grenzbeamte, dass ich zollpflichtige Waren angebe. Aber ich habe keine. Außerdem sehe ich den Zollschalter etwas weiter hinten in der Ankunftshalle. Das kann es also auch nicht sein.

Hilfesuchend sehe ich mich um. Johanna steht ordnungsgemäß hinter dem Strich und hat nichts von alledem mitbekommen. Sie sieht nur, dass es nicht weitergeht. Auf ihrer Stirn, direkt über der Nase, bildet sich jetzt ein kleines Fältchen. In diesem frühen Stadium ist es für andere kaum zu sehen. Aber ich kenne es genau und weiß, dass dahinter ein Gedanke heranreift, gekrönt von einer kleinen, schwarzen Gewitterwolke. Rasch wird sie größer.

Normalerweise lege ich in solchen Fällen schnell meinen Daumen auf die Stelle und mache dazu ein zischendes Geräusch, etwa wie ein Dampfbügeleisen. Das soll das Fältchen glätten helfen und jeden Anflug von Zorn im Keim ersticken, eine Art vorbeugender Blitzableiter. Dafür steht Johanna aber zu weit weg. Zurück über den Strich will ich auch nicht. Sonst fällt noch jemandem der Kratzer in der Farbe auf. Beim Grenzbeamten bildet sich jetzt ein ganz ähnliches Fältchen oberhalb der Nase. Ob ich vielleicht schnell den Daumen …?

Mangels besserer Ideen antworte ich auf seine Frage: »Mitgebracht? Wieso? Äh? Ähem. Nichts?« Kleine Pause. Ich füge schnell ein »Sir« hinzu. Wer weiß, wozu es gut ist.

Da sagt er, ohne weitere Nachfragen: »Willkommen in Ghana« und gibt mir meinen Pass zurück.

Und was ist jetzt mit meinem Impfpass?

»Nächster!«

Bei Johanna geht alles viel schneller. Sie lächelt den Mann an, er lächelt zurück, blättert durch ihren Pass, beide wechseln ein paar Worte, dann ist sie durch.

»Was war denn los?«, fragt sie.

»Keine Ahnung, er wollte wissen, ob ich ihm etwas mitgebracht habe.«

»Ach, korrupt ist er auch noch? Na, das ist ja ein tolles Willkommen.«

»Meinst du wirklich, der wollte Geld?«

Johanna ist in ihrem Leben schon viel mehr und in viel abenteuerlichere Länder gereist als ich. Das Abenteuerlichste in dieser Hinsicht habe ich als Jugendlicher bei einem Besuch in Ostberlin erlebt, als zwei etwas beleibte Herren in verratzten Lederjacken mich in der Nähe der Museumsinsel darum baten, ihre Ost- in Westmark umzutauschen. Warum nicht?, dachte ich und freute mich über den ersten echten

Kontakt zur lokalen Bevölkerung. Dabei war der Schwarzumtausch von Devisen bei Strafe verboten. Außerdem hatte ich nun noch mehr Geld, für das ich nichts kaufen konnte. Ich feierte meine glückliche Rückkehr in den amerikanischen Sektor in der Jugendherberge am Wannsee bei einer lauwarmen Fanta und fühlte mich ganz schön abenteuerlich.

Auf den afrikanischen Kontinent habe ich vor dem heutigen Tag noch nie einen Fuß gesetzt. Korruption kenne ich nur aus Mafia-Filmen.

»Natürlich wollte der Geld. Was denn sonst?«, fragt Johanna.

»Aber er hat mich ja einreisen lassen. Auch ohne, dass ich ihm etwas gegeben habe.«

»Er hat es eben probiert. Aber du bist hart geblieben«, lobt sie mich.

»Absolut. Knallhart. Mit mir nicht«, bestätige ich.

Während wir weiter in Richtung Ausgang gehen, rekapituliere ich die Ereignisse. Ich wollte bei der Einreise ein bisschen tricksen und habe den Flughafen beschädigt. Dafür wollte ein korrupter Grenzbeamter Geld von mir. Er hat von mir nichts bekommen, ich durfte einreisen und musste den Flughafen nicht neu streichen. Ghana und ich, wir sind erst einmal quitt, finde ich.

Als wir den Flughafen betreten haben, war es noch hell. Jetzt, da wir ihn verlassen wollen, ist es dunkel. In den Tropen dämmert es schneller, als ein Grenzbeamter ein Visum abstempeln kann. Mit je zwei großen Rollkoffern im Schlepptau und schweren Umhängetaschen um den Hals treten wir aus der Tür auf einen spärlich beleuchteten Vorplatz. Zweihundert Männer stehen da im Halbkreis. Ihre dunklen Gesichter starren in unsere Richtung.

Ein Fahrer soll uns abholen. Wir wissen nicht, wie er aussieht. Er muss irgendwo unter den wartenden Männern sein. Die meisten von ihnen halten Pappschilder in den Händen. Wir starren uns an, die zweihundert und wir, und warten. Dann löst sich endlich ein nicht sehr großer, ziemlich Dünner aus der Menge und kommt auf uns zu. Er trägt ein Schild vor sich her, auf dem Johannas Nachname steht. Während er näher kommt, deutet er erst auf uns, dann auf das Schild und macht ein fragendes Gesicht. Wir antworten, indem wir erst auf das Schild, dann auf uns deuten und dazu nicken.

»Willkommen in Ghana«, sagt er. »Ich bin Kofi und bringe Sie zum Hotel.« Wir schütteln uns die Hände. Er greift sich zwei Gepäckstücke. Gemeinsam gehen wir Richtung Parkplatz.

Ich bin neugierig, will außerdem Konversation machen und frage, ob der Name Kofi denn irgendeine Bedeutung habe.

»Ja, mein Name bedeutet ›Freitag‹«, sagt Kofi.

»Wie kommt das denn?«, platze ich, interkulturell völlig unsensibel, heraus, weil ich sofort an Robinson Crusoe denken muss.

»Weil bei uns die Kinder nach den Wochentagen benannt werden, an denen sie geboren werden«, sagt Kofi.

Weitere Männer gesellen sich zu unserer kleinen Prozession und helfen tragen, schieben und rollen. Sie sind mit einem Mal wie selbstverständlich da. Niemand sagt etwas. Ich wundere mich, bin aber wegen des Versagens des interkulturellen Unterrichts verunsichert. Vielleicht macht man das ja so hierzulande. Ich schaue Kofi von der Seite an, versuche herauszufinden, ob er sich auch darüber wundert. Er scheint aber ganz unbesorgt und geht ruhig weiter. Also mache auch ich mir keine Sorgen und trabe mit.

Wir erreichen den Parkplatz. Das Auto steht einsam da. Es ist stockdunkel. Nun wird mir doch etwas mulmig.

»Kofi, sind das eigentlich Ihre Leute?«, frage ich leise und deute auf die Helfer, die schemenhaft im Licht ein- und ausparkender Autos zu erkennen sind.

»Nein, die kenne ich nicht«, antwortet er.

Wir belassen es dabei, nehmen den Männern die verbliebenen Taschen und Koffer aus der Hand und beladen mit Kofis Hilfe unser Auto. Die ungebetenen Helfer lassen wir einfach stehen.

Vom Flugplatz sind es nur ein paar Minuten zum Hotel. Vereinzelt beleuchten orangefarbene Lampen die Straße. Menschen rennen zwischen den Autos von der einen zur anderen Seite. Kleinbusse halten am Straßenrand. Autos quälen sich über hohe Bodenwellen. Wir halten an einer Ampel, die auf einer kleinen Verkehrsinsel steht. Eine Frau sitzt mit dem Rücken an den Pfahl gelehnt und hält zwei Kinder im Arm.

»Was macht sie da?«, frage ich Kofi.

»Sie übernachtet«, sagt er.

»Wieso denn hier?«

»Weil es hier im Licht der Straße sicherer ist als irgendwo im Dunkeln.«

3

Die Vorgeschichte

Ganz beiläufig, oder vielleicht auch nicht, sagt Johanna: »Übrigens, wir gehen ins Ausland.«

Johanna hat eine interessante Art, wichtige Dinge zu sagen. Sie macht dann einen ganz harmlosen Eindruck. Nichts deutet darauf hin, dass der kommende Satz besonders sein wird. Deshalb überhöre ich beinahe das alles entscheidende Wort am Schluss.

Bis dahin hörte sich der Satz an wie: »Übrigens, wir gehen ins Kino.« Eigenartig, denke ich, unter der Woche können wir uns dazu eigentlich nie aufraffen. Wir sitzen beim Abendessen. Mein Gehirn hat schon in den Feierabend-Modus geschaltet. Es rechnet nicht mehr mit dramatischen Neuigkeiten. Auch der Pumpernickel, auf dem ich herumkaue, lenkt mich ab.

»Was hast du noch mal gesagt?«, frage ich.

»Ich habe gesagt, dass wir ins Ausland gehen.«

Es ist ein Moment wie in dem Film »Matrix«. Pistolenkugeln und andere sehr schnell fliegende Dinge werden darin sehr langsam. Sie bleiben stehen und hängen in der Luft wie Kirschen am Baum. Man kann sie in die Hand nehmen, in aller Ruhe betrachten und dann gefahrlos fallen lassen. Ich nehme Johannas Satz in die Hand und betrachte ihn genauer. Ins Ausland gehen?

Das Ausland als solches ist mir eher fremd. Ich kenne es nicht besonders gut. Es ist normalerweise weit weg, und mein Gefühl sagt mir: Je weiter es weg ist, desto seltsamer ist es. Die Menschen sprechen anders, sehen anders aus und essen komische Dinge. Exakt in diesem Moment wird mir klar: Ich bin doch eher der häusliche Typ.

Wenn wir ins Ausland gehen, dann sind wir nicht mehr hier. Das ist vielleicht eine recht banale Erkenntnis, aber auch der zweite Matrix-Moment dieses Abends. Die Welt um mich herum sieht zwar gleich aus, hat sich aber doch verändert. Eben saßen wir noch wie immer am Tisch zusammen. Es stand außer Frage, dass wir auch noch morgen, übermorgen, überübermorgen und so weiter zusammensitzen würden. Einen Moment später ist diese gemütliche Version unseres Lebens angezählt wie ein auf dem Boden liegender Boxer im Ring.

Johannas Satz fliegt weiter auf mich zu. Die Zeit vergeht in gewohnter Geschwindigkeit. Ich kaue wieder Pumpernickel. Jetzt ist er noch viel trockener als vorher. Vom Feierabend-Modus kann keine Rede mehr sein. Mein Hirn fährt Vollgas im ersten Gang. Cool bleiben, sage ich mir. Jetzt nichts überstürzen. Nicht »Auf gar keinen Fall!« rufen, aber auch nicht vom Tisch aufspringen, zur Abstellkammer rennen und mit den Worten »Kambodscha oder Kolumbien?« die Koffer herauszerren.

Wir wohnen in einer großen Altbauwohnung. Auf der Plusseite steht: Stadtmitte in Laufweite, Balkon, wenn auch klein. Auf der Minusseite: Wir haben die Straßenbahn vor der Türe. Zwar schleicht sie auf Gummisocken über die Gleise, das hat eine Bürgerinitiative durchgesetzt, ideal ist es trotzdem nicht. Dennoch war diese Wohnung die beste, die wir nach langer Suche gefunden haben. Erst mussten wir einem Makler eine Menge Geld geben. Dann habe ich die chinesische Mauer mit Billy-Bücherregalen nachgebaut und ohne alpine Sicherung Halogenlampen an den vier Meter hohen Decken befestigt. Das soll nun alles vergebens gewesen sein? Nur weil Johanna sagt, dass wir ins Ausland gehen?

Niemals!, denke ich. Oder sagen wir mal: nicht einfach so. Ich fühle neue Ruhe und Kraft. Würge den Pumpernickel hinunter. Feile schweigend an einer Erwiderung. Smart muss sie sein. Zeigen, dass ich Interesse habe – doch, ja, schon –, aber nicht unter jeder Bedingung. Natürlich bin ich neugierig geworden. Außerdem habe ich in letzter Zeit tatsächlich hin und wieder gedacht: Das kann's doch jetzt nicht gewesen sein mit unserem Leben.

Was immer ich Johanna jetzt sage, eins sollte klar werden: Ich bin immer noch Herr meines eigenen Lebens und will erst einmal gefragt werden. Ich will weder als Bedenkenträger rüberkommen noch als unüberlegter Hallodri. Filmisch gesprochen brauche ich jetzt eine Mischung aus »Indiana Jones« und »Der Himmel über Berlin«.

Die zündende Idee für meine Erwiderung, gleich ist sie da … ich kann es fühlen … nur noch einen kleinen Moment.

»Ausland, wie meinst du das genau?«

»Pfffrt«, macht der pralle Luftballon, fliegt mir dreimal um den Kopf und dann als schrumpelige Wurst zum Fenster hinaus.

Jetzt ist Johanna wieder dran.

»Na, du weißt ja, in meinem Beruf gehört das mit dazu. Ich habe dir doch schon vor Weihnachten erzählt, dass ich mich nach etwas Passendem umschaue.«

Erzählt. Mir. Vor Weihnachten.

Ich beiße ins Brot und verschaffe mir ein paar Sekunden taktische Pause. Deute entschuldigend mit der Hand auf meinen kauenden Mund. Johanna nickt verständnisvoll. Natürlich hat sie recht. In ihrem Beruf gehört es dazu, mal für einige Zeit ins Ausland zu gehen. Sie hat vor einigen Monaten schon Andeutungen gemacht. Ich habe mir nicht viel dabei gedacht. Ich habe doch nicht ahnen können, dass sie das ernst meint.

Kürzlich haben wir uns den Sonntagnachmittag mit einem Spiel vertrieben, einer Art Beziehungstest. Spätestens da hätte ich merken müssen, was hier wirklich los ist. Jeder musste abwechselnd eine Karte von einem Stapel ziehen. Auf jeder Karte stand eine Frage, die wir wahrheitsgemäß beantworten sollten. Auf einer meiner Karten stand: »Wenn ich ein unschlagbares Angebot für eine Stelle im Ausland hätte – würdest du mit mir auswandern?«

Hat Johanna das Spiel vielleicht nur wegen dieser einen Karte gekauft? Zuzutrauen wäre es ihr. Jedenfalls dachte ich mir nichts dabei und tappte in die Falle. Ohne Zögern antwortete ich: »Na klar.« Auf dem Papier hörte sich das auch spannend an. Leider war mir entgangen, dass nicht gesagt wurde, um welches Ausland es konkret gehen sollte. Natürlich hatte ich an eine eher gefällige Gegend gedacht. Angenehmes Klima, Meer und Berge in der Nähe fürs Wandern und Skifahren, gutes Essen und guter Wein. Ich sah uns in Gedanken schon an der Côte d'Azur flanieren.

Jetzt weiß ich: Solche Spiele sind gefährlicher, als sie aussehen. Eigentlich gehören sie verboten. Sie kommen harmlos daher und dienen doch nur dem beziehungsinternen Geheimdienst. Der registriert alles, was getan und gesagt wird, und speichert es zur späteren Verwendung ab. Dummerweise habe ich die pauschale Frage nach dem Ausland ebenso pauschal beantwortet. Jetzt ist dieses unvorsichtige »Na klar« aktenkundig. Und plötzlich erinnere ich mich sehr deutlich daran, wie Johanna sich darüber gefreut hat.

Ein Zurück gibt es nicht mehr. Versteckspiele nützen bei Johanna nichts. »Schatz, da hatte ich wohl einen Blackout, ich kann mich an nichts erinnern« – das würde nicht funktionieren. Außerdem stehe ich zu dem, was ich gesagt habe. Werde es natürlich ein bisschen relativieren müssen. Aber nicht leise, sondern mit einem direkten, mannhaften Auftritt. Hemingway, Prophet aller wahren Männer, steige herab vom Barhocker, auf dem du die Ewigkeit bei eimerweise Whisky verbringst, und hilf mir!

Ich hole tief Luft und sage: »Du hast also etwas Passendes gefunden?«

Mauern, Schießscharten und Artillerie, so prächtig habe ich meinen Verteidigungsring geplant. Aber kaum öffne ich den Mund, verwandelt sich alles in ein großes, buntes Blumen-Bouquet. Darüber hängt ein Schild, auf dem in großen, einladenden Buchstaben steht: »Immer hereinspaziert!« Darunter, etwas kleiner: »Ein Mango-Smoothie zur Begrüßung gratis!«

Diese Einladung nimmt Johanna gerne an und sagt nur: »Ja.«

Wundervoll. Bloß kein Wort zu viel.

»Und wo soll's hingehen?«, setze ich nach.

Was rede ich da eigentlich? Das klingt ja, als wäre ich schon einverstanden. Andererseits bin ich ehrlich gespannt.

»Wir gehen nach Ghana.«

»Ghana?«

»Ghana.«

»Du meinst dieses Ghana in …« Ich krame in Gedanken im Geographiewissen der elften Klasse, reformierte Oberstufe, dann abgewählt. Eigentlich kann ich mich überhaupt nicht daran erinnern, dass jemals Afrika in der Schule behandelt wurde. Ich versuche mir die Landkarte bildlich vorzustellen, gelingt eher schlecht. Dreißig Jahre Tagesschauschauen haben sich nicht gelohnt. Dann sehe ich irgendwo links von der Mitte einen Fleck vor mir und sage deshalb:

»In Mittellinks-, äh, -afrika?«

»Man nennt es Westafrika.«

»Schön, Westafrika. Und wann?«

»Im August.«

»Du meinst August nächstes Jahr?«

»Nein, dieses.«

»Aber es ist doch schon April! Das sind ja nur noch vier Monate!«

»Genau.«

Ich schweige und betrachte intensiv meinen Pumpernickel. Vielleicht sollte ich noch einmal hineinbeißen. Wegen der Kaupause. Doch die ist gar nicht nötig. Johanna setzt gleich nach.

»Die Frage ist jetzt nur …«

Ich reiße mich vom Brot los und sehe ihr fest in die Augen.

»Die Frage ist jetzt nur, was du davon hältst.«

Na endlich, meine Ehre ist wiederhergestellt. Leider ist damit nicht viel gewonnen. Sagte ich jetzt, was ich gerade ehrlich denke, nämlich, dass ich davon eher wenig halte, würde Johanna freundlich wie ein Staatsanwalt fragen: »Warum?« Ich würde antworten, dass da ja wohl einiges dagegen spräche. »Was genau?«, würde sie fragen. Zögernd würde ich zugeben, das jetzt, in diesem Moment, nicht so genau zu wissen. Aber es sei nicht nur einiges, sondern sogar vieles, da wäre ich mir sicher. Johanna würde fragen: »Was denn zum Beispiel?« Mir würden Gründe einfallen wie Familie, Freunde, Beruf und das Leben an sich. Familie und echte Freunde vergingen nicht, würde sie sagen. Ich müsste ihr recht geben. Sie würde sagen, dass ich in letzter Zeit an meinem Beruf auch nur noch wenig Freude gezeigt hätte. Auch hier müsste ich leider zustimmen. Und das Leben an sich?

Ich sitze in einer sehr engen Sackgasse ohne Wendemöglichkeit. Wie beschreibe ich das Leben in Deutschland so, dass es überzeugend und so richtig großartig klingt? Die langen, warmen Sommer vielleicht? Oder die vielen gut gelaunten, lächelnden Menschen morgens in der U-Bahn? Ich erinnere mich an eine Liste mit fünfzig Gründen, warum es so schön ist, in Deutschland zu leben. Hätte ich die jetzt nur hier!

Habe ich aber nicht.

Ich muss mich auf meine Erinnerung verlassen.

Mir fällt nur ein, was auf Platz sechs dieser Liste stand: »Nirgends gibt es so viele Brotsorten und so knusprige Brötchen wie in Deutschland.«

Da hat sie recht, diese Liste. Was gibt es Schöneres, als krachend in ein knuspriges Brötchen zu beißen? Ist Platz sechs nicht viel zu niedrig dafür? Andererseits sagt Johanna immer, Brötchen seien aus Weißmehl, und Weißmehl sei ungesund, Pumpernickel sei viel besser. Im Ausland habe ich noch nie Pumpernickel gesehen, wohl aber Baguette, Ciabatta oder einfach nur einen goldbraunen Toast.

»Hallo?«, fragt Johanna.

»Ja, hallo, hier, beim Abendessen«, antworte ich.

»Ich dachte schon, du seist eingeschlafen.«

»Ich habe nur nachgedacht.«

»Worüber genau?«

»Über Brötchen.«

»Was hat denn das damit zu tun, dass wir ins Ausland gehen?« Stirnfalte.

»Mehr, als du denkst«, antworte ich möglichst geheimnisvoll.

Mein Ablenkungsmanöver nützt nichts. Johanna lässt sich nicht ablenken und stellt die alles entscheidende Frage erneut: »Schön, und was hältst du nun davon?«

4

Die Renovierung

Robert, einer von Johannas langjährigen Kollegen, der seit zwei Jahren mit seiner Frau Christine und Töchterchen Laura in Accra, der Hauptstadt Ghanas lebt, hatte im Vorbeifahren vor einem Haus das Schild »Zu vermieten« entdeckt und gleich an uns gedacht. Wir riefen noch von Deutschland aus die Nummer an. Ein Makler namens Rumford nahm ab. Ja, das Haus sei noch zu haben. Es liege gut und ruhig, in einer sicheren Gegend, sei etwas günstiger als viele andere Häuser, habe einen mittelgroßen Garten, keinen Swimmingpool, dafür wunderbar eingewachsene Bäume. Und müsste nur noch ein kleines bisschen renoviert werden.

Ein paar Tage nach unserer Ankunft sind wir mit Rumford verabredet.

»Es ist fast fertig, Anfang September können Sie einziehen«, sagte er, als ich von unserem Hotel aus den Besichtigungstermin mit ihm vereinbarte.

»Prima, das sind nur noch knapp drei Wochen«, stellte ich erfreut fest. Das ging schneller als gedacht. Wir hatten mit vier Wochen Wartezeit gerechnet.

Gleich darauf rief ich Christine an, bedankte mich für den guten Tipp mit dem Haus und berichtete ihr von unserem baldigen Einzug. Sie sagte, sie freue sich für uns, aber irgendwie klang die Freude nicht überzeugend. Ich solle sie aber auf dem Laufenden halten und könne sie außerdem immer anrufen, wenn ich einmal Tipps fürs Leben in Accra bräuchte.

Johanna, Rumford und ich treffen uns an diesem Morgen vor dem Tor zu unserem zukünftigen Grundstück. Unser Makler ist ein etwa dreißigjähriger Ghanaer, adrett angezogen, charmant, und benutzt drei Mobiltelefone parallel. Damit ist er immer erreichbar und spart außerdem Geld, denn Gespräche von einem Mobilfunknetz zum anderen sind teuer. Jedes hat eine andere afrikanische Melodie als Klingelton. Manchmal klingeln alle drei gleichzeitig. Rumford ist der erste Telefonjongleur, den ich kenne, der wie eine Afro-Jukebox klingt.

Die hohe Mauer, die das Grundstück umgibt, ist frisch gestrichen, die Stützen für den Elektrozaun, der uns mit Stromschlägen vor Einbrechern schützen soll, sind vorhanden, die Drähte fehlen aber noch. Vor der Mauer wurde Gras eingesät, Bäume und Büsche wurden eingepflanzt. Die Palmen-Setzlinge sind groß wie Gartenzwerge. Falls das keine Turbo-Palmen sind, wird das mit dem Palmenhain vor der Mauer noch etwas dauern. So etwa zehn Jahre.

Rumford öffnet das Tor. Wir folgen ihm hindurch und betreten ein Gemälde mit dem Titel »Frohgemute Handwerker unter Mangobäumen in güldener Tropensonne« (unbekannter niederländischer Maler, ca. 1643). Zwei Dutzend Maurer, Schreiner, Maler schwingen Hämmer, Äxte und Pinsel. Einer reißt in weitem Bogen die Spitzhacke hoch über den Kopf. Für Sekundenbruchteile erinnert er an ein sozialistisches Arbeiterdenkmal. Dann lässt er die Hacke in die rötliche afrikanische Erde niedersausen. Die Morgensonne taucht ihn und die anderen in warmes Licht. Sehr schön können wir das Spiel der Muskeln an seinem unbekleideten Oberkörper beobachten.

Ich berühre Johanna am Arm. »Siehst du das?«, frage ich flüsternd. Ich weiß nicht genau, warum ich flüstere.

»Ja«, flüstert sie zurück. Wahrscheinlich, weil ich geflüstert habe.

»Und?«, frage ich.

»Ich glaube, ich habe noch nie einen so phantastischen Männerkörper gesehen«, sagt sie, ohne die Augen abzuwenden.

»Ich meinte eigentlich die Mangobäume. Aber ich werde auf diesen Männerkörper zurückkommen, wenn ich hier mal einen phantastischen Frauenkörper sehen sollte.«

»Tu, was du nicht lassen kannst.«

Ich mache ein Bild von der Szene, poste es am Abend in Facebook und schreibe nur darunter: »Grüße aus Ghana!«

Eine Freundin kommentiert: »Hach, diese Deltamuskeln, der Latissimus und erst die Musculi rhomboidei. Die Rückenstrecker sind auch nicht schlecht. Hast du kein Bild von vorne? Der Pectoralis ist bestimmt super.« Klarer Fall von Orthopäden-Erotik. Sie ist alleinerziehende Ergotherapeutin.

Ich schreibe darunter: »Ich meinte eigentlich die Mangobäume.«

Wieder und wieder haut der Arbeiter die Hacke in den Boden. Ich werde bei der Hitze schon vom Zusehen ohnmächtig. Deshalb investiere ich keine weitere Energie in die Frage, was er da eigentlich hackt. Das Haus ist doch angeblich fast fertig. Weitere Handwerker liegen in verschiedenen Posen des Ruhens, Dösens oder Schlafens im Schatten der Bäume. Einer rührt in einem dampfenden Topf über einem Feuer und schaut neugierig zu uns herüber. Zwei lehnen an der Garage und unterhalten sich.

»Kommen Sie weiter, kommen Sie weiter«, sagt Rumford und drängelt, weil wir uns kaum von diesem Anblick losreißen können.

Er führt uns durchs Haus. Es ist ein zweistöckiger Flachdachbau mit einem warmen Holzboden, großen Wohn- und Schlafzimmern. Fenster und Türen fehlen. Die Bäder sind im Rohzustand. Die Küche ist leer. Die Wände sind teils noch aufgemeißelt, die elektrischen Leitungen fehlen. Das Terrassendach wird soeben mitsamt den Säulen, auf denen es lag, krachend heruntergerissen. Das Parkett ist an einigen Stellen aufgebrochen, die Holzstücke liegen auf einem großen Haufen. An anderen Stellen ist es mit einer dicken, sehr streng riechenden Wachsschicht bedeckt.

»Und, wie finden Sie es? Sieht es nicht toll aus? Das wird absolut sensationell!«, sprudelt Rumford los, als wir wieder im Wohnzimmer im Erdgeschoss angekommen sind. Seine Begeisterung reißt mich fast mit.

»Sehr schön, aber …«, sage ich und will noch hinzufügen, dass es meiner Meinung nach weit davon entfernt ist, fast fertig zu sein. Vom Hausbau verstehe ich etwa so viel wie vom Häkeln, dennoch bin ich mir sicher, dass dieses Haus noch sehr viele anstrengende Arbeitsstunden gut ausgeschlafener und sehr muskulöser Handwerker vor sich hat.

»Ja, schön, nicht wahr?« Rumford unterbricht mich, nimmt meine Hand und zerrt mich vorwärts. Er deutet nach oben: »Hier, diesen Ventilator habe ich extra noch für euch einbauen lassen. Euch Obrunis wird es doch immer so heiß hier.«

Mittlerweile weiß ich, dass »Obruni« so etwas wie »Weißer« bedeutet. Ich weiß auch, dass es keine Beleidigung sein soll, auch wenn es so klingt. Was würde ein Ghanaer in Deutschland sagen, dem ich zurufe: »Ich habe in Ihre Wohnung extra noch einen Radiator eingebaut, euch Schwarzen ist doch immer so kalt bei uns!«

In der Großstadt Accra ist man den Anblick von Weißen gewöhnt. Aber schon in den Außenbezirken rennen Kinder, die unseren Anblick offenbar erstaunlich finden, fröhlich winkend neben unserem Auto her und rufen: »Obruni, Obruni!«

Der Ventilator hat fünf Flügelblätter aus Holzimitat, die von einem vergoldeten Rand eingefasst sind. Im Zentrum des Propellers hängt eine Lampe in Form eines Blütenkelchs. In ihrem milchigen und mit Silbersprengseln verzierten Glas sind mythologische Figuren eingebrannt. Sind es indische Gottheiten? Vielleicht Griechen? Oder Wikinger? Afrikaner sind es nicht, da bin ich mir sicher. Im Inneren der Lampe steckt eine riesige Energiesparleuchte. Ihr grelles, blauweißes Licht würde sich in der Gerichtsmedizin sehr gut machen. Die beiden Schalter für Licht und Lüfter bestehen aus zwei versilberten Ketten, die von der Lampe herunterhängen. Jede der Ketten endet in einer Troddel, deren braune Fransen von einem türkisfarbenen Band mit eingearbeitetem Goldflitter zusammengehalten werden.

»Sagen Sie selbst, ist der nicht toll?«, fragt Rumford und zieht an einer Troddel. Der Ventilator dreht sich nicht, es fehlt wohl an Elektrizität. Dafür fängt er durch den Zug an der Troddel kräftig zu schaukeln an. Ein schwarz gepunkteter Gecko, der es sich im geflügelten Lampen-Monster gemütlich gemacht hat, rast kopfüber an der Decke im Zickzack davon.

»Ja schön, aber …«, stammle ich und will hinzufügen, dass der Ventilator meiner Ansicht nach bei dieser Hausrenovierung nicht zu den zehn dringendsten Problemen zu gehören scheint.

Da fällt mir Johanna auf. Nein, das stimmt nicht ganz. Mir fällt auf, dass sie mir nicht auffällt. Ich stelle fest, dass sie während der vergangenen fünfzehn Minuten eigenartig still gewesen ist. Sie ist auch sonst keine Plaudertasche, niemand, der ständig über etwas reden muss. Doch bei der

Führung durch unser zukünftiges Haus hätte ich schon ein gelegentliches Geräusch von ihr erwartet, eine Zustimmung, eine Frage oder wenigstens ein kleines Räuspern.

Nichts von alledem habe ich in den vergangenen Minuten gehört. Eigentlich hat sie nichts mehr gesagt, seitdem wir dem Spitzhackenmann bei der Arbeit zugesehen haben. Das ist kein gutes Zeichen. Ich kenne diese Stille. Ich muss gar nicht hinschauen, um zu wissen, dass die Falte über ihrer Nase sich weit jenseits jeder Beschwichtigung vertieft hat.

»Rumford«, sagt Johanna. Doch der lässt sich nicht beirren und plaudert einfach weiter. Johanna verstummt wieder und sieht ihn nur still an. Sie lässt seinen Redeschwall auflaufen wie eine fest gebaute Hafenmole die Flut und wartet, bis sich die See beruhigt. Irgendwann bemerkt auch Rumford, dass sich das Klima in diesem Raum geändert hat, und verstummt.

Johanna räuspert sich und sagt ganz ruhig: »Rumford, du hast uns dieses Haus für Anfang September versprochen. Jetzt ist es Mitte August. Das ist in zwei Wochen nicht zu schaffen.«

Das ist keine Frage, es ist eine Feststellung. Wenn Johanna etwas so ausspricht, dann steht es erst einmal da. Keiner kann es ignorieren, auch nicht Rumford.

Doch der lächelt nur und entgegnet: »Das sieht vielleicht so aus, aber Sie glauben ja gar nicht, wie gut die Arbeit vorangeht. Wir haben hier ein Team von Superhandwerkern, die schnell arbeiten.«

»Rumford«, sagt Johanna.

»Hier, dieser Ventilator, zum Beispiel, den haben die Jungs heute in Nullkommanichts montiert. Da war gestern ja noch gar nichts, und genauso schnell wird auch alles andere fertig werden.«

»Also, über den müssen wir noch mal …«, versuche ich einzuwerfen.

»Klar, wir müssen noch ein bisschen die Wände streichen, das Parkett abziehen und einwachsen, die Küche einrichten, das Garagentor reparieren …«

»Das Garagentor? Ich dachte, wenigstens das wäre …«, stöhnt Johanna.

»… die Leitungen verlegen, die Auffahrt betonieren und den Elektrozaun installieren. Das geht alles ruckzuck, Sie werden sehen. Und dann, ja dann wird dieses Haus ganz wunderbar sein.«

»Und was ist mit den Fenstern?«, fragt Johanna in der Hoffnung, Rumfords Selbstsicherheit wenigstens ein bisschen zu erschüttern.

»Ach ja, natürlich, die Fenster müssen noch eingesetzt werden, die Gitter davor eingemauert, ist aber alles gar kein Problem, habe ich schon hundertmal gemacht, glauben Sie mir, ich kenne mich aus.«

Ich weiß nicht, wie es Johanna geht, aber in meinem Kopf wird die Stimme, die mich beschwört, nichts davon zu glauben, immer leiser, bis sie hinter dem Summen in den Ohren verschwindet. Wir sind völlig erschlagen.

»Was meinst du?«, frage ich Johanna auf Deutsch.

»Ganz ehrlich? Ich habe keine Ahnung. Ich bin plötzlich so müde«, sagt sie.

»Sollen wir ihm einfach ein paar Tage Zeit geben und dann noch einmal schauen?«

»Vielleicht. Magst du dich darum kümmern? Ich muss ab morgen im Büro richtig ran. Aber du hast ja Zeit.«

5

Das Gespräch

Johannas Worte klingen mir immer noch im Ohr, als wir uns abends in unserem Hotelzimmer schlafen legen. »Du hast ja Zeit«, hat sie gesagt. Natürlich habe ich die. Aber musste sie das so deutlich sagen? Ich liege nachts lange wach. Überlege, ob ich nicht schlafen kann, weil ich grüble, oder ob ich grüble, weil ich nicht schlafen kann. Darüber schlafe ich irgendwann ein. Am nächsten Morgen sind wir beim Frühstück die einzigen Gäste in einem Frühstückraum groß wie eine Turnhalle. Johanna verabschiedet sich nach zum Dreieck gefalteten Pfannkuchen mit Anasstücken und fährt in ihr Büro.

Ich gehe allein aufs Zimmer zurück, schlürfe an einem Instantkaffee und überlege, was ich als Nächstes tun werde. Ich schalte den Fernseher ein und zappe zwischen ghanaischen Nachrichten, Sport, Gottesdiensten, nigerianischen Soaps und Musikvideos hin und her. Am Türgriff des Einbauschranks hängen die beiden Anzüge, die ich im Koffer mitgenommen habe. Ich habe sie eigentlich zum Glätten herausgehängt, aber sie sehen schon jetzt aus wie frisch gebügelt. Das muss an der Luftfeuchtigkeit liegen. In Deutschland habe ich zerknitterte Anzüge neben die Dusche gehängt und das heiße Wasser aufgedreht. Hier ist das nicht nötig. Einfach das Fenster aufreißen, das genügt. Ich lasse sie hängen. Wahrscheinlich will ich mir selbst mitteilen, dass ich nicht im Urlaub bin, auch wenn es vielleicht so aussieht.

Es ist neun Uhr. Normalerweise säße ich längst am Schreibtisch. Will heute einmal mit meinem Freund Christoph skypen und hören, was er so treibt. Wir haben früher einmal zusammengearbeitet. Wegen des Zeitunterschieds zwischen Deutschland und Ghana muss ich aber noch warten. Es sind zwar nur zwei Stunden, aber Christoph ist kein Freund der Morgendämmerung. Ich werfe einen Blick auf meinen Laptop, der Tag und Nacht eingeschaltet ist – das Symbol neben Christophs Namen ist immer noch grau.

Ich versuche, mir die Zeit mit Spiegel Online zu vertreiben. Habe ich gestern Nacht vor dem Einschlafen auch schon einmal komplett durchgelesen. Die Nachrichten sind immer noch dieselben wie gestern Nacht. Wer schläft hier eigentlich, die ganze Welt oder bloß die Redakteure?

Ich blättere noch einmal im Reiseführer Ghana. Früher einer der größten Umschlagplätze für Gold und Sklaven. Noch heute stehen europäische Festungen an der Küste. Später britische Kolonie. Unabhängig seit 1957. Erster Präsident Kwame Nkrumah. Ein paar Militärputsche, Demokratie seit 1992. Seitdem ist Ruhe. Amtssprache ist Englisch, die meisten Menschen verwenden zusätzlich ihre Stammessprachen. Ich rufe Christine an und frage, was sich in Accra zu besichtigen lohnt. Sie sagt, ich solle mit etwas Leichtem beginnen, zum Beispiel mit dem Kwame-Nkrumah-Gedächtnispark. »Nur eine Sehenswürdigkeit? Ich habe doch den ganzen Tag Zeit«, beschwere ich mich. Christine sagt, das genüge völlig für den Anfang.

Um elf Uhr ist Christoph endlich online. Das Symbol wird grün. Ich klicke, Skype macht sein Klingelgeräusch, dann nimmt er das Gespräch an.

»Thomas, alter Afrikaner, na, wie sieht's aus in Ghana?«, fragt er.

»So weit alles klar. Es ist heiß, die Leute sind nett, das Essen ist scharf. Wir wohnen im Hotel. Das Haus wird noch renoviert. Das läuft alles etwas chaotisch.«

»Und eure Sachen, sind die schon da?«

»Nein, aber der Container sollte bald ankommen. Das Schiff müsste gerade an der Elfenbeinküste vorbeizuckeln. Dauert ein paar Tage bis nach Ghana. Dann muss er nur noch durch den Zoll.«

»Das heißt, du bist noch nicht einsatzfähig?«

»Eigentlich schon. Du weißt ja, heute genügen Laptop und Internet. Außer man ist Metzger. Die Frage ist nur, einsatzfähig wofür eigentlich?«

»Stimmt, hatte ich ganz vergessen. Aber das macht ja nichts, jetzt bist du doch erst einmal mit dem Umzug beschäftigt.«

»Zumindest gedanklich.«

»Immerhin. Du weißt ja, was unser alter Chef, der Schmidt, immer gesagt hat: ›Planen, planen, planen, und immer für die anderen mitdenken.‹«

»Ach ja, Excel-Schmidt. Was macht der eigentlich jetzt?«

»Golfen. Hat sein Handicap schon um zehn verbessert.«

»Eigentlich ist das gar keine so schlechte Idee.«

»Was? Golfen?«

»Das auch. Nein, die Sache mit dem Plan. Die Bude ist noch nicht einmal halb fertig. Ein bisschen Planung kann nicht schaden.«

»Na dann, nichts wie ran an die Tastatur. Hat mich gefreut. Melde dich, wenn's was Neues gibt. Quatsch. Melde dich immer. Du weißt, bin Tag und Nacht online.«

»Außer in der Früh.«

»Ich sehe, du hast mich noch nicht ganz vergessen.«

Wir legen auf. Es ist zehn nach elf. Wir haben zehn Minuten telefoniert. Vor ein paar Wochen haben meine Arbeitstage noch zwölf Stunden und mehr gedauert. So gesehen sind noch elf Stunden und fünfzig Minuten übrig.

Wie sieht es hier eigentlich aus? Ich räume erst einmal auf. Hänge Hemden hierhin, Hosen dorthin, die Anzüge zurück in den Schrank. Ich schaue aus dem Fenster über den Hotelpool hinweg auf das brachliegende Nachbargrundstück. Das Haus ist abgebrannt. Auf dem Fundament hat sich jemand aus Pappe und Holzresten eine Hütte gebaut. Zwischen angekohlten Mauern ist eine Leine gespannt. Unterwäsche baumelt im Wind. Vom Bewohner selbst ist nichts zu sehen. Vielleicht sollte ich mich erst einmal in dieser Stadt umsehen.

6

Die Stadtbesichtigung

Ich kippe den kalten Instantkaffee ins Waschbecken, schließe Laptop und Wertsachen im Safe ein und rufe die Rezeption an, damit sie mir ein Taxi organisieren. Ich gehe nach unten und warte ein paar Minuten, dann fährt das Taxi vor. Es ist ein antiker japanischer Kleinwagen, orange-lila lackiert. Der Motor rasselt, es qualmt und stinkt, die Karosserie hängt nach hinten durch, die Windschutzscheibe hat einen langen Riss, die Antenne ist ein alter Kleiderbügel aus Draht. Das Fenster auf der Fahrerseite ist einen Spalt offen. Ich klopfe. Der Fahrer schiebt die Hand in den Spalt und drückt das Fenster herunter.

Ich frage auf Englisch, wie viel die Fahrt ins Stadtzentrum und zurück kosten soll.

Vierzig Ghanaische Cedi, also zwanzig Euro, sagt der Taxifahrer. Ein echter Obruni-Preis.

»Zahlen Sie nicht mehr als zehn Cedi!«, hat die Frau an der Rezeption mir vorher empfohlen.

»Das ist zu teuer«, sage ich zum Taxifahrer.

»Nein, ist es nicht.«

»Ist es doch. Außerdem fällt Ihr Taxi gleich auseinander.«

»Mein Taxi ist super in Schuss«, erklärt der Taxifahrer und klopft mit der Hand von außen auf die Fahrertüre, um die Stabilität des Wagens zu demonstrieren.

Es klappert laut unter dem Blech. Das überzeugt mich nicht.

»Machen Sie mir einen guten Preis. Es gibt noch andere Taxen.«

Mir ist unglaublich heiß, aber ich will mich nicht so schnell geschlagen geben. »Zehn«, sage ich.

»Dreißig.«

»Fünfzehn.«

»Also, gut, machen wir zwanzig Cedi. Aber nur, weil Sie Neukunde sind.«

Neukundenrabatt. Der Preis wird nicht einfach so gesenkt, sondern nur aus besonderen Gründen. Sonst wäre der niedrigere Preis der Normalpreis. Das darf natürlich nicht sein.

Es ist immer noch zu teuer, aber ich schlage ein. Für lange Diskussionen ist es viel zu heiß. Ich sehne mich jetzt schon nach dem Hotelpool, der beim Blick aus dem Fenster so einladend blau geleuchtet hat, und dabei sind wir noch nicht einmal losgefahren. Das Klima ist eindeutig auf der Seite des Taxifahrers.

Ich will einsteigen und ziehe am Türgriff der Beifahrertür. Sie lässt sich nicht öffnen.

»Moment«, sagt der Taxifahrer. Er steigt aus, geht ums Auto herum, greift den Griff mit beiden Händen und hebt die Türe an, die sich quietschend öffnet. »So, bitte einsteigen. Übrigens, jetzt, da wir Freunde sind: Mein Name ist Josua.«

»Und ich heiße Thomas.« Ich gebe meinem neuen Freund die Hand.

»Woher kommst du?«, fragt Josua.

»Aus Deutschland.«

»Aah, Bouundäsliga! Maikel Balak!« Er freut sich richtig.

»Genau daher.« Wüsste ich nur mehr über Fußball. Christoph ist der Fußballfan, nicht ich. Er kann sämtliche

Bundesliga-Ergebnisse der letzten zehn Jahre herunterbeten. Ich weiß noch nicht einmal genau, was Abseits ist. Ich hätte ihm doch hin und wieder genauer zuhören sollen, dann hätten Josua und ich gleich ein Gesprächsthema.

Josua, sein altes Taxi und ich fahren los.

»Wo soll's denn eigentlich hingehen, mein Freund?«

»Fahr mich zum Kwame-Nkrumah-Gedächtnispark.«

»Alles klar«, sagt er.

An einer großen Kreuzung geraten wir in einen Stau. Alle Fahrspuren sind voll bis zum Horizont. Josua ist ein Meister des Schleichdrängelns. In Zeitlupe schiebt er den Kotflügel seines Taxis in eine winzige Lücke zwischen zwei Autos. Die anderen müssten um das Hindernis herumkurven. Dafür ist kein Platz. Josua hat gewonnen.

Noch zehn Autos zwischen uns und der Ampel. Auf der anderen Seite der Kreuzung liegt eine leere, staubige Fläche vor einem kleinen Hügel. Darauf steht die Ruine eines begonnenen, aber nie fertiggestellten Gebäudes. Es hat weder Wände noch Dach, nur Säulen, die nichts tragen als sich selbst. Sie erinnern an Überreste eines antiken Tempels. Von diesem Hügel steigt ein Ochse herab, lange Hörner, schmutziges Fell. Jeder Huftritt erzeugt eine Staubwolke. Er erreicht den Rand der Kreuzung. Gerade, als ich mich frage, ob er eigentlich weiß, was Ampelphasen und Autos sind, geht er weiter.

Die Ampeln schalten um. Alle treten aufs Gas und treffen sich in der Mitte. Die einen, weil sie noch schnell über Hellrot wollten, die anderen, weil sie schon ungeduldig über die Haltelinie geschlichen waren. Wir stehen etwas weiter hinten und sind noch nicht dran. Ich beobachte den Ochsen. Schwankend geht er quer über die Kreuzung. Um ihn herum tobt der Verkehr. Autos überholen sich gegenseitig beim Abbiegen und werden dabei von Motorrädern überholt, die von anderen Motorrädern überholt werden. Alle hupen. Den Ochsen kümmert das nicht. Sein Kopf wackelt im Takt seiner Schritte, sein Schwanz mit der Quaste daran dirigiert ein unsichtbares Orchester. Unversehrt erreicht er die andere Seite. Er sucht zwischen den Autos vor uns eine Lücke. Im Vorbeigehen glotzt er mich an. Ich glotze zurück. Dann verschwindet er in den Büschen am Straßenrand.

An Josuas Rückspiegel hängt ein Lufterfrischer in Gestalt einer grünen Tanne. Palme, das müsste doch eine Palme sein, denke ich. Daneben baumelt ein Kreuz mit einem angeklebten Mini-Jesus. Auf dem Handschuhfach prangt das Porträt eines weißen Mannes mit Brille. Er lächelt.

»Wer ist das denn?«, frage ich.

Josua sieht mich von der Seite an. »Den kennst du nicht? Aber das ist doch ein sehr bedeutender Mann. Er ist sogar Deutscher. Das ist Bonnke.«

»Wer ist denn Bonnke?« Ich glaube fest an meine Allgemeinbildung. Ich stehe aber auch zu ihren Lücken. In einer der größeren finden sich alle Fußballer nach 1980. Die davor, Beckenbauer, Grabowski, Müller und Co., kenne ich. Das waren noch Zeiten. Ich war erst ein paar Jahre alt. Wir saßen in unserem neuen Haus vor dem Farbfernseher, der eigens für die Weltmeisterschaft angeschafft worden war. Deutschland gewann. Ich warf mein Fußballer-Sammelheft in die Luft und rannte vor die Türe. Bläuliches Flackern hinter Fensterscheiben. Gebrüll aus tausend Kehlen. Auf der Straße und den Balkonen kein Mensch zu sehen. Später begannen Fußballer Anzug und Krawatte zu tragen. Anzüge und Fußball, das passte einfach nicht, fand ich und hörte auf, mich dafür zu interessieren.

Sünden der Vergangenheit, die mich jetzt einholen. Der Mann auf dem Bild könnte Fußballer sein. Dem Alter nach vielleicht ein Teamkollege Franz Beckenbauers?

»Bonnke ist ein Priester. Er macht Blinde sehen, Lahme gehen und solche Sachen.«

Also kein Fußballer, sondern einer dieser Priester, die angeblich Wunder vollbringen. Das ghanaische Fernsehen ist voll davon. Ich habe den halben Vormittag mit Sendungen zugebracht, die »Healing Hurricane« oder »Miracle Explosion« heißen. Zuerst dachte ich, es ginge dabei um Disco-Bands aus den siebziger Jahren. Aber statt »Stayin' Alive« zu singen, verschießt ein Mann, der sich wahlweise Pastor, Bischof oder Prophet nennt, seine heilige Energie.

Höhepunkt heute Morgen: Eine alte Frau wird von Helfern im Rollstuhl auf die Bühne gefahren. Der Prediger berührt sie ganz leicht. Wie vom Blitz getroffen wird sie nach hinten gegen die Lehne ihres Rollstuhls geschleudert. Schlaff hängt sie da. Ist sie tot, bewusstlos? Alles hält den Atem an. Jetzt erwacht sie. Zögernd streckt sie erst den einen Fuß aus, dann den anderen. Langsam richtet sie sich auf. Sie kann es selbst nicht fassen. Sie rechnet jeden Augenblick damit, dass ihre Kraft wieder erlahmt. Der Pastor/Bischof/Prophet wendet sich der Menge zu und ruft: »Lobet den Herren!« Die Gläubigen jauchzen und werfen die Arme hoch. Manche zeigen mit der rechten Hand und dem ausgestreckten Zeigefinger nach oben und lassen die Köpfe hängen. Alle gemeinsam: »Amen!« Im Hintergrund braust die Orgel. Dann werden Telefon- und Kontonummern eingeblendet.

Schweigend fahren wir weiter. Ich wundere mich. Bisher dachte ich, Deutschland sei im Ausland vor allem bekannt für Bier, Brezel, Blasmusik und Bratwurst, für Fußball, schnelle Autos und die dazu passenden Autobahnen, außerdem für die Berliner Mauer und im ungünstigen Fall auch für Adolf Hitler. Dass wir Wunderheiler zu bieten haben, ist mir neu.

Vorbei am Fußballstadion und den bemannten Straßensperren, die den Weg zum Regierungssitz kontrollieren, erreichen wir den Gedächtnispark. Ich zahle Eintritt, Josua wartet mit dem Wagen unter einem Baum. In der Mitte des Platzes steht ein Mausoleum. Davor glänzt eine goldfarbene Statue des Altpräsidenten in der Sonne. Sie soll genau dort stehen, wo Kwame Nkrumah 1957 die Unabhängigkeit Ghanas erklärt hat. Er trägt einen gewickelten Umhang, wie es ghanaische Stammesführer heute noch tun. Die rechte Schulter ist nackt, der rechte Arm ist ausgestreckt, sein Zeigefinger deutet nach vorne. Ich gehe um das Mausoleum herum. Ein paar Meter dahinter steht noch eine Statue. Der Kopf liegt auf dem Boden, und der linke Arm fehlt. Übrig ist ein einarmiger Torso mit Beinen, dunkelbraun und verrostet.

An einem Baum lehnt ein Wächter im Schatten. Ich frage ihn, was es mit den beiden Statuen auf sich hat. In den sechziger Jahren, so erklärt er mir, hätten die Ghanaer ihren ersten Präsidenten mit der Statue geehrt. Ein paar Jahre später sei er vom Militär aus dem Amt gejagt worden. Praktischerweise sei er gerade außer Landes auf Dienstreise gewesen. Die jubelnde Menge habe damals die Statue umgeworfen und in Stücke gehauen. Teile seien verschwunden. Später sei den Ghanaern aufgefallen, dass ihr erster Präsident doch nicht so schlecht gewesen war. Man habe die alte Statue wieder aufstellen wollen. In den Zeitungen seien Aufrufe erschienen, ob jemand wüsste, wo die fehlenden Teile seien. Den Kopf hätte fast vierzig Jahre später ein Bürger bei der Polizei abgegeben. Und warum man den Kopf nicht wieder aufmontiert habe? Das wisse er auch nicht so genau. Aber vielleicht hatte man nicht so tun wollen, als hätte es den Putsch nie gegeben.

Im Gehen frage ich mich, wieso bei uns zu Hause eigentlich die Lenin-Statuen entfernt wurden, während Kaiser

Wilhelm II. den Tauben auch weiterhin als Nistplatz dienen darf.

Abends im Hotel berichtet Johanna von ihrem Tag. Wir essen Spaghetti bolognese aus der Hotelküche, die so scharf sind, dass wir die Soße einzeln von jeder Nudel schaben müssen. Sie erzählt von den neuen Kollegen, dem Stress, der sich schon jetzt gewaltig andeutet. Sie ist begeistert. Alles ist neu, bunt, aufregend. Sie hat Führungsverantwortung, will ihr Team neu organisieren. Ihre Sekretärin hat schon Termine für sie gemacht bei Größen aus Politik und Wirtschaft des Landes.

Dann fragt sie mich, was ich den Tag über getrieben habe. Ich bin nicht ganz so guter Laune. Nach dem Ausflug zum Gedächtnispark war ich von der Hitze völlig ermattet und ließ mich ins Hotel zurückfahren. Josua verabschiedete sich mit den Worten: »Du kannst mich jederzeit anrufen, mein Freund.« Ich antwortete: »Vielleicht, aber nur, wenn du dein Auto reparierst.« Er lachte herzlich und fuhr davon.

Einen Plan für unsere Hausrenovierung zu erstellen, daran war nicht zu denken. Den Nachmittag verbrachte ich am Pool des Hotels, bis meine Cola verdampft war, und dann im eisgekühlten Zimmer. Ich beobachtete, wie der Hüttenbewohner auf dem Grundstück gegenüber seine Wäsche abhängte. Hin und wieder checkte ich meine Mails. Es waren viel weniger als sonst. Mir war, als wäre mein Blutdruck direkt an den Posteingang gekoppelt.

Mit meiner Laune steht es deshalb seit dem Spätnachmittag nicht zum Besten. Insofern habe ich gerade keine Lust, viel zu erzählen, und sage nur: »Erst habe ich zugesehen, wie Minotaurus von der Akropolis gestiegen ist, dann habe ich die beiden Kwame Nkrumahs besucht, habe über Kaiser Wilhelm nachgedacht und finde, wir brauchen mehr Lenin-Statuen.«

7

Der Plan

Am nächsten Tag will ich mich mit Rumford zum Ortstermin auf der Baustelle verabreden. Bevor ich einen Plan erstellen kann, muss ich ja erst einmal wissen, was noch getan werden muss. Er geht nicht ans Telefon. Ich fahre zum Haus. Dort ist er auch nicht. Ein Handwerker streicht eine Wand. Etwas weiter rechts steht ein anderer und stemmt mit Hammer und Meißel dieselbe Wand auf.

»Guten Tag, was machen Sie da?«, frage ich den ersten Handwerker.

»Ich streiche die Wand.«

»Und was macht der da?« Ich deute auf den zweiten Handwerker.

»Der reißt die Wand auf.«

»Warum tut er das?«

»Für die elektrischen Leitungen.«

Ich schaue demonstrativ hin und wieder zurück und sage: »Das ist doch die Wand, die Sie gerade streichen.«

Der Handwerker schaut auch hin und wieder zurück: »Stimmt.«

»Das ist doch völliger Blödsinn!«

»Rumford hat es gesagt.«

»Wo ist Rumford?«

»Keine Ahnung.«

»Dann sofort aufhören!«

Der Handwerker lässt den Pinsel sinken. Ich gehe weiter. Er setzt sich auf den Boden und sieht mir nach. Auf dem Teil des Parkettbodens, der nicht herausgerissen ist, kniet ein anderer Handwerker und schmiert eine zähe Paste zentimeterdick aufs Holz.

»Guten Tag, was machen Sie da?«

»Ich wachse den Boden ein.«

Der Boden sieht aus wie nach einer Ölpest und stinkt auch so.

»Damit? Aber der Boden wird dann hinterher poliert?«

»Nee, das bleibt so.«

»Sagt wer?«

»Na, Rumford.«

In diesem Moment taucht er auf. Er ist ganz außer Atem. Jemand hat ihn wohl über meinen Besuch informiert. Offensichtlich passt es ihm überhaupt nicht, dass ich mich hier herumtreibe. Das sagt er natürlich nicht. Gemeinsam gehen wir durchs Haus. Ich mache Notizen. Er schaut misstrauisch auf meinen Schreibblock.

»Das wird ein Plan für Sie«, sage ich.

»Was denn für ein Plan?«

»Ein Plan, in dem steht, was hier alles zu tun ist.«

»Oh – super.«

Tags darauf ist meine Liste fertig. Ich habe alles sauber in eine Tabelle eingetragen: Aufgabe, Termin, Zuständigkeit, aktueller Stand, Priorität. Wir treffen uns auf der Baustelle, ich überreiche sie ihm feierlich. Ich fühle mich richtig gut dabei. Mit so einer Liste hat man doch alles viel besser im Griff.

»Na dann, viel Erfolg«, sage ich.

Am nächsten Tag hat Rumford die Liste verloren. Ich bringe ihm einen neuen Ausdruck mit. Auch den verliert er.

Die Frau an der Hotelrezeption muss das Dokument täglich ausdrucken und freut sich über das zusätzliche Geschäft. Ein paar Tage später bringe ich zwei Exemplare mit. Einen gebe ich Rumford persönlich, den anderen klebe ich mit Tesafilm innen an die Haustüre.

»Da können Sie immer abhaken, was schon erledigt ist.«

Er sagt nichts.

Am nächsten Morgen sind beide Pläne verschwunden.

Taxifahrer Josua betreibt einen gut gehenden Shuttleservice vom Hotel zum Haus und wieder zurück. Natürlich wieder zum Sonderpreis, diesmal ist es Mengenrabatt.

Die Arbeiten gehen trotzdem nicht voran. Ich frage Rumford, was das soll. Er erklärt mir wortreich und schlüssig, warum alles so lange dauere. Ich müsse mir überhaupt keine Sorgen machen. Alles werde gut werden. Ich würde sehen. Nach einer Weile fühle ich mich schon viel besser. Wir verabschieden uns. Ich fahre zurück ins Hotel.

Johanna ruft mich an und erkundigt sich, ob die Renovierung vorangeht.

»Es läuft«, sage ich.

»Wirklich?«

»Aber ja doch.«

Gut gelaunt wiederhole ich alles, was mir Rumford am Nachmittag gesagt hat.

»Hörst du dich eigentlich selbst reden?«, fragt Johanna.

»Eigentlich nicht. Warum?«

»Solltest du aber. Denn das ergibt alles überhaupt keinen Sinn.«

8

Die Gartenparty

Unser Hotel verfügt über zweihundert Zimmer und ist etwa so lebendig wie ein Pharaonensarg um Mitternacht. Abends schleichen wir durch leere Gänge ins Restaurant und später durch ebenso leere Gänge zurück auf unser Zimmer. Seit vier Wochen sind wir hier und sind die einzigen Gäste. Im Vorgarten stehen leicht bekleidete Griechinnen aus Stein und gießen den Inhalt ihrer leeren Amphoren ins Gras. Abgesehen von Johanna sind meine einzigen täglichen Kontakte Josua, der Taxifahrer, die Frau an der Hotelrezeption und der Bewohner der Ruine auf dem Grundstück gegenüber. Ein paar Tage nach unserem Einzug sah ich ihn wieder. Ich winkte vom Balkon, er winkte zurück. Jetzt grüßen wir uns jeden Morgen.

Gelegentlich telefoniere ich mit Christine, um mir weitere Besichtigungstipps abzuholen. Dabei erkundigt sie sich immer wieder nach unserem Haus. Ich erzähle ihr dann von Verzögerungen und Fehlplanungen und rede mich in Rage. Sie nimmt mein Jammern gleichmütig hin. Vor ein paar Tagen hat sie uns für heute zur Geburtstagsparty ihrer Tochter Laura in ihren Garten eingeladen. Nachmittags für Kinder, abends für Erwachsene. Ich weiß nicht, wie es Johanna geht, aber für mich ist das der Höhepunkt meines bisherigen Soziallebens.

Als uns Josua gegen zwanzig Uhr dorthinfährt, ist schon die ganze Straße entlang der Mauer zugeparkt. Ein Wächter steht auf der Straße und beleuchtet mit einer Taschenlampe den Weg zum Tor. Dahinter sitzen, essen, stehen, trinken und tanzen fünfzig Leute. Eine Band spielt afrikanische Tanzmusik, Rauchschwaden ziehen durch den Garten. Zwei Köche brutzeln einen großen Fisch, marinierte Hühnerschlegel und Gemüse auf dem Grill, der aus den beiden Hälften einer zersägten Öltonne besteht. Alles wäre gut, wenn es nicht so heiß wäre und ich nicht so schwitzen würde.

Schwitzen ist für mich Ghana wie Regen Deutschland. Für den deutschen Regen habe ich im Laufe der Zeit mindestens zehn Bezeichnungen kennengelernt: Landregen, Platzregen, Regenschauer, Nieselregen, Eisregen, Sprühregen, Dauerregen, Sturzregen, saurer Regen und Sommerregen. Das Schwitzen in Ghana verdient mindestens ebenso viele Differenzierungen. Da wäre zum Beispiel das »Schlafschwitzen«, das ohne jedes eigene Zutun und trotz voll aufgedrehter Klimaanlage stattfindet. Das »Nachschwitzen« beginnt direkt im Anschluss an die Dusche am Morgen, dicht gefolgt vom »Pflegeschwitzen«, das mich überkommt, wenn ich beim Zähneputzen die Bürste nur ein wenig zu schnell hin und her bewege. Sollte ich mir danach nur etwas rascher als in Superzeitlupe Hemd und Hose anziehen, geht es direkt ins »Ankleideschwitzen« über. Oft kommt dann das »Hektikschwitzen«, wenn ich den Schlüssel zu unserer Zimmertüre mal wieder nicht finden kann. In besonders schweren Fällen (Schüssel beim Ausziehen aus Hosentasche gefallen, dann aus Versehen mit Fuß unters Bett gekickt) artet es ins »große Hektikschwitzen« aus. Dann kann ich gleich wieder ins Bad zurückkehren.

Ist das alles so weit überstanden, begleitet mich den Tag über ein mildes »Achselschwitzen«, das aber nur dann milde bleibt, wenn ich schnelle Bewegungen vermeide, jeden sich bietenden Schatten nutze und so oft wie möglich eine längere Pause in einem stark klimatisierten Raum einlege.

Die schlimmste Art des Schwitzens aber ist das »Abendschwitzen«. Es ist besonders heimtückisch, weil ich mich regelmäßig vorher in Sicherheit wiege. Am späten Nachmittag lassen Hitze und Luftfeuchtigkeit nach. Die Sonne fällt langsam aus der Senkrechten. Selbst die Einheimischen scheinen erleichtert, schlendern wieder die Straßen entlang oder sitzen vor den Mauern ihrer Häuser. Auch die Dösenden unter den Bäumen und Büschen erwachen und setzen fort, was sie getan haben, bevor die Hitze sie übermannte.

Derart verheißungsvoll naht der Abend. Wenn es nachmittags abkühlt, müsste es abends noch kühler sein, denkt sich der schwitzende Obruni, weil er an die Sache mit Logik herangehen will. Vielleicht brauchen wir dann die Klimaanlage nicht. Vielleicht quetscht sich der Wind durch die engmaschigen Moskitonetze vor den Fenstern und sorgt im aufgeheizten Haus für Linderung. Vielleicht wird die Gartenparty, auf die wir heute Abend gehen, schön.

Nein, wird sie nicht.

Ganz im Gegenteil.

Es liegt nicht an den netten Menschen, die wir bei Robert und Christine im Garten treffen. Es liegt auch nicht an den erfrischenden, eiskalten Getränken, die dort serviert werden. Es liegt einzig und allein am »Abendschwitzen«.

Über uns wölbt sich der Sternenhimmel, umrahmt von den Silhouetten hoher Palmen. Die Blätter schwingen, schlagen patschend aneinander. Hier unten kommt von dieser Brise nichts an. Die feuchte Luft steht still und kondensiert in dicken Tropfen an den Gläsern, Flaschen und innen an meiner Kleidung.

Meine Tischnachbarn wollen mit mir Konversation machen, aber ich bin gerade indisponiert. Ich bin vollauf damit beschäftigt, das Abendschwitzen zu bekämpfen. Erst versuche ich es mit Autosuggestion und murmle vor mich hin: »Mir ist nicht heiß. Mir ist gar nicht heiß. Mir ist überhaupt nicht heiß. Mir ist sogar eher kühl.« Das funktioniert nicht. Ich kann die Schweißtropfen, die mir von der Stirn auf die Nase tropfen, nicht ignorieren. Ich schwinge mit dem Oberkörper leicht vor und zurück. Vielleicht kann ich so für einen Luftzug sorgen. Davor habe ich mehrfach zügig den Stehtisch umrundet. Wegen des Fahrtwinds. Ich tat dabei so, als suchte ich jemanden. Es sollte unauffällig wirken. Ich wollte bei unseren Gastgebern nicht den Eindruck erwecken, ich hätte vergessen, mein Ritalin einzunehmen.

Doch nur eines bringt Linderung: Wenn ich das bis zum Rand mit Eiswürfeln gefüllte Gin-Tonic-Glas an die Handgelenke halte. Mein Blut, das dort kochend vorbeifließt, kühlt dann kurzfristig auf gefühlte fünfundachtzig Grad ab.

Andere Gäste nehmen die Hitze lockerer. Neben mir steht der Manager eines deutschen Bauunternehmens. Kein Schweißfleck ziert sein Hemd, kein Schweißtropfen nässt seine Stirn. Um ihn herum herrscht wahrscheinlich ein anderes Mikroklima. So etwas soll es ja geben. Ich bin Opfer einer klimatischen Verschwörung. Meine Hitzewallungen haben nämlich nichts damit zu tun, dass er ein Poloshirt, eine leichte Leinenhose und Sandalen trägt, während ich ein dicht gewebtes langärmliges Hemd, eine schwere Hose, Socken und Halbschuhe trage. Im Reiseführer stand: Abends lange Ärmel und Hosen in hellen Farben, das mögen Moskitos nicht. Johanna steht neben mir und genießt ebenfalls den Abend. Sie trägt ein langes, ärmelloses Kleid, leichte Schuhe, keine Strümpfe.

»Was zappelst du eigentlich so, und wieso hast du so viel an?«, zischt sie mir zu.

»Lieber schwitzen als Malaria.«

»Lieber Malaria als schwitzen.«

Der Baumanager geht. Ich sehe ihm nach. Kein Schweißfleck am Rücken. Beeindruckend. Robert und Christine kommen an unseren Tisch.

»Schön, dass ihr kommen konntet«, sagt Robert. Er sieht mich prüfend an, sein Blick bleibt an meinen Augenbrauen hängen, in denen sich die Schweißtropfen stauen: »Ist dir warm?«

»Nein, wieso?«, sage ich und wische mir mit einer Serviette den Schweiß von der Stirn. »Wir sind froh, wenn wir einmal Freigang vom Hotel haben.«

Mein Blick fällt auf die Hüpfburg, die zwischen zwei Mangobäumen am anderen Ende des Gartens steht: »Wo ist Laura?«

»Die schläft. Ein Nachmittag auf der Hüpfburg macht sogar sie müde«, antwortet Christine, die etwas erschöpft wirkt.

»Das kann ich mir vorstellen«, sage ich und erleide schon bei der Vorstellung, einen Nachmittag lang in dieser Hitze hüpfen zu müssen, einen Schwächeanfall.

»Wohnt ihr immer noch im Hotel? Was ist denn mit dem Haus?«, fragt Robert und lenkt mich gekonnt von meinen Gedanken ab, die sich nur ums Schwitzen drehen.

»Das wird ein bisschen renoviert«, antworte ich dankbar.

»Immer noch?«

»Horrorshow, sage ich dir.«

»Wohnst du schon oder schreist du noch?«

»Träume nicht dein Leben, lebe deinen Alptraum.«

»Da haben sich zwei gefunden«, sagt Johanna.

Zwei neue Gäste gesellen sich an unseren Stehtisch. Robert stellt die beiden vor: »Das sind Brigitte und Andrew.

Brigitte arbeitet hier bei einem schweizerischen Unternehmen, ihr Mann Andrew ist Australier.«

Wir geben uns die Hand. Robert, Johanna und Brigitte unterhalten sich. Christine geht zu einem anderen Tisch.

»Und was machst du, außer Australier zu sein?«, frage ich Andrew.

»Nichts. Außer die Kinder hüten. Und selbst?«

»Nichts. Außer mich selbst hüten.«

»Willkommen im Club.«

»Ganz meinerseits.«

Andrew sieht sich um: »Wo gibt's denn hier etwas zu trinken?«

»Da hinten«, sagt Robert und deutet auf die Bar neben dem Buffet, »wir haben Wasser, Orangen- und Mangosaft – übrigens eigene Pressung –, Cola, Bier und Wein – weißen und roten.«

»Mit den Mangos wüsste ich was Besseres anzufangen«, sagt Andrew.

»Was denn?«, frage ich und denke an die großen Mangobäume in unserem Garten.

»Obstler machen.«

»Kannst du das denn?« Ich trauere immer noch um den Obstler, den ich in Deutschland in den Gully gekippt habe.

»Ich habe mir ein Buch übers Obstbrennen gekauft, von einer Doktor Helge mit einem seltsamen Nachnamen. Die Frau soll Ahnung haben.«

»Bist du sicher, dass das eine Frau ist?«

»Wieso?«

»Weil Helge ein Männervorname ist.«

»Und ich dachte, das ist wie Helga, nur ein bisschen anders.«

»Ein kleiner, aber feiner Unterschied.«

»Das Problem ist, das Buch ist auf Deutsch. Ich kann aber kein Deutsch.«

»Und was ist mir deiner Frau?«

»Der habe ich das noch gar nicht erzählt.«

»Aha. Also ich kann natürlich auch Deutsch.«

»Willst du mir vielleicht helfen?«

»Wenn ich ein Fläschchen abbekomme?«

»Ist doch klar.«

»Super.« Andrew und ich machen einen High-Five.

Johanna dreht sich zu mir um. »Was ist super?«

»Das ist unser kleines Geheimnis«, sage ich.

9

Der Sohn

Das Rumford-Syndrom wiederholt sich regelmäßig. Ich gebe ihm einen Plan. Er verliert ihn. Ich sage, es ginge nicht voran. Er erklärt, alles liefe super. Währenddessen befindet sich unser Haus in einer Art rasendem Stillstand. An einigen Stellen machen die Handwerker Fortschritte. An anderen Stellen machen sie alles wieder kaputt. Insgesamt gesehen ändert sich gar nichts. Rumford irrt sinnlos über die Baustelle. Die Handwerker tuscheln hinter seinem Rücken.

Dafür entwickelt sich das Projekt »Mango-Obstler« umso besser. Ein paar Tage nach der Gartenparty haben Andrew, der Australier, und ich uns zu einer ersten konspirativen Sitzung getroffen. Er brachte das Buch mit, dann lasen wir gemeinsam wie Revolutionäre in unserem geheimen Manifest. Er deutete auf ein Kapitel, das er wegen der Bebilderung für wichtig hielt, ich übersetzte es. Einige Sitzungen später haben wir herausgefunden, welche Zutaten und Gerätschaften wir benötigen: Brennkessel, Dampfrohr, Hefe, Gärspund und so weiter. Andrew beauftragte einen Freund, der ihn aus Deutschland besuchen will, damit, die Sachen in ein paar Monaten mitzubringen. Wir haben es nicht eilig. Die Mangosaison ist erst wieder im Mai.

Eines Tages fragt Andrew: »Hast du Johanna eigentlich erzählt, was wir hier machen?«

»Kein Wort. Und selbst?«

»Ich auch nicht. Brigitte würde mich für übergeschnappt halten.«

»Und was sagst du ihr wegen der Sachen aus Deutschland?«

»Autoersatzteile.«

Der Mann ist gut.

Wie jeden Abend seit einigen Wochen erstatte ich Johanna Bericht. Natürlich nur von der Baustelle, nicht vom Schnapsbrennen. Für sie ergibt das alles keinen Sinn. Ich zucke mit den Schultern. Auf ihre Frage, was ich sonst eigentlich den ganzen Tag lang treibe, antworte ich ausweichend. Als ich eines Abends erzähle, dass sich das Parkett im Haus jetzt schwarz gefärbt hat und aussieht wie Bitumen, spricht Johanna ein Machtwort. Sie ist jetzt mehr Führungskraft denn je. Ich selbst entwickle mich in eine ganz andere, viel sensiblere Richtung. Ich könne doch auch nichts dafür, dass unser Haus nicht fertig wird, rufe ich und scheppere dabei auffällig laut mit den Kaffeebechern, die ich im Waschbecken unseres Hotelzimmers ausspüle.

Johanna telefoniert mit der Eigentümerin des Hauses, einer älteren Ghanaerin, die in den USA lebt. Nach langer Diskussion entscheidet sie sich, ihren Sohn Benedict vorbeizuschicken, der in der Nähe wohnt. Er ist einen Kopf größer als Rumford, recht kräftig, auch um den Bauch herum, und sehr geschäftstüchtig. Noch während wir das erste Mal Hände schütteln, will er mir schon einen Stromgenerator zum Sonderpreis verkaufen, den er zufälligerweise auf Lager hat. Eins-a-Ware aus China. Ich lehne dankend ab. Rasch sieht er sich auf der Baustelle um. Dann geht er auf Rumford zu. Der fummelt nervös an seinen Telefonen.

Wie lange hier schon gearbeitet würde, will Benedict wissen.

Rumford sagt es ihm. Benedict schüttelt den Kopf.

Wie denn der Arbeitsplan aussähe, ist Benedicts nächste Frage.

Mein Reden, denke ich.

Rumford murmelt irgendetwas. Mit dieser Auskunft ist Benedict offenbar nicht zufrieden.

So weit alles genau wie bei mir.

Dann holt Benedict Luft und brüllt. Beschimpfungen. Beschuldigungen. Beleidigungen. Minutenlang. Ohne Unterbrechung.

Okay, das ist jetzt anders als bei mir.

Die Handwerker legen ihre Werkzeuge nieder und versammeln sich unter den Mangobäumen wie zur Andacht. Schweigend schauen sie uns zu. Rumfords Telefone klingeln. Er geht lieber nicht dran. Mittlerweile droht Benedict mit Maulschellen. Mit Prügeln. Mit der Polizei. Ich wünschte, mein interkultureller Trainer wäre hier. Respektvoll sein und immer darauf achten, dass der Gesprächspartner sein Gesicht nicht verliere, hatte der gesagt. Rumford kann sich ein neues Gesicht schnitzen lassen, wenn Benedict mit ihm fertig ist. Zehn Minuten später ist Benedict heiser und kann nicht mehr brüllen.

»Ich übernehme jetzt«, sagt er und verschwindet.

Ein paar Tage später rückt er mit zehn Mann an. Die bisherigen Handwerker haben nur Handwerker gemimt. Jetzt kommen Profis. Es ist wie ein Staatsstreich. Die Neuen besetzten sofort strategisch wichtige Positionen auf der Baustelle. Rumford wird entmachtet und fliegt samt seiner Laiendarstellertruppe vom Grundstück. Den hätte er nicht mehr hineinzulassen, weisen wir alle gemeinsam den Wächter am Tor an. Wir wollen gerade die nächsten Schritte planen, da hören wir auf der Straße hinter der Mauer erst lautes Diskutieren, dann Geschrei. Wir verstehen kein Wort. Benedict hört zu und erklärt: Rumford habe seine Leute seit Wochen nicht bezahlt. Wir hören, wie der Debattierclub vor dem Tor sich langsam entfernt. Das Geschrei verebbt, dann ist es still.

Benedicts Leute stellen das Haus innerhalb von drei Wochen fertig. Nur in einem übertreibt Benedict seinen Aktionismus. Er reißt das alte zweiflügelige Garagentor heraus und ersetzt es durch ein modernes Kipptor. Wahrscheinlich hatte er es gerade auf Lager. Als wir einziehen, stelle ich fest, dass unser zukünftiges Auto nicht mehr in die Garage passen wird.

10

Das Essen

Der Container mit unseren Sachen steht drei Monate nach unserer Ankunft endlich im Hafen. Nun muss er noch durch den Zoll. Wir ziehen trotzdem schon in unser Haus, auch ohne Möbel. Von unserem Geisterhotel haben wir genug. Wir wollen nicht mehr mit dem Gefühl durch lange, leere Gänge schleichen, zur falschen Zeit am falschen Ort zu sein. Die Steingriechinnen im Vorgarten und ich haben uns auch längst nichts mehr zu sagen. Lieber schlafen Johanna und ich auf einer geliehenen Matratze, sitzen auf Campingstühlen, trinken Instantkaffee aus geliehenen Tassen und rühren mit Kinderlöffeln H-Milch hinein.

Selbst kochen können wir noch nicht, wir haben keine Küchengeräte. Abends holen wir uns oft Essen vom Chinesen um die Ecke. Dazu wecke ich immer unseren Nachtwächter Nicholas. Er bewacht unser Haus von sechs Uhr abends bis sechs Uhr morgens und soll eigentlich stündlich an der Mauer entlang patrouillieren. Anders, als es seine Berufsbezeichnung erwarten ließe, schläft er aber durchgehend. Gähnend öffnet er mir das große Stahltor, und ich begebe mich mutig auf die Jagd. Auf den breiten, leeren Straßen unseres Wohngebiets begegnet mir hin und wieder ein japanisch aussehendes Paar. Die beiden gehen schnell, es sieht nach Fitnesstraining aus. Er hält einen kräftigen Stock in der rechten Hand. Vielleicht wegen Raubüberfällen oder Straßenhunden oder beidem. Ich habe keinen Stock. Gehe deshalb noch schneller. Im Chinarestaurant wähle ich aus dem Takeaway-Menü, setze mich zum Warten auf eines der Kunstledersofas und blättere gelangweilt in diversen Klatschmagazinen. Fürst Rainier von Monaco ist gestorben? War der denn nicht schon …? Ich komme aus dem Wundern nicht mehr hinaus. Dann bemerke ich, dass das Heft uralt ist.

Eines Abends bestelle ich ein Gericht mit Shrimps. Zu Hause reißen wir hungrig die Alufolie von der Plastikschale. Wie ein müder Bergsteiger auf dem Gipfel liegt eine einzelne Meeresfrucht auf dem Haufen aus Reis und Gemüse. Hoffnungsvoll graben wir den Haufen mit Plastikstäbchen um. Es bleibt beim Einzel-Shrimp. Sollen wir uns das gefallen lassen? Ich bin dafür, denn ich habe absolut keine Lust, noch einmal durch die schwüle Nachtluft zu marschieren. Johanna ist dagegen. Man dürfe hier keinesfalls niedrigere Erwartungen ansetzen als in Deutschland. Ich murmle leise, dass die Pizzeria bei uns in Frankfurt um die Ecke auch nicht gerade Sterne-Essen war. Zwecklos. Ich mache mich erneut auf den Weg.

Jetzt ist es dunkel. Ich habe keinen Stock bei mir. Aber dafür eine Garnele. Ob Straßenhunde Garnelen fressen? Oder wäre das nur eine appetitanregende Vorspeise?

Im Chinarestaurant entschuldigen sich die Kellner und rufen nach dem Chef. Schweigend betrachten wir das einsame Tier auf seinem Hügel aus Reis und Gemüse. Der Chef dreht die Schale hin und her. Dann schaut er mir sehr lange, sehr tief in die Augen. Ich kenne diese Masche von »Derrick«. Fast breche ich unter seinem glubschäugigen Blick zusammen und gestehe: »Ja, ich war's! Ich habe alle Shrimps weggemampft!« Aber der chinesisch-ghanaische Derrick ist eben nicht so gut wie das Original. Ich halte stand.

Nun bricht der Chef des Chinarestaurants zusammen und schämt sich. Er sagt, ich solle kurz warten. Wieder schwitze ich eine Weile auf dem Kunstleder vor mich hin und lasse mich von weiteren Neuigkeiten aus den Magazinen überraschen. Boris Becker und Sabrina Setlur? Ist ja nicht möglich! Dann schöpft der Chef vor meinen Augen einen riesigen Haufen Entschuldigungs-Shrimps auf unser Essen.

Unser Vertrauen in die Chinesen ist gestört. Für eine Weile schwören wir deshalb auf ein paar Imbissbuden am Fuß des Hügels, auf dem wir wohnen. Von morgens bis abends, an jedem Tag des Jahres, wird dort das einzig wahre ghanaische Nationalgericht serviert: Hühnchen mit Reis und Shito, einer Würzsoße aus Tomaten, Zwiebeln, Ingwer, Chili und Garnelenpulver. Schweinefleisch isst niemand, Rindfleisch gibt es kaum. Kühe hier sind so groß wie bei uns Hunde.

Wegen des Huhns beschimpfen die ghanaischen Zeitungen hin und wieder Europa. Dort essen die Menschen gerne Hühnerbrust. Da es noch nicht gelungen ist, Hühner zu züchten, die auf dem Bauch durch den Stall hopsen, bleiben die Keulen übrig. Hier in Ghana gibt es dafür dankbare Abnehmer, nur hat der westafrikanische Kleinbauer gegen die Effizienz unserer Massentierhaltung und die EU-Subventionen keine Chance. Mag das ghanaische Huhn auch noch so glücklich sein, es ist einfach zu teuer.

Bald können wir das Euro-Huhn nicht mehr sehen. Wir fahren hin und wieder zu einer Pizzeria in die Innenstadt, ein Tipp von Robert und Christine. Der kleine, dicke, schwarzhaarige Chef sorgt für echtes Italien-Flair. Er begrüßt uns mit »Signora« und verabschiedet uns mit »Mille grazie«. Davon abgesehen ist er Libanese.

11

Die Haushälterin

Wegen Shrimp-Betrug, Euro-Chicken und falschen Italienern freuen wir uns immer mehr auf unseren eigenen Haushalt. Was gibt es Schöneres als das eigene Bett, die vertraute Kaffeetasse, ein Sofa statt einer Reihe bunter Plastikstühle, den Kühlschrank und eine Haushaltshilfe! Gerade über Letzteres geraten wir jedoch in heftige Diskussionen und Glaubenskrisen. Eines Abends sind wir mit Robert und Christine zum Pizzaessen verabredet. Laura wird zu Hause von der Nanny gehütet. Christine will wissen, wie wir eigentlich unseren Haushalt organisieren wollen. Dabei schaut sie Johanna an. Obwohl noch nicht einmal richtig im Amt, fühle ich mich in meiner Hausmannsehre missachtet.

»Das ist so, wie wenn die Kellner die Rechnung immer dem Mann hinlegen«, will ich als guter Maskulinist sagen, lasse es dann aber. Stattdessen antworte ich, wir würden uns wahrscheinlich für ein paar Stunden pro Woche eine Haushaltshilfe organisieren. Christine lacht ein bisschen und sagt, immer noch an Johanna gerichtet, das könnten wir uns abschminken, jeder brauche hier eine Vollzeit-Haushaltshilfe, manche auch zwei. Johanna sagt gar nichts dazu. Ich gebe mich aus Überzeugung widerspenstig, vielleicht auch wegen einer leicht aufkeimenden Furcht. In Deutschland seien wir doch auch ohne ausgekommen, sage ich und intoniere spöttisch »Das bisschen Haushalt …«, diese Hausfrauen-Hymne, die Mütter in den siebziger Jahren bei der Hitparade im ZDF besonders laut mitsangen, um dann, nach ein paar ironischen Tanzschritten unter der Schürze, wieder in der Küche zu verschwinden.

Nun sieht Christine endlich mich an. Erst wirkt sie überrascht, als würde sie nun erst verstehen, dass ich derjenige mit der Schürze und den Tanzschritten sein werde. Dann lächelt sie mitleidig und sagt, ich würde schon sehen, wie das hier ist. Auch Robert bekräftigt, dass wir uns dringendst eine Vollzeit-Haushaltshilfe suchen sollten, und wirft dabei seiner Frau einen langen Blick zu. Am besten sei es, eine erfahrene Haushälterin von jemandem zu übernehmen, der gerade das Land verlässt. Christine sagt, sie wüsste von zweien, die zurzeit in Frage kämen.

Ein paar Tage später stellen sich beide Kandidatinnen morgens im Abstand von zwei Stunden in Johannas Büro vor.

Afia ist die Erste. Sie ist Mitte zwanzig, redet gerne, trägt eine lange Hose, eine blumenbedruckte Bluse und hält ein billiges Smartphone in der Hand. Sie ist nicht verheiratet, hat keine Kinder, hört gern internationale Popmusik, findet den Film »Titanic« furchtbar kitschig und hält Sean Connery für den einzig wahren James Bond. Bei ihrer bisherigen Familie hat sie zwei Jahre lang gearbeitet, hat geputzt, gekocht und gewaschen. Weil sie irgendwann mehr als eine Haushaltshilfe sein möchte, besucht sie abends Computerkurse. Ihr übriges Geld legt sie an der Börse an. Am Ende des Gesprächs fragen wir, ob sie noch eine Frage hat. Sie hat keine.

Priscilla heißt die zweite Kandidatin. Sie ist etwas älter, vielleicht fünfunddreißig, verheiratet, ein Kind. Ihr Mann arbeitet bei einer Bank, beide wohnen ganz in der Nähe. Sie hat drei Jahre lang für eine Familie aus dem Raum Stuttgart gearbeitet und davor einige Jahre für eine andere deutsche Familie. Priscilla ist ruhiger als Afia und hat keine Ahnung, wer James Bond ist. Vor Jahren hat sie eine Hotelfachschule absolviert, dort kochen gelernt und kennt sich auch gut in Hauswirtschaft aus. Das Gespräch mit ihr ist kürzer. Fragen beantwortet sie mit so wenigen Worten wie möglich. Priscilla sieht in sich mehr als nur eine Mischung aus Köchin, Putz- und Waschfrau: Sie will Hausmanagerin sein. Auch ihr bieten wir am Schluss an, Fragen zu stellen.

Sie zögert, dann fragt sie: »Haben Sie auch einen Shepaasleshwoap?«

»Ob wir was haben?«, frage ich.

Priscilla macht ein gleichmütiges Gesicht. Geduldig wiederholt sie: »Haben Sie auch einen Shepaasleshwoap?«

Wieder Unverständnis. Wovon redet diese Frau nur?

»Entschuldigung, aber wir verstehen es leider immer noch nicht. Was ist das? Was macht man damit?«

Ganz ruhig, als würde sie einem Zweijährigen beibringen, wie man auf den Topf geht, sagt sie: »Das ist ein kleines Küchengerät. Man macht damit Shepaasle.«

»Ich hab's: Spätzle!«, ruft Johanna. »Sie meint einen Spätzleschwob!«

»Genau«, sagt Priscilla.

Natürlich entscheiden wir uns für sie.

12

Der Putzplan

An einem Freitag drei Wochen später bringt ein altersschwacher Tieflader unseren Container. Er fährt durchs Blumenbeet, reißt die junge Bougainvillea von der Mauer, bricht einen Ast vom Mangobaum und mäht zwei völlig unschuldige Büsche nieder.

»Gut gemacht!«, sage ich zum Fahrer, der mich vom Führerhaus aus angrinst. Woher wir kämen? Deutschland.

»Aah, Bouundäsliga, Oliva Kaaan!«

Sechs kräftige Ghanaer in roten Overalls schleppen schwitzend einhundertachtundsiebzig durchnummerierte Kartons und Kisten ins Haus. Wir stehen an der Tür, haken die Sachen auf einer Liste ab und sagen nur »erster Stock«, »Schlafzimmer« oder »Küche«. Das ganze Wochenende lang packen wir aus, stellen auf, räumen ein, räumen wieder aus, stellen um, räumen wieder ein und schließen an. Am Sonntagabend fallen wir erschöpft aufs Sofa und schauen so lange »Monaco Franze« auf DVD, bis wir einschlafen. Als ich mitten in der Nacht aufwache, sehe ich einen schwarz gepunkteten Gecko vom Wohnzimmertisch huschen. Er hat das DVD-Booklet als Toilette benutzt, genau auf dem Episodentitel »Macht's nur so weiter«.

Am nächsten Morgen tritt Priscilla ihren Dienst bei uns an. Johanna wartet, um sie zu begrüßen. Dann bin ich mit ihr alleine. Erwartungsvoll sieht Priscilla mich an. Ich soll ihr sagen, was sie zu tun hat.

Genau das habe ich befürchtet.

Ich habe noch nie Hauspersonal gehabt. Unsere Frankfurter Putzfrau Roswitha zählt nicht. Sie kam einmal pro Woche einen Vormittag lang zu uns, und ihr Programm ergab sich von selbst.

Ich kenne auch niemanden mit Hauspersonal. Mir fehlen sämtliche Rollenvorbilder. Werde ich mich herrschaftlich benehmen, oder bin ich der Kumpeltyp? Bin ich eher ein »Sir« oder »Mr Hoffmann« oder einfach nur »Tom«? Will ich meinen Kaffee am Morgen auf dem Silbertablett mit der Zeitung daneben, in der Schale à la française oder im Becher mit der Aufschrift »I Love Accra«?

Und das sind noch die einfachen Fragen.

Wie gehe ich mit jemandem um, der den ganzen Tag um mich herum ist? Darf ich bleiben, wie ich bin? Oder muss ich ständig ein gutes Beispiel abgeben? Das soll natürlich nicht heißen, dass ich völlig verlottere, wenn ich allein zu Hause bin. Aber ein bisschen einfacher mache ich mir das Leben schon. Muss ich mich ab jetzt morgens ordentlich kämmen, auch wenn ich das Haus gar nicht verlassen will? Darf ich die bequeme Lotterhose tragen, oder ist das schon aus Gründen des guten Stils verboten? Ist es okay, am helllichten Nachmittag auf dem Sofa herumzuflätzen, während um mich herum jemand staubsaugt? Wird Priscilla glauben, ich hätte den bösen Blick, nur weil ich ab und zu mit mir selbst rede?

In einem waren wir drei, Johanna, Priscilla und ich, uns einig: Priscilla würde nicht bei uns wohnen. Jedes größere Haus in Ghana hat einen Anbau oder ein Nebengebäude, in dem die Angestellten wohnen. Darauf hatte Priscilla erkennbar keine Lust. Wir auch nicht. Käme ja überhaupt nicht in Frage, sagte Johanna, dass uns Tag und Nacht die Haushälterin auf der Pelle hockt.

Am Abend vor Priscillas Dienstantritt fragten Johanna und ich uns wieder einmal, was wir mit unserer Haushälterin, die lieber Hausmanagerin sein wollte, den ganzen Tag anfangen würden.

Würde sie Frühstück machen? Nein.

Mittagessen? Auch nicht.

Abendessen? Schon eher.

Ich stellte wieder einmal einen meiner geliebten tabellarischen Pläne zusammen, die schon bei Rumford, dem Makler, so gut funktioniert hatten. Aber die Putzplanung finde ich komplizierter als eine Renovierung. Was muss geputzt werden, in welcher Reihenfolge, mit welchem Putzmittel und wie oft? Wird Priscilla auf diese Fragen die Antwort wissen? Statt des interkulturellen Trainings hätte ich vielleicht ein paar Stunden Nachhilfe bei Roswitha nehmen sollen.

Auch stehe ich Putzplänen aufgrund traumatischer Erlebnisse in meiner persönlichen Vergangenheit selbst eher kritisch gegenüber. Ich kenne sie nur aus meiner Studentenzeit. Damals hingen sie so lange unbeachtet am Kühlschrank der Wohngemeinschaft, bis die Eltern eines WG-Bewohners ihren Besuch ankündigten. Dann brach Panik aus. Der Betroffene schwang den Schrubber wie eine Lanze, die anderen Mitbewohner mussten ganz dringend in die Unibibliothek. Dabei war der Kampf von vorneherein verloren. Eltern ließen sich von diesen Vertuschungsversuchen nicht eine Minute lang täuschen. Ich redete mir deshalb ein, es ginge mehr um die Geste. Seitdem war ich auch der Meinung, Sauberkeit sei eine Frage des persönlichen Geschmacks und dass es etwas wie objektive Sauberkeit eigentlich gar nicht geben könne. Johanna ist da gänzlich anderer Ansicht und brachte deshalb ihre Putzfrau Roswitha als Mitgift mit in unsere Beziehung, die das genauso sah. Wir hatten ein gutes, aber distanziertes Verhältnis. Wenn sie putzte, war ich nicht zu Hause.

Mit Priscilla wird das anders.

Sie wird immer hier sein.

Ich auch.

An diesem Morgen ist der Himmel strahlend blau. Es ist schon sehr heiß. Priscilla und ich stehen uns im Wohnzimmer gegenüber. Ihre Augen sind halb geschlossen, ich halte meine krampfhaft offen. Wer blinzelt, verliert. Es ist wie im Western. Sie steht mit dem Rücken zum Fenster. Ich stehe taktisch falsch. Das Licht blendet mich. Schweißtropfen laufen mir in die Augen. Sie brennen. Die Klimaanlage summt wie eine Mundharmonika. Staubflusen, die noch vom Umzug übrig sind, wehen von links nach rechts. Die Zeit vergeht immer langsamer und bleibt stehen. Ich wollte, Johanna wäre jetzt hier. *Do not forsake me, oh my darling.*

Priscilla wechselt das Standbein. Sie macht eine Bewegung mit der Hand.

Ich bin bereit.

»Ich gehe dann mal in die Küche«, sagt sie.

Die Zeit läuft wieder.

»Gut, ich zeige Ihnen, wo alles ist«, sage ich und gehe voraus.

Priscilla folgt mir.

Ich zeige auf den Boiler an der Wand. »Das ist der Heißwasserboiler.«

»Dankeschön, Sir.« Ihr Blick mit den halb geschlossenen Lidern ruht auf meinem Gesicht.

Ich zeige ihr den Schrank mit den Besen, Schrubbern und Putzmitteln.

»Dankeschön, Sir.«

Den Sicherungskasten und den Schlüssel zum Generator.

»Dankeschön, Sir.«

Den Unterschrank mit Töpfen, Pfannen und Backformen.

»Dankeschön, Sir.«

Das kleine Kabuff, wo die Lebensmittel und Gewürze aufbewahrt werden.

»Dankeschön, Sir.«

Schließlich den Kühlschrank. Ich erkläre ihr, dass wir Zucker und anderes darin aufbewahren, wegen des Ungeziefers.

»Dankeschön, Sir.«

Immer dieses »Dankeschön, Sir«. Die Frankfurter Roswitha hätte mich höchstens mit diesem gewissen Blick angeschaut, der sagte: »Verschwende nicht meine Zeit, Kleiner.«

Zum Abschluss überreiche ich Priscilla den Putzplan, den ich am Abend vorher geschrieben habe. Fenster einmal pro Woche. Parkettboden täglich nass aufwischen, einmal alle vier Wochen mit der Poliermaschine bearbeiten, Wachs auffrischen und so weiter. Alles ist fein säuberlich in einer Tabelle aufgeführt.

»Dankeschön – Sir.«

Das klang jetzt aber anders. Zwischen »Dankeschön« und dem »Sir« hat Priscilla eine kleine Pause gemacht, ihre Augenbrauen ein wenig hochgezogen und die Stirn in kleine Falten gelegt. Ich schaue noch einmal genau hin. Sie hat wieder ihren ganz normalen, neutralen Blick. Habe ich jetzt schon Haushälterinnen-Paranoia?

13

Die Klempner

Mit dem Frühstückstablett in den Händen steige ich die Treppe hinauf und gehe Richtung Schlafzimmer. Von oben ertönt ein Schrei. Ich renne die restlichen Stufen hoch und den Gang entlang, so schnell es mit zwei Tassen Milchkaffee und zwei Honigbroten auf dem Tablett geht. Was ist los? Schlange, Skorpion, Malaria-Anfall?

Kurz vor dem Schlafzimmer höre ich Johanna rufen: »Nein! Nein! Nein!« Die Stimme kommt aus dem Badezimmer.

Ich stecke den Kopf durch die Türe: »Was ist los?«

»Es kommt kein Wasser mehr. Das ist los!«, jammert Johanna, die shampooniert und eingeseift in der Dusche steht.

In unserem Haus gab es bisher genug Wasser. Das ist nicht überall in Accra so. In den trockenen Monaten wird rationiert. Die Termine stehen sogar in der Zeitung. Von sechs Uhr morgen bis sechs Uhr abends gibt es im Stadtteil Cantonments kein Wasser, dann zwölf Stunden lang keines in East Legon. Robert und Christine haben ihren Wassertanker im Abo. Auch vor unserem Haus habe ich in den vergangenen Wochen immer öfter einen Tanklaster vorbeifahren sehen, auf dessen Seite in großen Buchstaben »Almighty God Fresh Water« geschrieben stand, darunter eine Telefonnummer.

Priscilla sagt, wir verdanken den anhaltenden Druck in unserer Leitung einem Politiker, der in unserer Nähe wohnt. Der Chef der Wasserwerke sei ein guter Kumpel von ihm. Fällt das Wasser aus, sagt der Politiker dem Chef Bescheid und der wiederum seinen Ingenieuren. Die leben nach der Devise »lieber Druck in der Leitung als von oben« und schenken unserem Wohngebiet besondere Aufmerksamkeit. Manchmal ist allerdings so wenig Wasser da, dass auch die Kumpel-Wirtschaft nichts nützt. Dann steht selbst der Politiker eingeseift in der Dusche und ruft dreimal »Nein!«. Als aufrechte Demokraten finden wir das natürlich gut, auch wenn das Shampoo in den Haaren etwas stört.

Johanna kippt sich eine Flasche Trinkwasser über den Kopf. Ich gehe im Haus von Wasserhahn zu Wasserhahn. Im ersten Stock kommt gar nichts, im Erdgeschoss ein bisschen. Ich fülle einen Eimer und helfe Johanna mit ihren Haaren. Deutlich besserer Laune verlässt sie eine halbe Stunde später das Haus. Mir bleiben zwei Tassen Kaffee, der kalt geworden ist. Ich weiß schon, womit ich mir heute den Tag vertreiben werde.

Jedes Haus hat extra Tanks, die wie riesige, schwarze Plastikdosen Gärten, Hinterhöfe und Dächer verschönern. Eine elektrische Pumpe sorgt für den Druck in den Leitungen. Öffnet jemand einen Wasserhahn, wacht die Pumpe jaulend auf und legt sich nach Gebrauch fiepend schlafen. Wenn Priscilla um kurz nach acht das Geschirr abwäscht, ist daher an Weiterschlafen nicht zu denken. Wasser ins Becken. Langes Jaulen. Dann ein Fiepen. Wasser zu heiß? Kein Problem, kaltes dazu. Jaul. Fiep. Die Mischung stimmt immer noch nicht? Jaul. Fiep. Jaul. Fiep. Das macht sie bestimmt absichtlich, denke ich jeden Morgen und wälze mich aus dem Bett. Jaul, jaul, fiep, fiep.

Super-Rumford hatte uns beim Einzug auch einen dieser Tanks aufs Dach gesetzt. Der fasst zweitausend Liter, sagte er und schaute mich erwartungsvoll an. Bis dahin war für mich Wasser einfach aus der Leitung gekommen. Wie viel verbraucht ein Zweipersonenhaushalt? Keine Ahnung. Ich war nicht beeindruckt.

»Wie lange reicht das denn?«, fragte ich.

»Aber hallo«, antwortete Rumford, »damit kommen Sie wochenlang aus.«

Ich deutete aufs Nachbarhaus. Hinter der Mauer waren Wassertanks zu sehen. Es waren drei Stück, und jeder einzelne war mindestens dreimal so groß wie unserer.

»Die da drüben haben aber viel mehr Tanks, und größer sind sie auch.«

»Da wohnt eine große Familie. Die brauchen viel mehr Wasser als Sie«, antwortete Rumford.

Ein paar Tage später stellten wir uns bei den Nachbarn vor. Ein älterer Mann kam ans Tor. Wir plauderten ein wenig. Ich fragte, wie es der Familie ginge. Das war etwas peinlich. Der Mann ist alleinstehend.

Vorgestern erwähnte Priscilla beiläufig, es käme kein frisches Wasser nach. Was soll's, dachte ich, wir haben ja Wasser aus der Dose.

Zwei Tage später ist der Tank leer. Es hat sich erst einmal ausgejault und -gefiept. Mit den letzten Tropfen habe ich Johannas Kopf gespült. Jetzt leide ich selbst unter einer akuten Kombination aus Schlaf-, Pflege-, Ankleide- und Hektikschwitzen. Aber Duschen geht nicht mehr. Und was ist mit Priscillas Putzplan? Heute wären die Böden dran. Bei meiner präzisen Planung habe ich solche Ausfälle nicht einkalkuliert. Würden wir das Bodenputzen nun auslassen und zum nächsten turnusmäßigen Termin erledigen? Oder würde ich den gesamten Plan nach hinten verschieben?

Dann müsste ich aber ständig neue Pläne ausdrucken. Oder vielleicht könnte man das über eine App lösen, die sich übers Internet aktualisiert? Mal überlegen: Ich könnte einen Sensor im Wassertank über WLAN ins Hausnetz integrieren und so per Fernabfrage den Wassertand kontrollieren. Das wäre gut, wenn ich mal wieder irgendwo in Accra beim Kaffeetrinken bin. Unterschreitet das Wasser einen bestimmten Stand, passieren drei Dinge gleichzeitig: Ich erhalte einen Mail-Alarm, Priscilla wird der Notfallputzplan für Wasserknappheit auf ihr Smartphone geschickt (Gedankennotiz: Problem – Priscilla hat kein Smartphone), und Gottes Allmächtiger Wassertanker wird automatisch einbestellt. Wasserprobleme? Welche Wasserprobleme?

Priscilla klappert mit dem leeren Putzeimer und reißt mich aus meinen Träumen. Richtig: Wir brauchen erst einmal neues Wasser, einen größeren schwarzen Tank und einen Klempner.

Ich frage Christine, ob sie einen guten Klempner kennt.

»Ach, bei euch jetzt auch«, stellt sie fest, und wenn ich ihre Stimme richtig interpretiere, hält sich ihr Mitgefühl in Grenzen. Isaac soll sehr zuverlässig sein. Ich rufe ihn an. Wir bräuchten einen Wassertank. Kein Problem, den könne er uns besorgen. Ein paar Stunden später kommt er vorbei. Ich gebe ihm umgerechnet dreihundert Euro für den Einkauf und will ihn begleiten.

»Lieber nicht«, sagt er. Wenn die Händler mich sähen, würden sie gleich Obruni-Preise verlangen. Gute Erklärung, finde ich.

Am späten Nachmittag fährt ein kleiner Lastwagen vor. Auf der Ladefläche liegt der neue Tank aus schwarzem Plastik. »Sechstausend Liter«, sagt die Beschriftung auf der Seite. Isaac und der Fahrer lassen ihn in den Garten plumpsen, er rollt gegen einen Mangobaum. Es donnert hohl beim Aufprall. Priscilla kommt aus der Küche und schaut zu.

»Super! Und wie geht es jetzt weiter?«, frage ich Isaac.

»Ich komme morgen wieder und installiere den Tank.«

Das geht ja ruckzuck. Ich freue mich richtig über unser Problem, das ich mit ein paar Anrufen schon gemeistert habe. Mehr davon.

»Sagen wir acht Uhr?«

»Acht Uhr ist gut«, antwortet Isaac und geht.

»Sehen Sie, und morgen haben wir frisches Wasser, dann können wir wieder richtig putzen«, sage ich zu Priscilla.

»Dankeschön – Sir«, sagt sie, die kleine Pause vor dem »Sir« entgeht mir nicht.

Am nächsten Morgen herrscht in den Leitungen immer noch Ebbe. Ich habe bei einem anderen Nachbarn abends noch ein paar Eimer voll geschnorrt und sie auf Vorrat in die Badewanne geschüttet.

»Zu kalt!«, wimmert Johanna, als ich sie morgens mit einem Eimer davon abdusche.

»Sei zufrieden mit dem, was wir haben«, belehre ich sie und rufe zur Demut auf. Dann kippe ich noch einmal nach.

»Und jetzt du«, sagt sie.

»Ach, weißt du, jeden Tag duschen soll ja gar nicht gut für die Haut sein.«

»Memme.«

Bei Kaffee und Zeitung warte ich auf den Klempner. Es wird acht Uhr. Acht Uhr dreißig. Dann neun Uhr. Ein afrikanisches Sprichwort sagt: »Ihr habt die Uhr, wir haben die Zeit.« Deshalb mache ich mir erst einmal nichts aus der Verspätung. Nach einer Weile höre ich ein Geräusch. Es klingt wie Trommeln. Ich lege meine linke Hand auf die Finger der rechten. Das Trommeln hört auf.

Ich erhebe mich.

Setze mich wieder.

Erhebe mich wieder.

Gehe zum Fenster.
Schaue hinaus.
Gehe um den Esstisch herum.
Noch einmal.
Und noch einmal.

Etwa bei der einundvierzigsten Umrundung fliege ich aus der Kurve und knalle gegen den Bauernschrank, dass die schweren Teller darin scheppern. Priscilla steckt den Kopf durch die Küchentüre und verschwindet wieder.

Ab zehn Uhr mache ich Entspannungsübungen: tief Luft holen, dann den Körper über die Hüfte abkippen, dabei ausatmen. Wiederholen, bis die gewünschte Entspannung einsetzt. Weitere zehn Minuten später bin ich so entspannt, dass mir schwindelig wird. Ich greife zum Telefon.

Isaac nimmt ab. Straßenlärm rauscht durch den Hörer.

»Isaac, guten Morgen, wie geht es Ihnen? Was macht die Familie? Und was gibt es sonst Neues?«, flöte ich.

Wie es ihm und seiner Familie gerade geht, ist mir eigentlich völlig schnurz. Aber im interkulturellen Training habe ich gelernt, dass die Begrüßung sehr wichtig ist, um eine gemeinsame Gesprächsbasis herzustellen. Erst müssten alle guten und schlechten Nachrichten abgearbeitet werden, dann kann man zur Tagesordnung übergehen.

»Ausgezeichnet. Und Ihnen?«, fragt er.

»Mir auch«, lüge ich. Sehr schön, wir haben uns eingependelt. Er ist okay. Ich bin okay.

»Sagen Sie mal, waren wir nicht für acht Uhr verabredet? Wo stecken Sie denn?« Ich sage das ganz locker und natürlich, sogar ein bisschen heiter. Diese Entspannungsübungen sind wirklich spitze.

»Ich bin auf dem Weg«, sagt er.

Einem deutschen Handwerker würde ich jetzt eine Arie in den Hörer singen. Das Lied von Wut, Trauer und Betroffenheit. Im gekreischten Herren-Sopran. Fortissimo con fuoco. Hier ist das nicht nötig. Alles sieht so weit erfolgversprechend aus.

Isaacs Telefonnummer stimmte.

Sein Telefon funktionierte.

Ich kam zu ihm durch.

Er nahm ab.

Das Gespräch brach nicht zusammen.

Er wusste, wer ich war.

Und er ist tatsächlich schon irgendwo auf einer Straße unterwegs.

Ein anderer Handwerker hatte vor einigen Tagen auch behauptet, er sei schon auf dem Weg. Da hatte ich im Hintergrund noch seine Hühner gackern hören.

Die Habenseite sieht also gut aus. Jetzt muss Isaac nur noch kommen.

»Können Sie schon absehen, wann Sie hier sein werden?«

»Ich bin jede Minute da.«

»Super. Dann warte ich.«

Isaac kommt nicht. Nicht an diesem Morgen, auch nicht am nächsten. Weder am übernächsten Tag noch nach einer Woche. Wegen des großen Erfolgs führen Isaac und ich unser Telefongespräch immer wieder auf. Er sei auf dem Weg. Gleich sei er da. Jede Minute.

Ist es Alzheimer? Oder Sadismus? Isaac bleibt verschollen.

Ich kann nicht ewig beim Nachbarn um Wasser betteln. Deshalb muss der Tanklaster schon her, bevor wir unseren Zusatztank nutzen können. Die Ladung kann man nur komplett kaufen. Es sind sechstausend Liter. In unseren Eimer passen nur zweitausend. Bleiben viertausend übrig. Das will ich eigentlich vermeiden.

Nach ein paar Tagen gebe ich auf und bestelle den Tanker. Ein paar Stunden später ist er da. Zwei Mann klettern mit einem dicken Schlauch aufs Dach. Der Chef bedient die Pumpe. Es knattert. Nach fünfzehn Minuten ist unser Tank voll.

»Was soll ich mit dem Rest machen?«, fragt er.

»Gießen Sie den Garten damit!«, antworte ich unvorsichtigerweise.

Der Chef fackelt nicht lange. Die Pumpe knattert. Das Wasser schlägt im Garten ein wie ein Tsunami. Blumen und Büsche schwimmen auf und davon. Als der Tanklaster davonfährt, sammle ich die entwurzelten Gewächse wieder ein und stecke sie einfach wieder in die aufgeweichte Erde.

Jetzt haben wir immerhin für ein paar Tage Wasser. Ich weise Priscilla an, sie soll sparsam sein und nicht so viel putzen. Sie sagt: »Dankeschön, Sir.«

Nach einer weiteren Woche habe ich den Anblick des schwarzen Tanks satt, der wie ein sehr dickes Rhinozeros unter dem Mangobaum in unserem Garten liegt. Auch bin ich es leid, jeden Abend Johanna die unveränderte Lage aufs Neue erklären zu müssen.

»Das Ding liegt ja immer noch im Garten.«

»Ja.«

»Hast du den Klempner angerufen?«

»Ja.«

»Was hat er gesagt?«

»Dass er gleich da sein wird.«

»Und war er hier?«

»Nein. Sonst läge ja wohl der Tank nicht mehr im Garten.«

»Warum ist er nicht gekommen?«

»Keine Ahnung.«

»Du kannst doch nicht immer ›Keine Ahnung‹ sagen.«

»Aber wenn ich es eben nicht weiß!«

Jetzt wird mir klar, was wirklich mit interkulturellem Training gemeint war. Hier herrschen zwei Kulturen, die des Klempners und die von Johanna, und ich sitze genau dazwischen.

Nach dem Telefonat mit Johanna rufe ich erst einmal Christine an. Sie wird mich in meinem Kummer verstehen. Außerdem kennt sie vielleicht noch mehr Klempner. Ich schildere ihr die Situation. Sie singt »das bisschen Haushalt«. Ich sage, das sei jetzt absolut nicht der richtige Moment für Spott. Sie entschuldigt sich und gibt mir eine andere Telefonnummer, die von Rudolph. Ich verabrede mich mit ihm. Pünktlich erscheint er am nächsten Vormittag. Wir erledigen das Begrüßungsritual. Dann fragt er mich, woher ich komme.

»Aus Deutschland.«

»Aah, mein Ausbilder war auch Deutscher!«, ruft er.

Endlich mal einer, der nicht sofort »Bouundäsliga« schreit.

»Wirklich? Wie kommt denn das?«

»Er hieß Friedrich und war Entwicklungshelfer. Ein Klempner-Meister aus Deutschland. Sieben Jahre lang hat er mich gequält.«

»Sieben Jahre? Das ist aber ganz schön lang für eine Lehre, oder?«

»Doch, doch, es waren ganz bestimmt sieben Jahre. Das war knallhart. Aber es hatte auch sein Gutes. Ich wäre sonst nicht, wo ich heute bin.«

Wenn mir Leute sagen, dass schwere Zeiten auch ihr Gutes hatten, nehme ich erst einmal das Gegenteil an. Meine Diagnose: mittelschweres Ausbildungstrauma. Doch für Therapie ist jetzt keine Zeit. Das große, schwarze Ding in unserem Garten muss weg.

Rudolph wirft einen Blick darauf.

»Wie viel haben Sie bezahlt?«, fragt er.

»Dreihundert Euro.«

»Viel zu viel.«

Das war ja klar. »Na toll. Und was kostet mich die Installation?«

»Das kann ich Ihnen gleich sagen.«

Rudolph setzt sich, nimmt einen Stift und ein Blatt Papier. Vor meinen Augen verfasst er den ersten schriftlichen Kostenvoranschlag, der mir in Ghana bisher untergekommen ist. Alle anderen Handwerker haben immer nur gesagt: »Geben Sie mir einfach, was von Herzen kommt!«

Ich lese seinen Kostenvoranschlag und stelle fest: Klempner, die von deutschen Entwicklungshelfern gequält wurden, sind nicht nur besser organisiert als andere, sondern auch viel teurer. Vielleicht investiert er den Aufschlag später einmal in eine solide Psychotherapie, tröste ich mich. Da ich aber sowieso keine Wahl habe, engagiere ich ihn. Er kommt am nächsten Tag, stellt den Tank auf, verlegt die Rohre neu, testet alles, es funktioniert, er stellt seine Rechnung und verschwindet.

Rudolph ist mein Held!

Die Leitungen sind immer noch trocken. Auf die Politiker hier ist aber wirklich kein Verlass. Ich bestelle noch einmal Gottes Wassertanker. Dieses Mal bleibt kein Tropfen übrig. Büsche und Blumen können die Schwimmwesten wieder ausziehen.

Wochen später platzt eine Leitung zwischen den beiden Tanks und dem Haus. Achttausend Liter Wasser laufen aus und verwandeln den Garten über Nacht in einen prima Sumpf. Ich rufe Rudolph an, »ein Notfall«, sage ich. Er beruhigt mich, gleich morgen früh könne er vorbeikommen. Wir verabreden uns für acht Uhr. Um acht Uhr ist er nicht da. Gegen neun Uhr führe ich mein Lieblingsgespräch am

Telefon: »Wo sind Sie? – Bin gleich da. – Wann genau? – Jede Minute.« Rudolph kommt nicht. Heute nicht. Morgen auch nicht. Nie mehr.

Alexander, Klempner Nummer drei, ersetzen wir nach einem guten und zwei schlechten Jobs durch Klempner Nummer vier und diesen durch Nummer fünf. An die Namen erinnere ich mich nicht. Wie auch, bei dieser Fluktuation.

Immerhin ist mein Dialog mit den Handwerkern jetzt nahezu perfekt. Ich halte mich gar nicht mehr damit auf, die Herren nach ihren voraussichtlichen Ankunftszeiten zu fragen, sondern verlange sofort Auskunft über ihren augenblicklichen Aufenthaltsort. Zu diesem Mittel greife ich, seit ein Elektriker behauptet hat, er sei gleich da, quasi jede Minute, sozusagen sofort, während er sich tatsächlich auf einer zweihundertfünfzig Kilometer entfernten Großbaustelle in der Regionalhauptstadt Kumasi herumtrieb, was er nach intensivem Telefonverhör zugab.

Versichert mir ein Handwerker jedoch glaubhaft, er halte sich in Accra auf, entgegne ich mit fester Stimme, er habe sich »sofort!« bei mir einzufinden. Je nach Tagesform und Laune füge ich manchmal laut hinzu: »Aber wirklich *sofort!*« Nicht dass sich dadurch irgendwas am Lauf der Dinge ändert, aber es gibt mir das befriedigende Gefühl, das absolut Menschenmögliche getan zu haben.

Johanna meint, dass mein Gesicht mittlerweile unkontrolliert zu zucken beginnt, wenn der Wasserdruck mal wieder nachlässt. Das halte ich für weit übertrieben. Ich schlucke einfach ein paar Beruhigungspillen und beschließe, mich selbst zum Klem… (Zucken) weiterzubilden. So schwer kann das doch nicht sein. Immerhin habe ich durch Isaac, Rudolph, Alexander und die anderen viel gelernt. Zum Beispiel, wie man nur mit einem Stück Zeitungspapier und einem Streichholz zwei Plastikrohre verbindet. Mit meinem stets wachsenden Sortiment an Rohren, Dichtungen und Schellen bin ich sowieso für jede Eventualität gerüstet. Man nennt mich den MacGyver der Hobby-Installateure. Ich bin schnell zur Stelle, pünktlich, gewissenhaft, hoch motiviert und außerdem konkurrenzlos günstig. Wenn wir wieder duschen können, ohne einen Klem... (Zucken) rufen zu müssen, ist mir das Lohn genug.

14

Der Ehemann

Ist heute Mittwoch? Oder eher Donnerstag? Die Tage gleichen einander. Vorgestern war es schwülheiß. Gestern auch. Heute ebenso. Eine Armbanduhr trage ich längst nicht mehr. Wozu auch? Ich habe keine Termine. Zeit spielt keine Rolle. Die Uhr liegt im Schrank. Denkmal einer vergangenen Epoche. Das Lederarmband schimmelt vor sich hin.

Ich gehe am Strand entlang und trage einen lustigen Strohhut. Labadi Beach ist der Ballermann von Accra. Links und rechts davon je ein Luxushotel, geradeaus Wasser bis zum Südpol. Ich wollte mal wieder unter Leute und bekomme mehr davon, als mir lieb ist. Hauptsächlich sind es Strandverkäufer, die mit mir reden wollen. Die Unterhaltung mit ihnen ist ein Déjà-vu in Endlosschleife. Jeder zweite ist Kunstmaler.

»Hi, wie geht's, woher kommst du, mein Freund?«, fragt einer und hält mir ein paar Gemälde unter die Nase. Frauengruppe mit Körben auf dem Kopf vor Sonnenuntergang in zerlaufenem Öl.

»Grönland.«

»Super. Das ist toll!«

»Wieso denn?«

»Weil Grönland supertoll ist. Willst du mal meine Bilder anschauen?«

»Danke, jetzt gerade nicht. Weißt du überhaupt, wo Grönland liegt?«

»Aber sicher weiß ich das. Hier, nun sieh doch mal her.«

»Nein, ich mag nicht. Wo liegt denn Grönland?«

»Gleich neben Austria. Ich mach dir auch einen guten Preis.«

»Vielleicht ein andermal. Austria ist leider total falsch.«

»Ich meinte ja auch Australien. Komm schon, meine Bilder sind die billigsten hier am Strand.«

»Heute wirklich nicht. Ganz herzlichen Dank.«

Wenn der eine aufgibt, kommt der Nächste. Das Gespräch beginnt von vorne. Ich setze ein beliebiges anderes Land ein, nur nicht Deutschland. Wegen »Bouundäsliga!«.

Am Wochenende ist es hier am Strand bumsvoll. Es gibt kein besseres Wort dafür. Reggae-Bands beschallen den Atlantik bis hinter die Dreimeilenzone. Tausende tummeln sich unter Schirmen, an den Bars, am Grill und im Wasser. Geschwommen wird aber nicht. Die Wellen sind hoch, die Strömung ist stark. Die Leute planschen im Stehen. Es gilt die Hüfthoch-Regel. Kaum einer geht allein ins Meer. Wo die anderen sind, muss es am schönsten sein. Hunderte stehen zusammengedrängt im Meer, wie eine Mole aus Menschen. Vor denjenigen, der am weitesten draußen steht, stellt sich so lange immer noch einer, bis das Wasser an der Taille kitzelt. Dann ist Schluss.

Mein Telefon klingelt. Ich hebe es ans Ohr. Der nächste Kunstmaler steht schon neben mir. Ich zeige vorwurfsvoll auf das Telefon. Er zeigt einladend auf seine Bilder. Ich zeige noch einmal auf das Telefon. Er hält mir seine Bilder vors Gesicht. Ich drehe mich weg. Aus dieser Richtung winkt ein weiterer Kunstmaler. Johanna ist dran.

»Was machst du gerade?«

»Ich bin am Strand.«

»Um diese Zeit?«

»Wieso, wie viel Uhr ist es denn?«

»Gegen fünfzehn Uhr. Was machst du da?«

»Kunst anschauen.«

»Hm. Ich wollte nur kurz sagen, dass wir heute Abend eingeladen sind.«

»Wo denn?«

»Auf den Geburtstag von Königin Elisabeth.«

Offensichtlich feiert die britische High Commission den Geburtstag der Queen. Johanna erklärt mir die Details, wann wir wo zu sein haben. Anzug und Krawatte, bitte. Sie fragt, ob ich den doppelten Windsor-Knoten noch kann. Das war viele Jahre lang mein Lieblingsknoten. Ich versuche, mich zu erinnern, und scheitere schon an der Frage, ob ich das dünne um das dicke Ende wickle oder umgekehrt.

Der Kunstmaler steht immer noch da. Er hat zugehört, wie ich telefoniert habe.

»Du kommst aus Deutschland?«, fragt er auf Deutsch.

Ich nicke überrascht. Bereue es gleich wieder. Er öffnet den Mund. Bitte nicht schon wieder, denke ich.

»Goethe-Institut«, sagt er.

Er zeigt mir seine Bilder. Es sind Dorfansichten in Zentralperspektive, die Farben sind eher gedeckt, die Menschen lächeln nicht und gehen gebückt.

»Und wie findest du die?«

»Irgendwie zu deutsch.«

Später am Abend fahren wir zur angegebenen Adresse. Die Straße ist auf beiden Seiten zugeparkt. Ein Wächter steht vor der Reihe der Autos und winkt. Am Tor weht der Union Jack, ein Dudelsack quäkt schottische Liebeslieder über die Mauer. Wir parken und gehen hinein.

Ein Schild weist auf den Anlass des Abends hin. Falls wir vergessen haben, warum wir hier sind. Klar, kann jederzeit passieren, dass ich in Anzug und Krawatte in einem fremden Garten stehe und mich frage, was ich hier tue. Ach so, wegen dieser älteren Frau mit den bunten Handtaschen. Auf dem Schild sind auch Logos britischer Firmen zu sehen, die Sponsoren der Veranstaltung. Dieser königliche Geburtstag wird Ihnen präsentiert von Stilton Käse.

Unter dem Schild empfangen der High Commissioner und seine Frau die Parade persönlich. Johanna zeigt einem Sicherheitsmann die Karte mit der Einladung und stellt sich vor.

Dann bin ich an der Reihe. Frau High Commissioner gibt mir die Hand. Ich drücke sie mittelfest. Sie sagt ihren Namen und dass sie sich freut, mich kennenzulernen.

»Ich bin nur der Ehemann«, erwidere ich.

Frau High Commissioner kichert höflich: »Aber Sie haben doch sicherlich auch einen Namen.« Die Honoratioren neben ihr freuen sich über die Abwechslung vom Händeschütteln im Akkord und kichern auch.

Die mündliche Abiturprüfung ist nichts dagegen. Ich kann auch plötzlich kein Englisch mehr. Wenn nur dieser Dudelsack mal eine Pause machen würde. Gerade noch rechtzeitig fällt mir ein, wie ich heiße.

»Thomas Hoffmann.«

»Na, sehen Sie, geht doch«, sagt Frau High Commissioner.

Wir gehen weiter. Johanna grinst mich an: »… nur der Ehemann?«

Ich nehme ihr die Einladung aus der Hand. »Wieso? War doch alles richtig. Hier steht dein Name ›und Ehemann‹.«

»Willst du mir vielleicht etwas sagen?«

Glücklicherweise beginnt in diesem Moment der Herr High Commissioner mit seiner launigen Rede. Diese königliche Geburtstagsfeier sei – dank der Sponsoren – nahezu kostenneutral für den britischen Staat.

Höflicher Beifall.

Er hoffe, dass die kommenden Wahlen in Großbritannien ebenso demokratisch abliefen wie die Wahlen in Ghana.

Größerer Beifall.

Jetzt habe er genug geredet. Man dürfe nun am Buffet herzhaft zugreifen.

Riesiger Beifall.

Die Geburtstagsgäste stürzen sich auf Fish & Chips und schaufeln sich mithilfe von Salzkeksen englischen Blauschimmelkäse in den Mund.

Bei solchen Anlässen bleiben sich die Nationen kulinarisch treu. Ein paar Monate vorher hat die Deutsche Botschaft zum dritten Oktober Bratwurst und Rollmops gereicht. Interkulturell gesehen eine gute Wahl. Beide Spezialitäten sind weltbekannt und stellen für Englischsprachige kein Problem dar: »Broatwourschd« und »Rallmapps«. Andere heimische Spezialitäten wie Obatzda, Buabaspitzle, Halve Hahn, Handkäs mit Musik, Armer Ritter, Kalte Schnauze, Falscher Hase, Wackelpeter oder Himmel und Äd mit Flönz wären da schon etwas schwieriger zu vermitteln. Was würde Seine Exzellenz, der englische High Commissioner, sagen, wenn man ihm »Fake Rabbit« anböte oder sich das »Half a Chicken« nur als ein mickriges Käsebrötchen herausstellte?

Beim Smalltalk, zwischen Schimmelkäse, Salzkeksen und dunklem Ale, lerne ich einen Menschen kennen, der meinen Horizont deutlich erweitert. Von ihm erfahre ich, wie weit manche Männer, die ihre Frauen unterstützen, zu gehen bereit sind. Ich hatte ja keine Ahnung!

Wir teilen unseren Stehtisch mit einem hochgewachsenen, vollbärtigen Mann und seiner Begleiterin. Erst fällt er mir gar nicht weiter auf. Doch als ich meinen Blick über die Menge schweifen lasse, höre ich, wie er seiner Begleiterin zuflüstert: »Schatz, mir ist so heiß da unten.« Dabei deutet er mit der Hand Richtung Unterleib, der von der Tischplatte verborgen ist. Wow! Das hört man nicht alle Tage. Ich muss unbedingt mehr wissen. So diskret wie möglich beuge ich mich nach vorne und linse über die Tischkante. Er trägt einen Schottenrock, darunter kommen nackte Beine zum Vorschein, die in Wollsocken stecken. Trotz aller Vorsicht hat er meinen Blick bemerkt. Wie peinlich. Ihm aber offenbar auch. Er fühlt sich zu einer Erklärung genötigt.

»Das ist Wolle, richtig dicke, dicht gewebte Wolle. Ich schwitze darunter wie ein Schwein«, sagt er.

Ein Bruder im Schweiße. Ich leide mit ihm. Alles klebt, das Hemd am Rücken, das Jackett am Hemd. Am liebsten würde ich nackt in das Fass mit dem kalten Ale springen. Dennoch frage ich mich, ob der Gewinn an Frischluftzufuhr es wert ist, den Moskitos diese sehr empfindliche, offene Flanke zu bieten. Da fällt mir der kleine Beutel an einem Ledergürtel auf, der bei dem Mann dort hängt, wo es ihm zu heiß ist. Der Beutel ist perlenverziert und mit Fell besetzt.

Die Hitze und das englische Ale nehmen mir alle Hemmungen. »Und was ist da drin?«, frage ich und zeige auf die Tasche vor seiner Körpermitte.

»Handy, Lippenstift, Taschenspiegel und Make-up.«

»Ach so.«

»Die Sachen gehören meiner Frau. Sie wollte ihre Handtasche nicht mitnehmen.«

»Könntest du bitte ab sofort auch Röcke tragen?«, fragt Johanna.

15

Die blaue Tonne

Es ist acht Uhr. Johanna ist schon gegangen. Priscilla lässt sich noch nicht blicken. Nichts jault und fiept. Ich schlürfe meinen Milchkaffee und genieße die wundervolle Stille. Da klingelt das Telefon. Ich hebe ab, ohne aufs Display zu sehen.

»Wie geht's 'n so, Kumpel?«, tönt es auf gut Australisch aus dem Hörer.

Es dauert eine Schrecksekunde, bis mir klar wird: Es ist Andrew, der Mango-Obstler-Mann.

»Äh, ich weiß nicht. Gut. Vielleicht?«, antworte ich, und das ist mehr eine Frage als eine Feststellung.

Ich halte es für verwegen, morgens um kurz vor acht ehrlich und kompetent auf eine Frage wie diese zu antworten. Immerhin sind vom Tag noch knapp sechzehn Stunden übrig. Da kann viel passieren: das Wasser versiegen, Wasserleitungen brechen, der Strom ausfallen, der Strom mit einer Überspannung den Computer, die Wasserpumpe oder die Klimaanlage zerstören, die Gartenmauer kann einstürzen, Priscilla den Putzplan sabotieren oder der schwarz gepunktete Gecko etwas in meinen Kaffee fallen lassen. Ich bin mir sicher, das ist schon einmal passiert. Vor einigen Tagen machte es vor mir auf dem Tisch ein platschendes Geräusch. Kurz danach sah ich ihn an der Decke davonrasen. Ich habe mir dann lieber frischen Kaffee gemacht. Seitdem stelle ich die Untertasse obendrauf.

Bei allzu frühen und zu fröhlichen Anrufern bin ich sowieso misstrauisch. Wer außerhalb meiner Öffnungszeiten anruft, der will etwas ganz Dringendes von mir. Und da ich nicht weiß, worum es geht, bin ich erst einmal vorsichtig.

»Tom, was soll das? Natürlich geht es dir gut! Mir übrigens auch. Das Zeugs aus Deutschland ist angekommen!«

»Welches Zeugs?«

»Na, das Zeugs zum Schnapsmachen!«

»Oh, wirklich? Wie schön.« Andrew und ich haben uns das letzte Mal Ende Februar getroffen. Jetzt ist es Mai. Nach der langen Zeit hatte ich die Obstler-Idee gedanklich schon als eine sprichwörtliche »Schnapsidee« abgeheftet.

»Kumpel, wir können endlich loslegen! Es ist ja gerade auch Mangosaison.«

»Großartig«, sage ich etwas halbherzig. Wusste ich's doch, dass man den Tag nicht loben sollte, bevor es mindestens zehn nach acht ist. Wenn Andrew »loslegen« sagt, bedeutet das eine Menge Arbeit auf meiner Seite.

Bei unserer letzten gemeinsamen Lesestunde ist uns nämlich klar geworden, in welch obstlerfeindlichem Gebiet wir uns hier aufhalten. Die Hefe, mit der wir den Brei aus zermanschten Mangos zur Gärung überreden wollen, ist so temperaturempfindlich wie ein psychisch labiler Rentner mit Rheuma. Bei weniger als fünfzehn Grad wird die Hefe depressiv, bei achtzehn Grad manisch, und bei fünfundzwanzig Grad erleidet sie einen Kreislaufkollaps. In Accra fällt die Temperatur auch nachts selten unter fünfundzwanzig Grad. Ich weiß genau, wie die Hefe sich fühlt.

Andrew kam auf die glorreiche Idee, einen alten Kühlschrank zu kaufen, und fand heraus, dass sich die Temperatur im Inneren bei achtzehn Grad einpendelt, wenn er die

Türe halb offen lässt. Er fand auch heraus, dass in seinem Haus kein Platz für Experimente dieser Art war. In diesem Moment erinnerte ich mich an unsere Garage.

Seit Benedict, der Sohn der Vermieterin, mit dessen Hilfe wir damals Rumford entmachtet und hinausgeworfen hatten, dieses neue Garagenkipptor eingebaut hat, passt unser Auto nicht mehr hinein. Die Garage ist leer. Das heißt, eigentlich nicht. Sie steht voller Gerümpel, das sich nach dem Einzug wie Unkraut dort ausgebreitet hat. Ein idealer Ort für die Obstler-Destillation. Wenn mal jemand dort aufräumen würde.

»Hast du eure Garage schon vorbereitet?«, fragt Andrew jetzt.

Verdammt, das habe ich völlig vergessen.

»Aber natürlich«, sage ich.

»Sehr schön. Wenn es dir nichts ausmacht, komme ich heute Nachmittag mit dem Zeugs vorbei.«

»Okay, dann bis nachher.«

Ich springe auf. Das heißt, ich vollführe die Tropenversion von Aufspringen. Langsam im Bett drehen. Oberkörper vorsichtig in die Senkrechte bringen. Füße auf den Boden stellen. Moskitonetz auf Befall prüfen. Verdächtigen schwarzen Punkt entdecken. Hände zusammenklatschen. Moskito verfehlen. Laut schimpfen. Netz öffnen. Arbeitsklamotten zusammensuchen, eine kurze Hose und ein altes T-Shirt. Vom Moskito gestochen werden. Ein Jaulen und ein Fiepen hören. Aha, Priscilla ist auch schon da.

Ich ziehe mich an und gehe hinunter.

»Guten Morgen, Priscilla.«

»Guten Morgen, Sir.«

Gerade will ich sie daran erinnern, dass heute, wie alle vier Wochen, der Parkettboden auf dem Putzplan steht. Dazu müsste Priscilla die elektrische Poliermaschine mit den rotierenden Bürsten auf der Unterseite eine halbe Stunde bei heftigem Lärm über den Boden schieben. Da sehe ich, dass sie heute ihr Baby in ein Tuch gewickelt auf dem Rücken trägt. Ein kleiner Kopf schmiegt sich mit geschlossenen Augen an ihr buntes Kleid. Das Kind schläft tief und fest, und sein Atmen klingt wie das Zirpen einer sehr kleinen, sehr müden Grille. Wer könnte in einem Moment solcher Harmonie ans Bodenpolieren denken? Ich bestimmt nicht.

»Heute ist ja Bodenpolieren dran, nicht wahr?«, frage ich.

»Ja, Sir.«

»Lassen Sie das mal!«

»Okay, Sir.«

»Ich werde jetzt ein wenig die Garage aufräumen.«

Glücklicherweise fragt Priscilla nicht, warum. Ich würde ihr nicht gerne erklären wollen, dass ich unter die Schnapsfabrikanten gehen werde. Nicht, dass es hier nicht Schnaps zu kaufen gäbe. Ich habe sogar in einem kleinen Kiosk am Straßenrand nicht weit von unserem Haus vor einigen Monaten »Schnapps« mit zwei p gefunden. Zu Hause probierte ich das Gesöff vorsichtig. Scheußlich. Später erfuhr ich, dass es hier üblich ist, als Besucher ein Gläschen Schnaps auf die Schwelle des Hauses zu schütten, für die Ahnen. Dieses Getränk ist vermutlich genau zu diesem Zweck gebraut worden: zum Wegschütten.

Nach zwei Stunden Schufterei sind die Arbeitsklamotten eingeweiht. Sie sind klatschnass, Äquatortaufe. Dafür ist jetzt in der Mitte der Garage genug Platz. Sogar unseren Wäschetrockner habe ich allein von ganz vorne nach ganz hinten getragen. Was wollten wir noch mal mit einem Wäschetrockner in den Tropen?, habe ich mich gefragt. Anfängerfehler. Ich renne unter den Bäumen umher und sammle

Mangos ein. Dann wanke ich zurück ins Haus, gehe unter die Dusche und ziehe mich um. Priscilla macht heute früher Schluss, sie will mit ihrem Baby zum Arzt. Kurz nach zwölf trifft Andrew ein. Auf der Ladefläche seines Kombis liegen ein Kühlschrank, eine große blaue Plastiktonne, jede Menge Mangos aus seinem Garten, ein Beutel mit Hefe, Gärhilfe und anderen Zutaten. Aus dem Führerhaus holt Andrew eine lange Machete.

»Was willst du denn mit diesem Mordinstrument?«, frage ich.

»Mangos kleinhacken«, antwortet er.

Wir laden aus, schließen den Kühlschrank an, zerteilen die Mangos, entfernen die Kerne und hacken den Rest in Stücke. Ich taufe mein zweites Set Arbeitsklamotten, diesmal mit Fruchtsaft. Die geschätzten fünfzig Kilogramm Mangogulasch landen in der blauen Tonne. Wir gießen Wasser, Zucker und andere Zutaten nach, rühren um, drehen den Deckel zu, setzen den Gärspund auf, durch den die Gase entweichen sollen, und wuchten gemeinsam die Tonne in den Kühlschrank.

»Gib gut auf unser Schätzchen acht«, sagt Andrew und tätschelt die Tonne fast zärtlich.

»Ich werde mir Mühe geben.«

16

Der Wäscheständer

Sir, ich habe die Wäsche gewaschen. Wo soll ich sie aufhängen?« Priscillas Frage reißt mich aus meinem Zorn. Ich sitze in unserem Arbeitszimmer am Computer. Das Internet funktioniert mal wieder nicht. Der schwarz gepunktete Gecko rast hysterisch die Wand auf und ab. Seit ein paar Tagen fällt er mir immer öfter auf, an den Wänden, an der Decke, hinter dem Schrank und dem Boiler im Badezimmer. Es scheint immer derselbe zu sein. Oder er hat jede Menge sehr ähnlich aussehende Geschwister. In unserer Altbauwohnung in Deutschland rannte nichts die Wände hoch und runter. Gar nichts rannte da, nicht einmal die Kinder im Hausgang. Der ewig schlecht gelaunte Frührentner vom dritten Stock hätte sich dann nur wieder beschwert.

Als Dekoration finde ich einen Gecko ganz apart. Vor Jahren bekamen wir einen mit Perlen geschmückten Holzgecko geschenkt, der dank eines Magneten am Bauch an der Tür unseres Kühlschranks kleben blieb. Auch sollen die echten ja nützlich sein und bei der Beseitigung lästiger Insekten helfen. Dennoch ist es seltsam, aus den Augenwinkeln ständig irgendwelche Bewegungen zu sehen.

»Wie wäre es mit dem Wäscheständer?«, antworte ich, ohne meine Augen vom Konfigurationsmenü der Netzwerkverbindung zu nehmen.

»Der Wäscheständer ist aber kaputt.«

»Das gibt's doch gar nicht.« Ich klicke genervt hierhin und dorthin. Das Netzwerksymbol bleibt bei seinem gelben Ausrufungszeichen. Ich knalle die Maus auf den Schreibtisch. Der Gecko rennt hinter die Klimaanlage und bleibt dort erst einmal.

»Doch, Sir, er ist kaputt.«

»Das will ich sehen.« Es muss an der Leitung, am Internet-Anbieter oder an wer weiß was liegen. Da kann ich genauso gut diesen Haushalt organisieren helfen.

Priscilla und ich gehen in den Garten. Der Wäscheständer ist ein Wrack. Die Beine sind verbogen und eingeknickt. Die Leinen aus Draht sind mittlerweile durchgerostet und an den meisten Stellen aus ihren Ösen gerissen. Totalschaden. Dabei war er doch noch so jung. Wir haben ihn vor nicht einmal einem Jahr nagelneu aus Deutschland importiert.

»Was ist denn mit dem passiert?«, frage ich.

»Ich weiß nicht, Sir.«

»So so. Hatten wir nicht zwei davon?«, frage ich.

»Wüsste ich nicht, Sir«, sagt Priscilla.

»Vielleicht in der Abstellkammer?«

»Glaube ich nicht, Sir.«

Ich krame im Abstellraum. Priscilla hat recht: Da ist kein Wäscheständer. Ich durchsuche das ganze Haus und reiße die letzten Kartons auf, die noch nicht ausgepackt in der Garage stehen. Dabei stoße ich fast den Kühlschrank mit unserem zukünftigen Mango-Obstler um. Ich prüfe kurz den Gärspund. Es blubbert ein bisschen, ein gutes Zeichen. In ein paar Wochen können wir den vergorenen Saft destillieren. Dann suche ich weiter nach dem Ersatz-Wäscheständer. Vergeblich.

Bevor wir unseren Container auf die Reise von Deutschland nach Ghana schickten, hatten wir uns eingehend darüber informiert, was es hier alles nicht gibt. Christine hatte empfohlen, Waschmittel mitzubringen. Wir kauften zehn Familienpackungen. Staubsaugerbeutel seien ganz wichtig, sagte sie, Zahnpasta auch, falls wir besondere Vorlieben hätten. Robert meinte, Parmesan sei schwer zu bekommen, gab aber zu, dass dem Käse die sechsmonatige Reise in einem sonnenbeschienenen Container wahrscheinlich nicht gut bekommen würde.

Dank eines vermeintlichen Fachgeschäfts für Deckenbeleuchtung löste sich das Parmesan-Problem nach ein paar Monaten von selbst. Eines Abends sah ich in einem Haus, das bisher leer gestanden hatte, einen seltsamen Lichtschein. Lampen in jeder Farbe und Form hingen von der Decke, orange, grün, blau oder gemustert in Form von Bällen, Tonnen, Flaschen, Untertassen oder Ballons. Manche drehten sich, andere strahlten, einige blitzten, und ganz vorne im Fenster hing eine geschwungene Neonleuchte, die das Wort »Cool!« in die Luft schrieb. Ich erzählte Johanna davon. Sie freute sich. Zu gerne wäre sie den gold-türkis-braun-silbernen Ventilator-Lampen-Alptraum losgeworden, der uns täglich von der Wohnzimmerdecke grüßte.

Bei nächster Gelegenheit besuchte ich den Laden und stellte fest, dass unter dem psychedelischen Lampenhimmel italienische Lebensmittel lagerten. Ich blieb in der Türe stehen und schaute ratlos zwischen Spaghetti, Discokugeln und Linguine hin und her. Ein hagerer, grauhaariger Mann erhob sich hinter einem schweren Mahagoni-Schreibtisch und kam auf mich zu. Er stellte sich als Don Lorenzo vor, gab mir die Hand und ließ meine nicht mehr los. Händchenhaltend führte er mich herum, durch die Weinabteilung, vorbei an unzähligen Sorten Pasta und auf einen erfrischenden Besuch in die Kühlkammer, wo dicke Schinken über Käserädern hingen. Draußen standen auf den Regalen

Nutella-Gläser neben grünem und rotem Pesto, eingelegte Artischocken neben getrockneten Steinpilzen, Risotto-Reis und Olivenöl neben Aceto balsamico. Am Ende der Führung stellten wir uns an die kleine Kaffeebar. Der Don gab mir einen Grappa aus, überredete mich, vom Kaffeelikör zu kosten, und schließlich tunkten wir jeder ein paar Cantuccini in den Vino Santo. Bevor ich endgültig einem akuten Anfall von Dolce Vita zum Opfer fiel, stellte ich noch befriedigt fest, dass es beim Don keinen Obstler gab. Dann kaufte ich den halben Laden leer und vergaß völlig, nach den Deckenleuchten zu fragen.

An eines erinnere ich mich trotz Grappa & Co. ganz genau: Wäscheständer hat der Don nicht im Angebot. Nach meiner vergeblichen Suchaktion helfe ich Priscilla dabei, eine provisorische Wäscheleine zwischen einem Haken in der Hauswand und einem Mangobaum zu spannen. Dann schwinge ich mich ins Auto. Das Wörterbuch behauptet vorher noch, Wäscheständer hieße »clothes horse«, also wörtlich übersetzt »Kleiderpferd«.

Im ersten Supermarkt gibt es keine Pferde, weder mit Kleidern noch ohne. Der Verkäufer sieht mich ratlos an. Ich vergesse das Wörterbuch und erkläre umständlich, dass ich etwas suche, worauf ich meine Wäsche zum Trocknen hängen könnte. Ach so, sagt er, ich meinte ein »drying rack«, also ein Trockengestell. So einfach kann es sein, denke ich und bejahe enthusiastisch.

Die seien gerade ausverkauft.

Der zweite Supermarkt gehört zur ersten richtigen Shoppingmall des Landes, die gerade eröffnet wurde. Ich durchsuche ihn systematisch von vorne nach hinten. Im letzten Regal werde ich fündig. Jedenfalls im Prinzip. Dort hängt etwas an einem Haken an der Wand, das die Bezeichnung »Wäscheständer« trägt, aber überhaupt nicht so aussieht, wie ich mir das vorgestellt habe. Es erinnert eher an einen mehrstöckigen Kaninchenstall. Darauf könnte man vielleicht diverse Paar Socken hängen, aber schon Kniestrümpfe würden sich gegenseitig am Trocknen hindern. Ich bin erst seit kurzem Hausmann und sicherlich kein Experte für Wäscheständer. Aber dieser hier taugt definitiv nichts.

Am Regal gegenüber lehnen zwei Verkäufer, ein großer und ein kleiner, und unterhalten sich.

»Guten Morgen, wie geht's? Führen Sie auch Wäscheständer?«, frage ich.

Der große Verkäufer sagt: »Selbstverständlich, Sir« und führt mich zu dem Regal, von dem ich gerade komme. Der kleine Verkäufer folgt uns schweigend.

Der große Verkäufer zeigt auf das Kaninchenhochhaus.

»Danke, aber den kenne ich schon. Haben Sie denn keine anderen?«

Er zögert. »Nein, das ist der einzige, den wir haben, Sir.« Der kleine Verkäufer schweigt.

Das Verkaufsgespräch ist in einer Sackgasse stecken geblieben. Ich brauche aber nun mal einen Wäscheständer. Deshalb versuche ich es mit weiteren Erklärungen.

»Wissen Sie, bei uns zu Hause sehen die Wäscheständer etwas anders aus. Eher so.« Dabei kreuze ich die Arme vor der Brust.

Beide Verkäufer schauen wortlos auf meine Arme.

»Genauer gesagt, sehen sie so aus.« Ich lasse die Arme, wie sie sind, und klappe die nach oben ausgestreckten Hände in die Waagerechte.

Der große Verkäufer: »Ich finde, das sieht aus wie ein X.«

Der kleine Verkäufer: »Genau. Und Flügel. Ein X mit Flügeln.«

Der Große zum Kleinen: »Hast du schon einmal solch einen Wäscheständer gesehen?«

Der überlegt angestrengt: »Da bin ich mir nicht ganz sicher.«

In diesem Moment weiß ich, dass ich verloren habe. Wenn in Ghana jemand sagt: »Ich bin nicht sicher«, heißt das, er weiß es nicht. Mutlos lasse ich die Arme sinken.

Beide schweigen und sehen mich an. Dann hellt sich das Gesicht des großen Verkäufers auf, als wäre ihm etwas eingefallen: »Woher kommen Sie denn, Sir?«

Ein Hoffnungsschimmer, auch wenn ich mich frage, was meine Herkunft mit dem Wäscheständer zu tun haben soll.

Ich sage: »Aus Deutschland.«

»Bouundäsliga! Schwainschtaigar!«, rufen beide.

»Ich mag lieber Faustball«, sage ich und lasse die beiden stehen.

Ich verlasse den Supermarkt und mache mich auf zum nächsten. Das heißt: Ich versuche es. Die brandneue Shoppingmall ist an einem kleinen Kreisverkehr gebaut worden. Seit die Massen in ihren Autos zur Mall und wieder zurück fahren, geht hier gar nichts mehr. Erfahrene Supermarktkunden wissen das. Sie sorgen vor ihrem Einkauf für Unterhaltungsmusik, Getränke sowie genug Kraftstoff im Tank, damit das Auto beim Ausparken nicht liegen bleibt.

Ich bin noch neu hier.

Es ist mittlerweile kurz nach elf Uhr. Ich habe weder Getränke noch Musik dabei. Auch der Treibstoff geht zur Neige. Wir stehen zweireihig. Nach einer halben Stunde bin ich zwei Wagenlängen vorangekommen. Im Radio läuft Country & Western. Mir fällt der Kopf aufs Lenkrad. Es hupt. Dabei wollte ich doch nur ein X. Ein X mit Flügeln. Ein Kind im Auto nebenan beobachtet mich mit sehr ernster Miene durchs Fenster. Du bist noch klein, denke ich, du weißt noch nichts vom Leben und seinen Wäscheständern.

Als ich endlich den Parkplatz verlassen darf, gerate ich in den Hungerstau. In einer deutschen Großstadt ist nur zweimal am Tag Stau, morgens und abends. Hier fährt mindestens die Hälfte der arbeitenden Bevölkerung zur Lunchtime zu seinem jeweiligen Lieblingsrestaurant, das angesichts der Masse, die sich über die Straßen quält, grundsätzlich am anderen Ende der Stadt zu liegen scheint. Schleichdrängelnd geht es langsam weiter.

Im dritten Supermarkt werden endlich meine Träume wahr, jedenfalls beinahe. Es gibt einen Wäscheständer, der wie ein X aussieht. Allerdings ist er aus billigstem Blech, soll dafür aber umgerechnet unfassbare einhundertfünfzig Euro kosten. »Viel zu teuer«, teile ich der Verkäuferin mit. Sie rät mir, die Wäsche zum Trocknen auf die Büsche im Garten zu legen.

Es ist nach vierzehn Uhr. Ich bin seit vier Stunden unterwegs. An einer Tankstelle kaufe ich eine Cola. Während der Tankwart Diesel ins Auto gluckern lässt, rufe ich Johanna an.

»Na, was gibt's?«, fragt sie.

»Ich versuche gerade, einen Wäscheständer zu kaufen.« Weil mir auffällt, wie banal das klingt, versuche ich meiner Stimme einen dramatischen Ton zu verleihen. »Einen Wäsche-stän-der!«

»Danke, aber ich hab's gleich beim ersten Mal verstanden. Haben wir denn keinen?« Johanna klingt nicht sehr interessiert.

»Doch, aber der ist kaputt.«

»Aha. Und wo ist jetzt das Problem?«

»Ich finde keinen neuen.«

»Wirklich? So etwas muss es doch hier geben.«

»Einen gab es, viel zu teuer, habe ich nicht genommen.«

»Das ist doch egal. Nimm ihn, bitte.«

»Auf gar keinen Fall.«

»Aber warum denn nicht?«

»Das ist eine Frage des Prinzips.«

»An einem Prinzip kann man keine Wäsche aufhängen.«

»Mag sein. Ich will aber einfach nicht.«

»Da kann man dir nicht helfen. Und was jetzt?«

»Ich suche natürlich weiter.«

»Dann wünsche ich viel Vergnügen.«

»Davon kann überhaupt keine Rede sein«, sage ich.

Gegen fünfzehn Uhr bin ich wieder zu Hause. Ich halluziniere von deutschen Baumärkten, Discountern im Preiskampf bis aufs Blut und Onlineshops mit Expresszustellung und vierzehntägigem Rückgaberecht. Ich erzähle Priscilla von meinem Abenteuer, von Supermärkten, Parkplätzen, von absurden Wäscheständerkonstruktionen und von überhöhten Preisen.

Schweigend hört sie mir zu.

»Aber ich gebe nicht auf. Ich werde einen Wäscheständer finden, der wie ein X aussieht. Und wenn es das Letzte ist, was ich tue«, sage ich.

»Dankeschön, Sir.«

17

Die Krise

Ausnahmezustand! Heute ist mal wieder Ausnahmezustand.

Als ich die Haustüre öffne, um Johanna morgens um kurz vor acht zu verabschieden, drischt mir das Klima mit der Faust auf den Kopf. Schnell schließe ich die Türe und erteile der Hitze Hausverbot. Heute ist wieder einer dieser Tage, an denen ich nichts anderes zu tun habe, als … als … leider fällt mir gerade nichts ein, womit ich diesen Gedanken sinnvoll zu Ende denken könnte.

Das Haus zu hüten? Das macht der Wächter.

Das Haus zu putzen? Das macht die Putzfrau.

Zu schwitzen? Genau, das mache ich.

Ich sitze am Schreibtisch in meinem Arbeitszimmer. Wozu habe ich ein Arbeitszimmer, wenn ich keine Arbeit habe? Sentimental schaue ich zum Regal, wo die Unterlagen früherer Projekte archiviert sind. Fast ist mir, als könnte ich noch den Kaffee aus den Thermoskannen riechen und die trockenen Kekse schmecken, die bei unseren Meetings immer gereicht wurden. Ich könnte mal wieder mit Christoph skypen. Aber dafür ist es zu früh.

Kaum habe ich den Gedanken gedacht, fällt der Strom aus. Der Generator im Garten springt an und wummert, dass die Scheiben wackeln. Sechs Liter Diesel pro Stunde, nur um Computer, Klimaanlage und den Kühlschrank mit der fröhlich gärenden Mangomaische am Laufen zu halten? Da fällt mir ein, dass ich schon länger nicht mehr nachgeschaut habe, wie es unserem »African Obstler Project« eigentlich geht.

Das will auch Andrew wissen, der mich in diesem Moment anruft. Ich verspreche ihm, gleich mal in die Garage zu gehen und nachzuschauen. Kaum habe ich das Kipptor aufgeklappt, fällt mir auf, dass der Kühlschrank kein Kühlschrankgeräusch macht. Von einem Kühlschrank, der mit offener Türe in einer dreißig Grad warmen Garage steht, könnte man eigentlich dieses charakteristische Sirren erwarten. Es ist verdächtig still. Ich lege meine Hand prüfend an die Tonne. Sie ist sehr warm. Ich kontrolliere den Gärspund. Da blubbert nichts. Ich prüfe das Kabel. Der Stecker liegt vor der Steckdose auf dem Boden. Jemand hat den Kühlschrank ausgesteckt. Das war's also.

Traurig betrachte ich die Tonne, Grabmal für die unbekannte Mango. Ich möchte jetzt bloß eins wissen: Wer hat's getan?

Ich gehe ins Haus und frage Priscilla, ob sie in der Garage war. Sie verneint. Ich frage William, unseren Tagwächter. Auch er sagt, er sei es nicht gewesen. Ich erweitere den Kreis der Verdächtigen. War es Rumford, unser Unglücksmakler, aus später Rache? Oder der Nachtwächter, der aus Langeweile die Garage aufgeräumt hat? Dann fällt mir ein, dass ich vor etwa zwei Wochen nach dem Wäscheständer gesucht habe. Dabei war ich an den Kühlschrank gestoßen. Wahrscheinlich habe ich so den Stecker herausgezogen. Ich war es also selbst. Ich habe fünfzig Kilogramm Mango in sinnlosen Matsch verwandelt und das einzige Projekt zerstört, das meinem Leben hier Sinn gab. Von Andrews Leben gar nicht zu reden. Das kann ich ihm nicht antun.

Extrem schlecht gelaunt schleiche ich durchs Haus. Priscilla wischt Staub und schaut mich aus halb geschlossenen Augen an. Eigentlich ist heute Fensterputztag. Aber den Putzplan habe ich schon lange nicht mehr gesehen. Sie hat ihn wahrscheinlich verschwinden lassen. Sie ist gegen mich. Allerdings habe ich mich seit den Wasserproblemen auch nicht mehr richtig darum gekümmert. Jetzt ist mir das sowieso egal. Ich muss hier raus, und zwar sofort.

Ich gehe in den Garten, schalte den Generator ab, schwinge mich ins Auto und fahre in die Innenstadt. Dort ist meine Zuflucht, meine feste Burg in Zeiten der Not: das Novotel in Accra.

Das Regierungsviertel mit seinen Ministerien im Zentrum der Stadt zieht Hotels magisch an. Das Novotel gibt es schon länger. Gleich daneben steht das gewaltige Mövenpick-Ambassador-Hotel im Rohbau. Hinter dem riesigen Nationaltheater, ein Geschenk der Volksrepublik China, informiert ein großes Schild über den geplanten Neubau des Kempinski. Es steht vor der Mauer der alten Pferderennbahn. Die Bahn ist geschlossen. Geblieben sind aufgepinselte Szenen aus dem Pferdesport und ein paar Pferde, die im spärlichen Schatten der Büsche herumstehen. Sie sind bis auf die Rippen abgemagert und lassen die Köpfe hängen. Wenn ich tagsüber vorbeifahre, sind sie da. Wenn ich abends zurückkomme, nicht.

Über der Türe des Novotel müsste eigentlich »Willkommen daheim« stehen. Ich war so oft hier, dass ich schon auf dem Weg vom Parkplatz zu meinem Sessel alte Bekannte begrüße. Der Parkwächter lobt mich mit erhobenem Daumen fürs Einparken. Der Gärtner, der immer den Rasen gießt, lächelt und winkt. Der patrouillierende Sicherheitsmann zwinkert mir freundlich zu. Der livrierte Kerl am Eingang tippt mit der Hand an seinen albernen Zylinder.

Die Frau hinter der Rezeption wünscht mir im Vorbeigehen einen schönen Aufenthalt. Bei der Verkäuferin im kleinen Souvenirladen kaufe ich eine Zeitung. Die Kellnerin, die mitten im Foyer hinter einer Glasvitrine mit Kuchen steht, fragt, ob ich heute wieder etwas für meine Frau mitnehmen will. Die Empfangsdame der Kaffeebar hilft mir jedes Mal aufs Neue, meinen Stammplatz zu finden. Und der Kellner fragt, ob es wie immer sein soll: ein doppelter Espresso und ein Croissant.

Meine Laune ist schon etwas besser. Ich nicke und frage: »Funktioniert das Internet?« Meistens sagt er: »Ja.« Dann klappe ich meinen Laptop auf, beginne einen Film herunterzuladen, checke meine Mails, schreibe welche und lese vor mich hin. Falls es kein Internet gibt, habe ich immer noch meine Notfallzeitung. Dann bleibe ich aber nur so lange, wie ich für einen doppelten Espresso brauche.

Die Bar ist kommunikativ eingerichtet. Es gibt keine Einzelplätze, sondern Sessel und Sofas, die sich um niedrige Tische gruppieren. Menschen kommen und gehen, Fremde sitzen neben Fremden. Unweigerlich kommt man ins Gespräch. Heute hat sich ein ghanaischer Geschäftsmann mir gegenüber niedergelassen. Er sucht Strom für seinen Laptop. An der Wand ist nur eine Steckdose. Seit ein paar Wochen habe ich einen Mehrfachstecker in der Tasche. Den teile ich nun mit ihm.

Simon heißt er, trägt einen schicken grauen Anzug, eine kastenförmige Brille mit einem schwarzen Rand. Laptop, Tablet-Computer, Handy – alles von Apple. Verschämt drehe ich meine alte Nokia-Gurke, die vor mir auf dem Tisch liegt, aufs Gesicht und schiebe sie diskret hinter ein Plastikblumenbouquet. Vor ihm steht ein Teegedeck mit Kanne, Tasse, Milch, Zucker und zwei Keksen. Berater sei er und arbeite in verschiedenen Ländern Westafrikas, in Nigeria, Liberia, Gambia und Ghana.

»Wen beraten Sie denn so?«, frage ich ihn.

»Vorwiegend die Finanzministerien. Und was machen Sie hier?«

»Ich bin Freiberufler – Werbung und solche Sachen.«

»Interessant. Und läuft das Geschäft?«

»Ist ganz okay«, antworte ich bescheiden.

Ich frage mich im selben Moment, warum ich das sage. Als Freiberufler hat man gefälligst immer ausgebucht zu sein. Und man sollte immer darüber reden, wie ausgebucht man doch ist. Die korrekte Antwort auf Simons Frage wäre also mindestens gewesen: »Mehr als genug.«

Aber heute habe ich keine Lust auf die große Bugwelle. Es ist mir einfach zu anstrengend. Falls Simon nachhakt, würde die erste Lüge nur weitere nach sich ziehen. Dann müsste ich Projekte erfinden oder mich in Floskeln retten. Und warum überhaupt schwindeln? Das Schöne an Gesprächen mit wildfremden Menschen in irgendwelchen Bars ist doch, dass ich sie höchstwahrscheinlich nie wiedersehe. Es ist viel einfacher, ihnen die Wahrheit zu sagen, als anderen, die mich kennen.

Deshalb füge ich hinzu: »Aber lange nicht so viel, wie ich gerne hätte.«

Das ist zwar immer noch geprahlt, aber ich will es mit der Wahrheit nicht übertreiben.

Simon sieht mich durch seine Hornbrille an und fragt: »Wie kommt's?«

Ich sehe schon, das wird ein echtes Bar-Gespräch.

»Ich bin hierhergezogen, meine Kunden sind in Deutschland geblieben. Hier habe ich keine Arbeitserlaubnis.«

Er staunt. »Deutschland, ein schönes Land. Ich war schon mal dort. Da gibt es doch viel zu tun. Was wollen Sie denn hier?«

»Ich bin meiner Freundin gefolgt. Sie hat hier einen Job.« Schon wieder bin ich viel zu ehrlich. Wenn von Johanna die

Rede ist, spreche ich normalerweise von meiner Frau. »Wilde Ehe« kommt in Ghana nicht gut an. Ihm scheint das aber nichts auszumachen.

»Dann haben Sie gerade wirklich nicht viel zu tun, oder?«, fragt er.

»Kann man so sagen. Ich mache das Damenprogramm.« Es soll ironisch klingen. Ich lächle dazu.

»Sie machen *was?*« Simon rückt sich die Brille zurecht und lehnt sich etwas zurück. Meine Übersetzung ins Englische ist wohl irgendwie danebengegangen.

»Ich mache das, womit sich Ehefrauen die Zeit vertreiben, während ihre wichtigen Männer Geschichte schreiben.«

Er nimmt einen Schluck Tee. »Und was macht man da so?«

»Stadtrundfahrten, Sehenswürdigkeiten besuchen, Kinderchören lauschen und sich in Goldene Bücher eintragen.«

»Klingt doch gar nicht schlecht. Jetzt aber mal im Ernst. Was machen Sie hier?«

»Ich mache Stadtrundfahrten, besuche Sehenswürdigkeiten …« Ich zögere.

»Und der Rest?«, fragt Simon.

»Kommt vielleicht noch. Außerdem habe ich ja auch einen Haushalt zu führen.«

»Das ist alles?«

»Mehr oder weniger.«

Er sieht mich an, als wäre ich das Verrückteste, was er seit langem gesehen hat. Ich frage mich, was er von meiner Karriere als Schnapsfabrikant halten würde und davon, dass selbst diese Karriere gerade einen gewaltigen Knick bekommen hat.

»Und Ihre Freundin?«

»Die arbeitet immer sehr lange.«

»Oh, dann essen Sie wohl sehr spät zu Abend, oder?«

»Eigentlich nicht. Wir essen gleich, wenn sie nach Hause kommt.«

»Und dann zaubert sie Ihnen schnell was in der Küche?«

»Nicht ganz, eigentlich stehe ich ja in der Küche«, widerspreche ich.

»Kenne ich. Mache ich auch, wenn ich mir ein Bierchen aus dem Kühlschrank hole und frage, wie es den Kindern geht.«

»Nein, ich meine, ich stehe am Herd.«

»Und schauen ihr zu. Erst arbeitet sie hart, dann kocht sie gut. Da haben Sie ja wirklich eine tolle Frau. Gratulation.«

»Das stimmt«, sage ich, »sie ist wirklich super.«

Simon klappt seinen Laptop zusammen und winkt dem Kellner. »So, ich muss dann mal los.«

»Alles klar. War schön, Sie kennengelernt zu haben.«

»Ganz meinerseits. Viel Spaß noch beim Damenprogramm.« Er lächelt fein unter seiner Designerbrille.

»Danke.«

Er steht auf, packt seine Sachen und will gehen.

Ich hebe meine Hand und sage: »Eine Frage hätte ich jetzt doch noch.«

»Und zwar?«

»Sie wissen nicht zufällig, wie ich schnell an fünfzig Kilogramm Mangos komme?«

18

Die Rettungsaktion

Der Berater Simon wusste, wo es Mangos gibt. Zwar haben wir schon Ende Juni, und die Mangosaison ist fast vorbei. Aber er kannte jemanden mit guten Beziehungen zu einem Fruchtsaftproduzenten mit einem randvoll gefüllten Kühlhaus. Glücklicherweise musste er wirklich gehen und hatte deshalb keine Zeit, mich zu fragen, was ich mit so vielen Mangos vorhabe.

Am sehr späten Nachmittag komme ich nach langer Fahrt zu einem Dorf zwanzig Kilometer außerhalb Accras mit einem Auto voller süßlich duftender Früchte und einer Machete zurück. Ich entkerne die Mangos und hacke sie krachend auf einem Campingtisch vor der Garage in Stücke. Priscilla hat Dienstschluss und schaut bei mir vorbei, um sich zu verabschieden.

»Was machen Sie da, Sir?«, fragt sie neugierig. Mit Nachfragen ihrerseits habe ich gar nicht gerechnet.

»Mangomarmelade«, antworte ich schnell.

»Das gibt aber sehr viel Marmelade.«

»Äh, ja, da haben Sie recht, aber wir können gar nicht genug davon bekommen.«

»Aber bisher hatten Sie doch auch keine Mangomarmelade im Haus, Sir.« Diese Frau würde sich als Kommissarin in jedem Vorabendkrimi gut machen.

Kleine Denkpause. Dann: »Ja eben, das müssen wir jetzt alles nachholen.«

»Aha. Wenn Sie bis morgen warten, kann ich Ihnen beim Kleinschneiden behilflich sein.«

»Nein, danke, die paar Mangos schaffe ich auch alleine.«

Priscilla schaut auf das Meer von Früchten. In ihrem Gesicht steht etwas geschrieben, das ich frei mit »bekloppter Obruni« übersetze.

»Na gut, Sir, dann bis morgen früh.«

Endlich ist sie weg. Während ich die Mangos im Akkord kleinhacke, frage ich mich, was ich Priscilla antworten werde, wenn sie nach den zweihundert Marmeladengläsern fragt, die sie demnächst in unseren Regalen zu sehen erwartet. Ich habe nicht die geringste Ahnung.

Dann schütte ich die alte Maische auf unseren Komposthaufen, rühre mit Wasser und den anderen Zutaten neue an und hieve die blaue Tonne in den Kühlschrank. Dieses Mal befestige ich den Stecker mit starkem Klebeband an der Steckdose. Falls mal wieder jemand einen Wäscheständer sucht.

Ich dusche mir das Fruchtfleisch aus Haaren und Gesicht. Ich rufe Andrew an und entschuldige mich. Ich hätte seit heute Morgen gar nicht mehr an den Obstler gedacht. Er sagt, das sei doch gar kein Problem. Wie es denn der Maische ginge? Damit sei alles in bester Ordnung, versichere ich ihm.

19

Das Frühstück

Ich skype wieder einmal mit Christoph. Wir reden über dies und das. Er erzählt von Frankfurt und seinen neuen, spannenden Aufträgen, ich von Accra, von Andrew und dem Mango-Obstler.

»Wie seid ihr denn dadrauf gekommen?«

»Es gibt Ideen, die liegen einfach auf der Straße, oder in diesem Fall im Garten.«

»Und wer soll das Zeug trinken?«

»Das wird sich zeigen.«

»Ihr habt also keine Marktanalyse gemacht?« Christoph nimmt solche Dinge immer gleich so ernst.

»Nein, wir machen das doch nur für uns selbst.«

»Hast du jetzt auch noch ein Alkoholproblem?«

»Ich meinte doch nicht, für uns selbst zum Trinken. Wir machen das, weil wir Lust dazu hatten.«

»Und weil ihr sonst nichts zu tun habt.«

»Wie nett von dir.«

»Sorry. Sag mal, du bist doch so ein Espressofanatiker. Warum machst du denn nicht eine Espressobar auf?«

»Habe ich noch gar nicht dran gedacht.«

»Wenn du mich nicht hättest. Hast du deine Espressomaschine eigentlich mitgenommen?«

»Natürlich«, sage ich.

»Und mit dem Milchschaum, klappt das in der Hitze?« Auch er ist vom Fach, aber nicht so fanatisch wie ich.

»Schon, hier gibt's aber nur H-Milch, die schäumt zu stark und schmeckt nicht so gut. Findet Johanna auch jedes Mal, wenn ich ihr den Kaffee bringe.«

»Du bringst ihr den Kaffee? Wohin denn?«

»Na, ans Bett.«

»Du meinst am Wochenende.«

»Nein, wieso? Jeden Morgen.«

»Wirklich?«, fragt Christoph.

»Ja.«

»Oh Mann, oh Mann.«

»Was soll denn das heißen?«

»Du bist ja richtig gut dressiert.«

»Ich bin nicht dressiert. Ich mache das freiwillig. Wenn du uns mal besuchen kommst, bringe ich dir auch einen ans Bett.«

»Für mich lieber einen Obstler.«

Es geht noch eine Weile hin und her. Dann legen wir auf.

Christoph hat ja recht. Tatsächlich mache ich für Johanna und mich morgens Kaffee, werktags und am Wochenende. Ich habe nie darüber nachgedacht. Es hat sich so ergeben. Jetzt, da er sich so darüber wundert, frage ich mich zum ersten Mal, warum. Warum bin ich eigentlich derjenige, der täglich Kaffee macht?

Die Antwort ist einfach. Weil ich die Espressomaschine bedienen kann. Johanna sagt, sie könne das nicht. In lichten Momenten hege ich daran gewisse Zweifel.

Wer hat dieses blöde Ding eigentlich angeschafft?, frage ich mich. Wieder ist die Antwort einfach. Ich war es selbst. Johanna war dagegen. Ihre alte Filterkaffeemaschine habe doch immer gut funktioniert. Ich hatte entgegnet, dass heute nur noch Leute Filterkaffee trinken, die etwa so alt sind wie Melitta Bentz, die 1908 den Kaffeefilter erfunden hat. Was das Ding gekostet habe, wollte sie wissen und rief dann: »Was, so viel?«

Genauer hatte sie vorher glücklicherweise nicht nachgefragt. Sonst hätte ich gestehen müssen, nicht einmal einen Vollautomaten, sondern eine klassische Siebträgermaschine kaufen zu wollen. Ohne ein Barista-Diplom kaum zu bedienen, dafür aber mit Leuchtdioden, chromblitzenden Hebeln und runden Anzeigen für Temperatur und Dampfdruck.

»Und beim Kaffeemachen ziehst du dann die Lederjacke an, ja?«, sagte Johanna, als sie die Maschine zum ersten Mal sah.

Wir haben sie nun seit ein paar Jahren. In Deutschland hatte ich unter der Woche nicht die Zeit, morgens die Maschine anzuheizen, Milch aufzuschäumen, Espresso zu stampfen und hinterher alles wieder sauber zu machen. Deshalb gab es nur am Wochenende Kunst in der Tasse. Das Dumme war: Allen spöttischen Bemerkungen zum Trotz wurde Johanna geradezu süchtig nach Caffè latte und Latte macchiato, und jeder Versuch, sie auf Entzug zu setzen, schlug fehl.

Auch in Ghana sind die Umstände gegen mich. In Johannas Büro gibt es nur Instantkaffee, der morgens aufgegossen und, mit kiloweise Zucker gesüßt, den ganzen Tag über in Thermoskannen vor sich hin verbittert. Sie brauche einfach meinen guten Kaffee, sagt sie. Und dann ist da noch die Sache mit der Zeit. Als ich mich einmal beschwere, das sei ganz schön viel Arbeit, jeden Morgen diese kleinen Kaffeekunstwerke herzustellen, antwortet Johanna: »Aber du hast doch sonst nicht so viel zu tun, oder?«

Wie habe ich den Espresso geliebt, wie stolz war ich auf seine Crema gewesen. Beinahe habe ich mich einmal zu einer Coffee-Art-Meisterschaft angemeldet. Doch jetzt ist das Kaffeemachen zum Symbol meines unfreiwilligen Dauerurlaubs geworden: Ich mache keine Kaffeekunst mehr, ich leiste Frondienste.

Und das ist noch nicht einmal alles, ich habe Christoph gar nicht die ganze Wahrheit gesagt. Da ich ja wegen des Kaffees ohnehin schon in der Küche stehe, mache ich auch gleich Frühstück: meist nur einen Honigtoast für jeden von uns, aber immerhin.

Routine konnte ich noch nie leiden. Schon nach den ersten hundert Mal Kaffeemachen in Ghana bemerkte ich, wie mich der stets gleiche Ablauf zu langweilen begann. Früher habe ich an Marketingstrategien gearbeitet. Heute optimiere ich die Herstellung unseres Minifrühstücks. Milchkaffee und parallel dazu Honigtoast zuzubereiten ist nämlich gar nicht so einfach. Beides soll nicht nur möglichst gleichzeitig fertig sein, sondern auch gut schmecken: Die Butter soll weich sein, der Toast warm, der Honig gleichmäßig verteilt, der Kaffee nicht bitter, die Milch cremig-flüssig und nicht so fest wie der Schaum, mit dem auf Baustellen Einbaufenster isoliert werden.

Der Gang in die Küche ist wie Gehirnjogging im Pyjama. Soll ich erst die Kaffeemaschine einschalten und dann das Geschirr aus dem Schrank holen? Was ist mit der Butter? Selbst im tropisch heißen Ghana braucht sie zehn Minuten, um außerhalb des Kühlschranks streichfähig zu werden. Und wie verhindere ich, dass der Milchschaum sich verflüssigt, während ich den Toast schmiere?

Es sind die kleinen Tricks des Hausmanns. Eigentlich müsste ich die Blechkanne zum Milchaufschäumen unter der Düse festhalten. Dann könnte ich mit dem Toasten aber erst beginnen, nachdem die Milch aufgeschäumt ist. Das wiederum ginge auf Kosten des Schaums, der, während ich auf den Toast wartete, wieder in sich zusammenfiele. Begänne ich mit dem Toasten zu früh und schäumte währenddessen die Milch auf, wäre sie noch nicht schaumig genug und die Butter noch zu hart, wenn der Toast schon aus dem Toaster springt.

»Gibt's bald Kaffee?«, ruft Johanna aus dem ersten Stock.

»Gleich«, rufe ich zurück.

Ich habe festgestellt, dass ich die Milchkanne unter der Dampfdüse festklemmen kann. Jetzt bin ich frei für anderes. Kann zum Beispiel zum Kühlschrank zurücklaufen und den Zucker holen. Auf dem Weg dorthin kann ich den Toast im Toaster runterdrücken. Während die Milch von allein weiterschäumt, wird er auf Stufe 4,5 goldbraun.

»Dauert das noch lange?«, ruft Johanna.

»Gleich!«, rufe ich etwas lauter zurück.

Früher schäumte hinter meinem Rücken gelegentlich die Milch über. Heute behalte ich die Milchkanne genauestens im Blick, während ich den Kaffee feststampfe. Milchkanne weg, Siebträger rein, Knopf gedrückt, und dann läuft der Espresso dickflüssig in die Tassen. Mit dem Messer schabe ich kleine Butterstücke ab, schmiere sie auf den Toast. Dann gieße ich den Honig obendrauf und verstreiche ihn.

»Ich muss gleich ins Büro«, erschallt es von oben.

»Noch eine Sekunde«, rufe ich. Ich bin auf der Zielgeraden. Jetzt nicht ablenken lassen.

Alles ist gut. Schon unzählige Male habe ich so Frühstück gemacht. Ich gerate mittlerweile in eine Art Trance. Daraus erwache ich ein paar Minuten später im Stehen und halte ein Tablett mit einem fertigen Frühstück darauf in Händen. Ein Wunder.

Das ist absolut perfekt. Daran gibt es nichts mehr zu verbessern, denke ich, während ich die Treppe hochgehe.

Johanna bedankt sich, wie jeden Tag. Anstatt aber, wie sonst, in den Toast zu beißen, räuspert sie sich und sieht mich dabei ganz traurig an. Es ist kein Räuspern, wie es ein im Hals stecken gebliebenes Stück Toast verursacht. Es ist ein Räuspern von der Art: »Wir müssen reden.«

Was kann so wichtig sein, dass sie den mit Hingabe zubereiteten Toast und Kaffee kalt werden lässt? Sie wirkt so ernst.

»Ist was?«, frage ich. Mir schwant Übles.

»Ach, nichts Wichtiges«, sagt sie.

Für diese Tageszeit denke ich jetzt plötzlich ziemlich schnell: Ist jemand gestorben? Revolution im Nachbarland? Vulkanausbruch in Deutschland? Oder hat sie vielleicht einen anderen?

Ich denke schneller: Ja, das wird es sein. Na toll. Mich erst nach Ghana schleppen und dann den ganzen Tag mit der Putzfrau allein lassen. Es ist bestimmt dieser Neue in ihrem Büro. Conrad heißt er, oder so. Geht schon um fünf Uhr morgens joggen, trainiert auf den Accra-Marathon. Und braust ständig mit dem Motorrad durch die Stadt.

Ich denke noch schneller: Das war ja klar. Der Alte darf zu Hause hocken und schwitzen. Schwitzen ist nicht sexy. Aber so ein Motorradfahrer. Der Geruch von Öl und Leder. Das ist natürlich etwas anderes. Was für ein Klischee. Das hätte ich nicht von Johanna gedacht. Eine Affäre mit einem Klischee! Kann der vielleicht Plastikrohre mit einem Streichholz und einem Stück Papier zusammenschweißen? Würde er für seine Frau Röcke tragen? Würde er wochenlang, ohne aufzugeben, nach einem Wäscheständer suchen? Das sind doch die wahren Heldentaten! Wahrscheinlich hat er einen Wäscheständer aus Deutschland mitgebracht. Auf dem Motorrad. Mit einhundertachtzig durch die Sahara. Und dabei noch die Rallye Paris-Dakar gewonnen.

Ich denke mit Lichtgeschwindigkeit: Jetzt kann ich also meine zweimal dreiundzwanzig Kilo nehmen und mich schleichen. Was werde ich bloß in Deutschland machen?

Einen Job habe ich ja nicht mehr. Werde wohl im Jobcenter Frankfurt eine Dauerkarte ziehen müssen.

Ich habe einen Tagtraum: Ich sitze im Jobcenter, mir gegenüber die Sachbearbeiterin Herlinde Hartholz-Häkelein: »Und wo waren Sie denn die ganzen Jahre?«

Ich: »In Afrika.«

Frau Hartholz-Häkelein: »Was haben Sie da gemacht?«

Ich: »Meiner Frau Frühstück ans Bett gebracht.«

Frau Hartholz-Häkelein: »Ach, wie romantisch! Wenn mein Mann doch auch mal ... Na, nun lassen Sie mal den Kopf nicht hängen. Momentchen, hier habe ich was, vielleicht wäre das was für Sie – in der Gastronomie.«

Das war's. Es ist aus. Es ist alles vorbei.

»Also, es ist wegen des Toasts«, sagt Johanna.

»Was denn für ein Toast?«

»Na, dieser hier«, antwortet Johanna und deutet auf ihren Teller.

»Ach, es geht um den Toast?«

»Natürlich. Was hast du denn gedacht?«

»Ach, nichts Bestimmtes. Was ist damit?«

»Der Toast ist gut, aber ...«

»Aber?«

»Aber so mag ich ihn gar nicht.«

»Du magst den Toast so nicht? Aber den habe ich doch schon tausend Mal so gemacht.« Ich neige unter Stress zu Übertreibungen. Stand heute sind es erst etwa zweihundert Mal.

»Ja, stimmt. Ich wollte es auch schon länger sagen.«

»Und was genau magst du an dem Toast nicht?«

»Er ist irgendwie matschig. Du verstreichst die Butter immer. Mir ist es aber lieber, wenn sie in kleinen Plättchen auf dem Toast liegt. Dann bleibt er knusprig und sieht nicht so schmierig aus.«

Der Toast ist also matschig. Die Butter soll nicht schmelzen, sondern einen Puffer aus kleinen Platten bilden zwischen Toast und Honig. Ja, was denn noch? Seit Monaten optimiere ich in der Küche vor mich hin. Und das ist der Dank?

Aber es gibt keine Probleme, nur Herausforderungen. In Gedanken gehe ich schon die einzelnen Schritte in der Küche durch. Wenn ich die Butter vielleicht erst nach dem Aufschäumen der Milch aus dem Kühlschrank nehme? Oder den Toast so toaste, dass er schon abgekühlt ist, bevor ich die Butter darauf schmiere? Vielleicht mache ich gleich nachher ein kleines Ablaufdiagramm in Powerpoint. Ich kann den nächsten Morgen kaum erwarten.

»Jetzt ist aber was mit dir, oder?«, fragt Johanna. Mein Schweigen verunsichert sie wohl.

»Nein, ist wirklich alles prima«, sage ich und beiße in meinen kalten Toast.

20

Die Liebe

Seit einer Woche ist Johanna auf Dienstreise. Sie ackert und rackert irgendwo sehr weit weg von hier. Ich lasse es mir derweil auf der Terrasse gut gehen, in der einen Hand ein Buch, in der anderen eine Zigarre. Es qualmt und stinkt. In den Bäumen setzen sich die Vögel zum Husten einen Ast höher. Heute ist die Temperatur erträglich. Zwei große Ventilatoren helfen mit Getöse, die Hitze fortzublasen und die Moskitos gleich hinterdrein. Ich betrachte die große Fächerpalme in der Mitte des Gartens, die beruhigend hin und her schwingt, lese eine Seite, ziehe an der Zigarre, spüle mit Wasser nach und schaue wieder der Palme beim Schwingen zu. Johanna kommt heute zurück. Nach ihren Dienstreisen ist sie immer völlig erschöpft. Ich sollte ihr etwas Gutes tun, wenn sie am Abend eintrifft.

Das Buch in meiner Hand ist kein schwülstiger Roman, auch kein schlauer Ratgeber, wie Männer ihre Frauen und Frauen ihre Männer endlich verstehen können. Es sind weder federleichte Kurzgeschichten noch bleischwere Gedichte. Es ist ein Buch voller Interviews mit dem Systemtheoretiker Niklas Luhmann. Ein Freund hat es mir vor Jahren geschenkt.

»Nicht gerade Strandlektüre«, hatte er entschuldigend dazu gesagt.

»Das macht überhaupt nichts, ich bin sowieso nie am Strand«, hatte ich geantwortet. Vielleicht war es deshalb erst ungelesen ins Bücherregal in Frankfurt und dann samt Regal nach Accra gewandert. Als ich es vor ein paar Tagen wiederentdeckt habe, überlegte ich kurz, ob ich es zum Strand mitnehmen und diesem Freund ein Bild davon schicken sollte.

Völlig unerwartet habe ich darin eine Passage über die Liebe entdeckt und bin ziemlich baff. Bei einem Systemtheoretiker rechne ich mit allem, nur nicht damit. Die kurze Passage in einem der Interviews klingt holprig, ich muss sie mehrfach lesen. Schließlich verstehe ich es so: Wer jemanden wirklich liebt, der fügt sich nicht einfach in das, was er in den Augen des anderen ist, sondern will genau das sein, was der andere erwartet.

Ich weiß nicht so recht, ob ich damit einverstanden bin. Die Asche fällt von der Zigarre, eine Ameise rennt im Zickzack mein Bein empor. Ich bin wirklich kein großer Theoretiker, sondern eher praktisch veranlagt. Also suche ich immer rasch nach einer Möglichkeit, Dinge in die Tat umzusetzen. Die bietet sich jetzt schneller als erwartet. Mir fällt nämlich ein, dass wir fast keine Lebensmittel mehr im Haus haben. Wenn Johanna von einer Dienstreise zurückkehrt, ist sie nicht nur müde, sondern auch sehr hungrig.

Ich lege das Buch weg, lasse die Zigarre im Aschenbecher zurück, wo sie von selbst erlöschen wird, schalte die Ventilatoren ab und fahre in den Supermarkt mitten in der Stadt. Dorthin, wo ich einst einen gebrechlichen Wäscheständer für einhundertfünfzig Euro nicht gekauft habe. Auf dem Weg versuchen Straßenverkäufer, mich für das zu interessieren, was sie an meinem Seitenfenster vorbeitragen, während ich im Auto an der Ampel warten muss: Toilettenpapier, Orangen, Wasser in Tüten, Ölgemälde, Ladegeräte,

Landkarten, Stühle, Telefonkarten und vieles mehr. Das Gemälde zeigt ein sehr europäisch aussehendes Nadelwaldidyll mit Bergsee und einem eingedellten Matterhorn, Stühle haben wir bereits genug, und Toilettenpapier kaufe ich nur im ausgewählten Fachhandel. Ich öffne das Fenster und rufe den Mann mit dem Ladegerät zu mir.

»Wie lange ist die Garantie?«

»Die was?«, fragt er.

»Ich meine, was ist, wenn das Ding kaputt geht?«

»Dann kommen Sie wieder zu mir.«

»Wohin denn?«

»Hierher. Das ist mein Laden.« Er deutet auf die vierspurige Straße und die Autoschlange.

Die Ampel schaltet auf Grün.

»Nächstes Mal«, sage ich und fahre weiter.

Im Supermarkt schnappe ich mir einen Einkaufswagen und streife durch die Regale. Das Angebot ist an manchen Tagen völlig normal, an anderen wunderlich. Heute finde ich keinen Senf, aber dafür Sauerkraut. Das kleine Glas Nutella hat vor ein paar Tagen noch acht Euro gekostet, jetzt sind es zwölf. An der Kühltheke hat sich ohne jede Vorwarnung das Angebot an Käsesorten verfünffacht, dafür gibt es keine H-Schlagsahne mehr. Ohne lange nachzudenken, packe ich meinen Wagen voll mit Pumpernickel, Quittengelee, grünem Salat, einer Minipackung Kartoffelchips, gewürzt mit Salz und Essig, einer Tüte Müsli, ein paar Äpfeln und Orangen, geräuchertem Schinken, schwarzen Oliven, Tomaten, Kartoffeln, frischem Basilikum und Schafskäse.

Ich fahre zur Kasse. Als ich die Waren auf das Band lege, fällt mir auf: Wäre ich allein auf der Welt, hätte ich meinen Einkaufswagen mindestens zur Hälfte mit anderen Dingen gefüllt. Ich hätte Baguette statt Pumpernickel gekauft, ob ungesund oder nicht, und wahrscheinlich Nutella, wenn es sein muss auch für zwölf Euro. Ich persönlich hätte die größere Chipstüte genommen, und meine Chips wären mit Paprika gewürzt gewesen. Statt Schinken hätte es bei mir Salami gegeben und statt Äpfeln und Orangen vielleicht zwei Dosen Bier. Stück für Stück habe ich für Johanna eingekauft, ohne auch nur eine Sekunde darüber nachzudenken. Ist das etwa so, wie der Theoretiker Luhmann sich die Liebe vorgestellt hat? Gerne so zu sein, wie es der andere erwartet, ohne den Eindruck zu haben, sich fügen zu müssen?

Die Frau, die neben der Kassiererin steht und beim Einpacken hilft, stopft meine Einkäufe eilig in Plastiktüten. Sie stopft? Meine Liebesbeweise? In Tüten?

»Moment mal!«, rufe ich und reiche ihr Johannas geliebte Jutetaschen. Sogar an die habe ich vollautomatisch gedacht. Lächelnd packt sie alles um. So viel Harmonie ... ich finde das alles schon fast beängstigend.

Als ich Richtung Auto gehe, kommt Charles auf mich zu. Auf diesem Parkplatz hält er das Monopol für den Verkauf von selbstgebrannten DVDs. Charles ist der geborene Verkäufer. Schon nach der ersten Begegnung erinnerte er sich an meinen Namen. Beim zweiten Mal wusste er, dass er mir die Pornos gar nicht erst zu zeigen brauchte. Beim dritten Mal akzeptierte er ohne Murren meine neuen, viel niedrigeren Preisvorstellungen, nachdem mir ein Freund erzählt hatte, um wie viel günstiger er bei Charles einkaufte. Beim vierten Mal hatte er alle Folgen einer Fernsehserie reserviert, nach der ich ihn ganz am Anfang gefragt habe.

Jetzt hält er mir eine Auswahl aktueller romantischer Komödien unter die Nase. Wenn Johanna von einer anstrengenden Reise zurückkommt, liebt sie es, bei einer dieser seichten Geschichten auf dem Sofa einzuschlafen. Es ist seltsam, aber ich bemerke, wie sich ein gewisser Widerspruchsgeist in mir regt. Und wenn Johanna das jetzt noch so gerne hätte, ich habe darauf gerade überhaupt keine Lust. Ich sage zu Charles, dass ich heute leider kein Interesse habe. Vielleicht beim nächsten Mal.

Was würde Luhmann dazu sagen?

Auf dem Nachhauseweg stehe ich im Stau. Es ist so heiß, dass die Klimaanlage aufgibt und sich abschaltet. Ich öffne die Fenster. Verkäufer stürzen bei Rot auf die Straße, arbeiten die Autoschlangen vor der Ampel rückwärts ab. Ein ziemlich großer Ghanaer trägt einen Karton an mir vorbei. Ich versuche, gleichzeitig hinzusehen und ihn zu ignorieren. Der Deckel des Kartons ist offen, ich sehe etwas, das an die weißen Schraubverschlüsse jenes Brotaufstrichs erinnert, der im Supermarkt so teuer gewesen ist.

»Was haben Sie denn da?«, rufe ich zum Fenster hinaus. Er zieht etwas aus dem Karton. Es ist das 750-Gramm-Glas. Drei viertel Kilo pures, cremiges Glück. Aber hier in dieser Hitze, in einem Karton? Das ist wirklich keine artgerechte Haltung. Jemand muss etwas unternehmen. Bevor die Ampel auf Grün springt, einigen wir uns auf fünf Euro.

Während der restlichen Fahrt klebt mein Blick am Fahrbahnrand. Unlängst habe ich entdeckt, dass der Fachhandel für Haushaltswaren wie Besen, Eimer und Bügelbretter nicht im Supermarkt, sondern unter den Bäumen und Büschen rechts und links der Straße zu finden ist. Seitdem halte ich während der Fahrt ständig nach einem Wäscheständer Ausschau. Die Suche ist mittlerweile zur fixen Idee geworden. Johanna hat abends einmal den Fehler begangen, mich danach zu fragen. Ich habe mich dann eine Viertelstunde lang über Wäscheständer in Rage geredet. Warum es sein könne, dass nicht alle Wäscheständer dieser Welt wie ein X aussehen, obwohl doch diese Form die einzig wahre sei. Seitdem ist das Thema tabu. Einmal, vor vier Wochen, hat es kurz nach einem Hauptgewinn ausgesehen. Ich entdeckte ein verdächtiges Gebilde halb hinter einem Busch versteckt, fuhr langsamer, ignorierte das Hupen hinter mir, aber dann war es doch nur ein Klappstuhl. Auch mein heutiges Quentchen Glück scheint mit dem Nutella-Fund vollständig aufgebraucht worden zu sein. Die Straßenränder haben nichts Aufregendes zu bieten.

Zu Hause räume ich die Sachen von Johannas Wunschzettel, der nur in meinen Gedanken existiert, aus den Jutetaschen, bereite das Abendbrot vor, dekoriere alles schön, drehe die Klimaanlage im Esszimmer etwas höher – der schwarz gepunktete Gecko schießt hinter ihr hervor und rast zum Schrank – und stelle sogar eine Kerze auf. Dann hole ich Johanna vom Flughafen ab, der zu später Stunde nur etwa fünf Minuten entfernt ist. Beim Essen erzählt sie von ihrer Reise. Ich kaue Pumpernickel und schaue sie wohl ganz besonders an. Jedenfalls fragt sie, ob irgendetwas los sei. Warum ich sie so seltsam ansähe? Und ich weiß überhaupt nicht, wie ich ihr das jetzt erklären soll.

21

Der Mango-Obstler

Hin und wieder gehe ich in die Garage, um nach dem Obstler zu sehen. Dabei stelle ich fest, dass auch das Schnapsbrennen nicht zur Vollbeschäftigung führt. Es ist ja die Hefe, die die ganze Arbeit leistet. Ich selbst bin zum Zuschauen verdammt. Immerhin macht mich das leise Blubbern im Gärspund ganz philosophisch. Blubbern zeigt Aktivität und Leben in der Tonne. Kommt kein Gas mehr, haben Mangos und Hefe ihren Zweck erfüllt. Was ist eigentlich meine Aufgabe dabei?

Okay, ich habe die Vorarbeit geleistet, habe die Mangos zerkleinert, die Hefe zugesetzt, eine gekühlte Umgebung bereitgestellt, in der die eine Substanz die andere in etwas Wertvolleres verwandelt. Dabei ist es nur für mich wertvoll. Weder die Mangos noch die Hefe haben ein eigenes Interesse an der Sache. Die Hefe tut, was sie tun muss, solange sie kann, die Mango lässt es mit sich machen. Beide bleiben im Rahmen ihrer Vorbestimmung. Und ich? War es mir etwa vorbestimmt, eines Tages in einer Garage in Ghana zu sitzen und heimlich Mango-Obstler herzustellen? Ist das nun besser oder schlechter, als in Deutschland Werbekampagnen zu planen? Ich beobachte, wie die einzelnen Gasbläschen in der Flüssigkeit nach oben steigen und dann verschwinden. *The answer, my friend, is blowin' in the wind.*

Über einige Tage hinweg wird das Blubbern weniger, dann hört es ganz auf. Dieses Mal ist alles gutgegangen. Die Maische ist fertig zum Brennen.

Ich rufe Andrew an, der schon nicht mehr an den Erfolg geglaubt hat. Drei bis vier Monate hätte es dauern sollen. Durch meine Ungeschicklichkeit sind daraus sechs geworden. Ich zitiere eine von mir erfundene Stelle aus dem Obstler-Buch, wonach das hin und wieder vorkommen kann. Andrew fragt nicht weiter nach. Dazu ist er viel zu aufgeregt. Denn jetzt geht es ans Brennen.

Wir bauen den Brennkessel auf und füllen ihn mit Maische. Priscilla hängt gerade Wäsche auf die provisorische Leine im Garten. Mir entgeht nicht, dass sie immer wieder zu uns herüberschaut. Die Sache mit der Marmelade glaubt sie mir wahrscheinlich längst nicht mehr. Ein paar Stunden später halten wir jeder eine Literflasche einer glasklaren Flüssigkeit in Händen. Andrew opfert sich und kostet vorsichtig.

»Und?«, frage ich.

»Schmeckt nach Mango.«

»Wirst du schon blind?«

Er lacht. »Ich sehe besser als vorher. Probier doch auch mal.«

Ich koste. Es schmeckt tatsächlich wie Schnaps mit Mangogeschmack.

»Gar nicht mal schlecht«, sage ich.

Er hat zu Hause Etiketten vorbereitet, die er jetzt auf die Flaschen klebt: »African Mango-Obstler!«

»Sieht super aus«, sagt er und dreht seine Flasche hin und her.

Dann schauen wir uns an.

»Das war's dann wohl«, konstatiert Andrew.

»Und was machen wir jetzt, ich meine, mit unserem angebrochenen Leben?«, frage ich.

Er überlegt kurz. Dann antwortet er: »Ananas-Obstler.«

22

Die Safari

Vorweihnachtszeit unter Palmen – wer träumt nicht davon? Ich zum Beispiel. Ich liebe Schneematsch, kurze Tage, graue Bäume und vor allem Weihnachtsmärkte. Wenigstens einen Weihnachtsmarkt gibt es hier. Die deutsche Schule in Accra lädt jedes Jahr dazu ein. Echtes Winterfeeling kommt allerdings nicht auf. Dafür ist es mit dreißig Grad im Schatten doch ein bisschen warm. Bei Bratwürsten, selbstgebackenem Kuchen und Glühwein stöbern wir in ghanaischem Kunsthandwerk. Der Glühwein ist eisgekühlt. Setzt man sie lange genug der Sonne aus, erfinden sogar die Deutschen ihre eigene Sangria.

An einem Wochenende kurz vor Weihnachten unternehmen wir eine Safari. Safari heißt »Reise« auf Kisuaheli, eine Sprache, die im fünftausend Kilometer entfernten Ostafrika gesprochen wird. Dennoch nennen es auch hier alle so. Es klingt einfach besser, nach Freiheit und Abenteuer. Mit Christine, Robert und ihrer kleinen Tochter Laura machen wir uns auf die zweihundertfünfzig Kilometer weite Fahrt nach Westen bis kurz vor die Grenze zur Elfenbeinküste.

Die Straßen sind gut. Es geht flott voran. Laura hat ausgiebig mit Milch gefrühstückt und erbricht sich auf den Rücksitz. Wir fahren rechts ran und reinigen die Polster, so gut es geht, mit Toilettenpapier. Alle zwanzig Kilometer treffen wir auf Polizeisperren. Herren in gut gebügelten Uniformen stehen am Straßenrand und heben die Hand. Manchmal haben sie Metallstangen voller Stacheln auf der Straße ausgelegt. Falls mal jemand die gehobene Hand übersieht. Zehn Mal werden wir auf unserer Safari angehalten; die Beamten schauen nur misstrauisch in den Wagen, fragen, wohin wir wollen, wollen den Führerschein sehen oder kontrollieren die Versicherungsplakette an der Windschutzscheibe. Kurz vor dem Ziel schwenkt ein Polizist eine Radarpistole einen Moment lang in unsere Richtung und stoppt uns. Es ist die zehnte Straßensperre. Das Radargerät zeigt zweiundsiebzig Stundenkilometer. Erlaubt sind fünfzig, weil wir uns angeblich innerhalb einer Ortschaft befinden. Seit Kilometern haben wir aber nur Bäume und Büsche gesehen. Gerüchteweise steht auf den Geräten immer genau diese Zahl, egal, wie schnell man fährt. Jetzt müsse ich vor Gericht, sagt der Beamte. Ort und Termin nennt er mir auch gleich: am kommenden Montag in Takoradi, zweihundert Kilometer von Accra entfernt.

Ich male mir aus, wie ich zum Gericht fahre und mir dabei haufenweise weitere berechtigte oder unberechtigte Strafmandate einhandle. Dann müsste ich wieder vor Gericht und würde wieder angeklagt werden. Ein Teufelskreis. Wir steigen aus und protestieren. Laura ist schon wieder ganz blass. Wenn sie sich noch einmal übergeben muss, dann bitte jetzt, denke ich. Das würde bei den Polizisten vielleicht Mitleid wecken und außerdem unser Polster schonen. Ein weiterer Beamter füllt ein Formular aus. Wir fragen nach dem Gesetzestext und einer Liste der Strafgebühren, untersuchen das Radargerät, zweifeln an seiner Genauigkeit und stellen den Sinn der Gerichtsverhandlung am anderen Ende von Ghana in Frage. Immer mehr Polizisten kommen hinzu. Wir sind zu zehnt, fünf Touristen, fünf Polizisten.

Auftritt des Polizeichefs. Der beleibte Endfünfziger steckt in einer makellosen hellbraunen Uniform, trägt Orden auf der Brust und eine goldene Schützenschnur. Er hört uns eine Minute lang zu. Dann reicht es ihm. Wortlos reißt er dem Polizisten meine Papiere aus der Hand und wirft sie mir zu. Dem anderen Beamten nimmt er das Formular weg und zerknüllt es. Mit einer genervten Kopfbewegung sagt er: »Macht, dass ihr weiterkommt!«

Aber gerne. Wir fahren los.

»Zehn Mal sind wir angehalten worden, jetzt reicht's mir«, sage ich.

Lauras Mutter Christine, die schon länger im Land ist, erklärt: »Es ist bald Weihnachten. Die brauchen Geld.«

»Sehe ich vielleicht aus wie der Weihnachtsmann?«

Johanna, die neben mir sitzt, legt den Finger auf ihren Mund und deutet mit dem Kopf nach hinten. Laura schläft in ihrem Kindersitz. Sie glaubt noch ganz fest an den Weihnachtsmann.

Die Bescherung für die Polizisten fällt erst einmal aus. Kurz nach der letzten Sperre verlassen wir die Hauptstraße und fahren auf einem ungeteerten Weg Richtung Küste. Büsche und Bäume flitzen vorbei, der Wagen kracht in Schlaglöcher und hinterlässt eine beeindruckende Staubfahne. Als wir schon nicht mehr daran glauben, sehen wir ein Tor. Wir fahren hindurch und sind in unserer Lodge. Verstreut stehen die Hütten unter Palmen. Der Strand ist ein paar Meter entfernt. Es gibt keinen elektrischen Strom, keine Ventilatoren oder Klimaanlagen. In der Mitte jeder Hütte steht ein Bett mit Moskitonetz, daneben zwei Stühle, an der Wand ein Schrank. Alles ist aus Bambusholz gezimmert, krumm und schief, aber schön. Auf dem Bett liegt eine gewebte Tagesdecke mit Ashanti-Muster, gezackt und mit kräftigen Farben. Die Seifen in der Dusche sind handgemacht und riechen nach Lavendel und Rosmarin.

Wir gehen zum Strand und legen uns auf Bambusbetten unter Palmen. Wie verabredet wedeln die Blätter über uns und lassen genau die richtige Menge Sonne hindurch. Der Wind bläst die Hitze vom Strand. Ein Frachtschiff am Horizont bewegt sich nur dann, wenn wir nicht hinsehen. Jemand kommt vorbei und fragt, was wir trinken wollen.

Laura spielt mit anderen Kindern am Strand. Sie kreischen und bauen Sandburgen mit komplizierten Kanälen. Wir werfen uns den Wellen auf bunten Styroporbrettern entgegen und reiten ans Ufer zurück. Die Strömung ist stark. Kein Tourist traut sich, hier zu schwimmen. Hüfthoch ins Wasser, mehr geht nicht.

Ein Kanu mit zwei Insassen nähert sich von weiter draußen und steuert in die Wellen hinein. Einer der beiden Kanufahrer lässt sich über den Bootsrand ins Wasser gleiten und schwimmt durch die Brandung ans Ufer. Als er über den Strand in Richtung Haupthaus läuft, schleift er einen großen Fisch hinter sich durch den Sand. Der Fisch zeigt mit einem steifen Lächeln die spitzen Zähne.

»Barrakuda. Abendessen«, erklärt Robert.

Der Zeit vergeht einfach so. Ich beobachte die Dünung und versuche vorherzusehen, wo die großen Wellen brechen werden. Eine Kokosnuss schwimmt vorbei. Ich wette mit mir selbst, wo sie anlanden wird. Es stimmt nie. Die Nuss macht, was sie will. Das Meer bleibt erfreulich rätselhaft. Johanna liest. Der Wind blättert für sie um. Sie blättert zurück. Sie sieht, wie ich sie ansehe. Zieht die Augenbrauen hoch. Ich auch. Sie lächelt und liest weiter.

Das grelle Licht wird gelb. Die Schatten der Palmen sind länger als die Palmen selbst. Johanna und ich machen einen Spaziergang. Wir suchen Muscheln zwischen angeschwemmten Kokosnüssen und Tang. Durchsichtige Krebse galoppieren seitwärts davon.

»Wie geht es dir?«, fragt Johanna.

»Gut, wieso fragst du?«

»Die Polizeisperren waren nicht so lustig.«

»Absolut nicht.«

»Du warst etwas genervt.«

»Du vielleicht nicht?«

»Doch, schon. Aber wir lassen uns das hier nicht verderben, oder?«

»Ganz bestimmt nicht. Das Meer, der Strand und die Palmen können ja nichts dafür.«

Zwei ghanaische Frauen kommen uns auf dem Strand entgegen. Sie haben Kleinkinder mit bunten Tüchern auf den Rücken gebunden. Die Farben leuchten. Auf dem Kopf tragen sie große Bündel mit irgendetwas. Schweigend gehen sie nebeneinander her.

»Was meinst du, grüßt man sich hier am Strand?«, flüstere ich Johanna zu. Aber da sind die beiden schon an uns vorbeigegangen.

Es wird Zeit fürs Abendessen. Wir wandern zurück, duschen, ziehen uns um, nehmen eine Petroleumleuchte und gehen zum Haupthaus. Es ist still, die Gäste unterhalten sich leise. Der Fisch ist phantastisch. Ob mir mein Steak auch schmecken würde, wenn der Schlachter die tote Kuh kurz vorher an mir vorbeischleppt?

Auf der Rückfahrt zwei Tage später fahre ich genau nach Tempolimit und im Zweifelsfall nicht mehr als fünfzig Kilometer pro Stunde. Die ghanaischen Autofahrer überholen halsbrecherisch und machen mir Handzeichen, die ich glücklicherweise nicht verstehe. Von den zehn Polizeisperren sind noch acht übrig. Bei jeder werden wir angehalten. Wo wir herkommen, wo wir hinwollen? Einmal zwängt der wahrscheinlich größte und dickste Polizist Ghanas seinen Oberkörper durchs Seitenfenster, um einen besseren Blick ins Wageninnere zu haben. Sein umgehängtes Maschinengewehr knallt gegen den Lack. Laura wacht auf und hält ihm spontan ihren Knuddelbären hin. Der Riese muss lachen. Mit fünfzig Sachen schleichen wir uns.

»Schneller, schneller, schneller!«, ruft Laura.

»Nichts da«, sage ich.

Ich schaue in den Rückspiegel. Christine und Robert sehen aus, als wünschten sie sich woanders hin.

»Der große Diktator«, sagt Johanna.

»Ich habe genau zwei Worte für euch: zweiundsiebzig Stundenkilometer«, bestimme ich und fahre weiter fünfzig.

23

Der Französischkurs

Dann studier doch was«, sagt Johanna. Sie hat angerufen, weil sie sich Sorgen macht. Sie hätte den Eindruck, mir ginge es nicht so gut, erklärt sie. In letzter Zeit sei ich etwas »lätschig« gewesen.

Vielleicht hat es auch mit dem Mango-Obstler zu tun. Eines Abends musste ich ihr die Sache doch gestehen. Als ich die Flasche auf den Wohnzimmertisch stellte und ihr alles erzählte, war es nicht so sehr der Alkohol, der sie daran störte, sondern der Stolz, mit dem ich den Obstler präsentierte. Dass Andrew mit Ananas weiterexperimentieren wollte, erwähnte ich gar nicht. Ich hatte mich aus dem Projekt zurückgezogen, als mir aufgefallen war, dass weder Johanna noch ich selbst Obstler besonders mögen. Die Flasche, die damals in der Frankfurter Kanalisation landete, war nach mehreren Jahren Lagerung auch immer noch halbvoll gewesen.

Jetzt sagt Johanna am Telefon, sie habe sich bei Kollegen umgehört, deren Partner in einer ähnlichen Situation seien. Eine Ehefrau hätte sich für ein Fernstudium eingeschrieben. Ob denn das nichts für mich wäre? Ich würde es mir überlegen, antworte ich. Es freut mich ja, dass sie sich so um mich kümmert. Aber noch einmal studieren, Kurse besuchen, Prüfungen absolvieren? Ich weiß nicht recht und gähne herzhaft am Telefon. Johanna sagt, sie hätte wirklich keine Zeit, mir beim Gähnen zuzuhören. Ich entschuldige mich gähnend. Wir legen auf.

Seit einigen Tagen hänge ich ziemlich in den Seilen. Ich bin so ausgeglichen wie ein hungriger Hai mit Verdauungsbeschwerden. Am Wochenende waren Robert und Christine zu Gast. Ich hatte mir in den Kopf gesetzt, sie mit schwäbischem Zwiebelrostbraten und Spätzle zu beglücken. Ich rief vorher sogar noch meine Mutter an, um sie nach Expertentipps zu befragen. Sie sagte, es täte ihr wirklich leid, aber sie könne sich kaum daran erinnern, denn sie koche, wie ich sicherlich wisse, seit geraumer Zeit eher italienische Küche, also zum Beispiel langsam gegarten Rinderbraten in Balsamico-Rotwein-Fond. Wo bleibt da die Tradition, dachte ich und beschloss trotzig, den schwäbischsten Zwiebelrostbraten herzustellen, den Westafrika je gesehen hat.

Das Fleisch war nach fünf Stunden mehr durch gutes Zureden als durch Schmoren mürbe geworden. Bei den Spätzle hatte ich mich fürs Schaben entschieden, die anstrengendste, aber auch heroischste Art der Zubereitung: ein Mann, ein Brett, ein Messer. Weitere Hilfsmittel oder gar Nudeln aus der Tüte lehnte ich ab.

Ich setzte einen großen Topf mit Wasser auf und wartete, bis es kochte. Als Ritter von der schwitzenden Gestalt stand ich, links das Schild (Brett), rechts das Schwert (Messer) in der Wolke über dem Topf und hätte mich ohrfeigen können, wenn ich nur eine Hand frei gehabt hätte. Hatte ich aber nicht, nicht einmal, um mir den Schweiß von der Stirn zu wischen, der in den Topf tropfte. Egal, war auch nur Salzwasser, das würde niemandem auffallen. Es war doch auch so schon furchtbar heiß und schwül. Was für eine absurde Idee, in diesem Klima Wasserdampf zu produzieren und sich mitten hineinzustellen. In der Küche war keine Klimaanlage. Natürlich nicht. Dort arbeitete ja nur das Personal. Mit mir hatten die nicht gerechnet.

Ich schaute auf den Baum vor unserem Küchenfenster, ein Flamboyant. Zur heißesten Zeit des Jahres blüht er blutrot. Wenn er blüht, stirbt der weiße Mann, sagt ein westafrikanisches Sprichwort. Die englischen Abenteurer und Kolonialbeamten starben früher wie die Fliegen. Auch kübelweise Gin Tonic half nicht immer, und wenn doch, dann starben sie an Leberzirrhose. Ein Brite hat deshalb vor einhundertfünfzig Jahren sinngemäß geschrieben: »Sollten Sie sich entschlossen haben, nach Westafrika zu gehen, lassen Sie's und gehen lieber nach Schottland. Wenn Sie dumm genug sind, es doch zu tun, dann bleiben Sie aus der Sonne, nehmen vier Körner Chinin pro Tag und lernen Sie unbedingt die Wesleys kennen. Das sind die Einzigen mit einem guten Leichenwagen.«

Ich schaute aus dem Fenster. Der Baum war rot. Schottland war weit weg. Das Schicksal hatte Humor. Ich würde beim Spätzleschaben sterben.

Wider Erwarten überlebe ich. Doch die Aktion in der Küche gibt mir motivationsmäßig den Rest. Christine und Robert haben mich zwar gelobt. Ich ließ mich aber nicht täuschen. Ganz genau habe ich gesehen, wie sie jedes Stück vom Braten mindestens siebenunddreißig Mal gekaut haben. Meine Selbstverwirklichung am Herd ist gescheitert. Zwiebelrostbraten mit Spätzle ist doch keine Lösung.

Ein paar Abende später sitzen Johanna und ich auf dem Sofa und schauen einen Film, den ich auf der Straße gekauft habe. Weil moderne Piraten ihn mit der Kamera von der Leinwand abgefilmt haben, hören wir das Publikum schwatzen und lachen. Menschen laufen mit Popcorn-Tüten durchs Bild.

»So geht das nicht weiter. Ich muss irgendetwas tun. Und zwar sofort«, sage ich.

Johanna versucht mich aufzubauen: »Schau mal, ohne dich würde ich das alles hier doch gar nicht schaffen.«

»Das ist schön und macht sich bestimmt gut in meinem Lebenslauf. 2008 bis 2010: Unterstützung der Karriere meiner Lebensgefährtin. Zuständig für Eventmanagement, Catering, Buchhaltung sowie Haustechnik, insbesondere Elektro und Sanitär.«

»Willkommen im Club! Wir Frauen machen das seit Jahrtausenden.«

»Elektro und Sanitär?«

»Du weißt, was ich meine.«

»Ich bin aber nun mal keine Frau.«

»Stimmt, dann würdest du nicht so viel jammern.«

Ich stehe auf und mache ein paar Schritte.

»Was hast du denn jetzt vor?«, fragt Johanna.

»Ich packe meine Koffer«, sage ich.

»Wieso? Wo willst du denn hin?«

»Zurück zu meiner Mutter.«

»Falls du an der Küche vorbeikommst, könntest du mir eine Cola mitbringen?«

Ich liebe den leichten Spott, mit dem sie mir die Luft herauslässt, wenn ich mich zu sehr aufplustere.

Ich habe überhaupt nichts dagegen, Johanna den Rücken freizuhalten. Aber in letzter Zeit habe ich doch angefangen, mir Gedanken zu machen. Nicht, dass mir meine Arbeit besonders fehlen würde. Die kleine Denkpause ist gar nicht so übel. Nur reift die Erkenntnis, was ich mit meiner Zeit anfangen soll, etwa so schnell wie ein Ebenholzbaum. Zu meinem vierzigsten Geburtstag hatte mir meine Mutter mit den Worten gratuliert: »Mit vierzig wird der Schwabe schlau.« Ich hatte mich gleich gefragt, ob das eine Feststellung oder eine Aufforderung gewesen sein sollte. Das ist jetzt schon wieder ein paar Jahre her. So richtig schlau fühle ich mich immer noch nicht. Dann war es wohl doch eher eine Aufforderung.

Hier zwei Jahre mit dem Alltag zu kämpfen ist zwar recht lustig. Don Quichotte hatte mit den Windmühlen auch seinen Spaß. Schlau wurde er erst auf der Bahre. So lange will ich nicht warten.

Jetzt erwäge ich doch, noch einmal etwas zu studieren. Klingt gar nicht so schlecht, wenn ich nur wüsste, was. Vielleicht muss es ja nicht gleich ein ganzes Studium sein. Eine neue Sprache lernen? Französisch, zum Beispiel. Ghana ist umgeben von ehemaligen Kolonien der Grande Nation, Elfenbeinküste, Togo, Burkina Faso. Ich habe mich in der Schule für Latein entschieden. Von der jahrelangen Qual ist nur die Erinnerung an die Übersetzung einer Geschichte geblieben, in der sich ein Recke ein Löwenfell überwirft und derart heroisch verkleidet eine Heldentat nach der anderen begeht. Einer meiner Mitschüler verwechselte das lateinische Wort für »Löwe« mit dem für »Esel«, und selbst der ewig miesepetrige Lateinlehrer musste einräumen, dass diese kleine Änderung die alte Geschichte doch irgendwie belebte. Latein sei die Grundlage für alle romanischen Sprachen, hatte der Anwerber in der Schule gesagt. Viel zu spät erkannte ich, dass das lateinische Gerundivum bei der Bestellung von Hühnchen mit Krabben an gedünstetem Gemüse in einem südfranzösischen Restaurant nur bedingt weiterhilft. Bei Französisch stehe ich also ganz am Anfang.

Ich rufe Johanna an und erzähle ihr von meinem Entschluss.

Sie retourniert »Quelle bonne idée!«, da sie sich in der Schule für Französisch entschieden hatte.

Die Alliance Française, Hort der französischen Kultur außerhalb Frankreichs, ist nicht weit von unserem Haus entfernt. Zwischen all den jungen Leuten, die dort herumschwirren, komme ich mir vor wie grand-père. Ich habe Glück, das neue Semester beginnt gerade. Ich schreibe mich für einen Anfängerkurs ein. Dreimal die Woche, morgens ab sieben Uhr dreißig. Am nächsten Tag geht es los.

Tags darauf bin ich schon lange vor Johanna im Bad und schrubbe mir die Zähne schnell wie ein Weberschiffchen, Morgenschwitzen hin oder her. In meine Hose springe ich wie ein Feuerwehrmann bei Großalarm. Ich bin bester Laune. Johanna schaut mir vom Bett aus misstrauisch zu.

»Was ist denn mit dir los?«

»Heute beginnt mein Französischkurs. Ich muss gleich weg.«

»Hört sich gut an«, sagt sie. Kleine Pause. »Und was ist mit meinem Kaffee?«

»Keine Zeit dafür. Außerdem wäre der kalt, bis du ihn trinkst«, antworte ich. Mein Grinsen reicht von Accra bis nach Frankfurt.

»Das würde mir aber gar nichts ausmachen. Ich trinke auch kalten Kaffee.«

»Also, das will ich dir nicht antun. Kann ich auch mit meiner Barista-Ehre nicht vereinbaren. Von mir gibt es nur Qualitätskaffee.«

»Heißt das, ich kriege jetzt dreimal in der Woche keinen Kaffee mehr?«

»Sieht fast so aus.«

»Also, das ist aber ein echter Scheidungsgrund.« Johanna bereut ihren Ratschlag von vor ein paar Tagen wohl bitter.

»Ich kann dir heute Abend gerne zeigen, wie man die Maschine bedient«, sage ich locker. Hoch gepokert. In Johannas feinmechanisches Gespür habe ich nicht viel Vertrauen. In ihre Bequemlichkeit, was das Kaffeemachen angeht, schon viel mehr.

Meine Rechnung geht auf.

»So wichtig ist der Kaffee dann auch wieder nicht«, wiegelt sie ab. Ihre Miene sagt etwas anderes.

»Wie du willst. Dann bis heute Abend«, rufe ich im Hinausgehen.

Sieben Ghanaer, vier Frauen und drei Männer, und ich sitzen in einem Klassenzimmer. Alle haben ihre Kladden vor sich auf dem Tisch liegen und schauen erwartungsvoll Richtung Tafel. Die Türe öffnet sich, Monsieur le Professeur betritt den Raum.

»Bonjour, mein Name ist Edouard. Ich bin aus Togo.«

»Bonjour, Monsieur Edouard«, antworten wir brav und setzen uns alle etwas aufrechter.

Wir lernen, uns den anderen vorzustellen. Jeder muss aufstehen und sein Sprüchlein vortragen. Einer sagt, sein Name sei Theophilous, er sei Journalist. Die Nächste heißt Abeena, sie ist Krankenschwester. Ich kriege die Krise. Alle haben einen Beruf. Nur ich nicht. Ich blättere hektisch im Lexikon. Nancy, Reisekauffrau. Kweku, Programmierer. So geht es der Reihe nach. Ich bin der Letzte. Letztes Blättern. Alle schauen mich neugierig an.

Ich erhebe mich und radebreche auf Französisch: »Ich heiße Thomas und bin die Meister von das Haus.«

»Aha, Sie sind Hausmeister?«, fragt Monsieur Edouard auf Englisch.

»Aber nein. Ich wollte sagen, ich bin Hausherr.«

»Ach so, Sie besitzen Immobilien?«, fragt Monsieur Edouard.

Wie soll ich das bloß erklären? Für Monsieur Edouard ist Englisch auch nur Zweitsprache. Ich versuche es deshalb mit dem bisschen Französisch, das ich aufgeschnappt habe:

»Mein Frau viel arbeiten. Ich ganzes Tag in Haus. Mache Sachen mit die Putzfrau.«

»Mon dieu«, seufzt Monsieur Edouard.

24

Die fremde Kultur

Schau mal, was ich hier habe«, sagt Johanna eines Morgens. Ich bin wieder früh wach, heute ist Französischkurs. Sie hält einen metallisch glänzenden Behälter in der Hand. Zuerst denke ich, eine Vase. Dann sehe ich den Henkel an der Seite. Vasen haben keine Henkel.

»Was ist das denn?«, frage ich.

»Das ist eine Überraschung: ein Thermobecher.«

»Wozu brauchst du denn einen Thermobecher?«

»Der ist nicht für mich, der ist für dich.«

»Wirklich? Wozu denn? Okay, da könnte ich meine Cola auf der Terrasse kühl halten.«

»Nein, da kannst du meinen Milchkaffee hineingießen, bevor du gehst.«

»Aber nur im Tausch.«

»Wofür denn?«

»Ich hatte da an etwas Französisches gedacht«, sage ich und verschwinde zur Türe hinaus. Dass ich damit die Hausaufgaben meine, muss sie ja nicht gleich erfahren.

Heute werden wir in unserem Sprachkurs mit einer neuen Lektion beginnen: Essen und Trinken. Eigentlich ein schönes Thema. Leider legt die Alliance Française in ihrem Unterrichtsmaterial größten Wert darauf, dass die Schüler neben der Sprache auch viel über die französische Kultur lernen.

Das geht immer so lange gut, bis wir einen Punkt erreichen, der meinen Mitschülern so fremd ist wie mir vieles in ihrer Heimat. Ich hatte vor einigen Monaten das Buch eines Ghanaers gelesen, der nach Großbritannien übergesiedelt war und darin seine Eindrücke vom seltsamen Leben der Europäer beschrieben hatte. Nach ein paar Tagen sei er zum Einkaufen in den Supermarkt gegangen und hätte sich darüber gewundert, dass die Engländer so gerne Hunde und Katzen äßen. Anders konnte er sich die vielen Tüten und Dosen mit den Bildern der niedlichen Haustiere nicht erklären.

Oder das Händeschütteln. Zeit meines Lebens habe ich dabei einmal zugegriffen und dann wieder losgelassen und war mir sicher gewesen, dass Händeschütteln so im Allgemeinen funktionieren würde. Mochte jeder Händedruck ein wenig anders sein, mal dauerte er länger oder kürzer, mal war er fester oder sanfter, aber vom Grundprinzip waren doch alle gleich. In Ghana machen die meisten Männer, und manchmal auch die Frauen, beim Händeschütteln ein Geräusch. Sie drücken ihre Mittelfinger fest aneinander und lassen sie schnalzen. Danach lassen sie die Hand des anderen minutenlang nicht los, so wie es Don Lorenzo getan hatte, als er mir Parmaschinken und Käseräder präsentierte. Da mir ein Ghanaer erklärt hat, dass an dem Geräusch zu erkennen sei, wie sympathisch sich die beiden händeschüttelnden Parteien wären, und ich bis dahin immer den Eindruck gehabt hatte, dass mein Schnalzen eher mickrig klänge, habe ich Johanna dazu gezwungen, mit mir das ghanaische Händeschütteln zu üben. Aber nach einer Weile hat sie gesagt, sie müsse jetzt damit aufhören, ihr täte die Hand weh. Gegen gelegentliches Händchenhalten hat sie allerdings nichts einzuwenden, und im Unterschied zu ähnlichen Begegnungen mit Don Lorenzo und anderen verschränken sich dabei unsere Finger ineinander.

In einer Französischstunde vor zwei Wochen hat Monsieur Edouard die vier Jahreszeiten Europas erklärt und an die Tafel geschrieben: Frühling – 21. Oktober bis 20. Dezember, Sommer – 21. Dezember bis 20. März und so weiter. Zuerst hatte ich nichts sagen wollen. Dann stellte ich mir vor, wie ein Ghanaer, der durch diese Schule gegangen ist, einem Schnee schippenden Franzosen zu diesem herrlichen Sommertag gratulieren würde. Ich hatte wirklich nur helfen wollen, interkulturelle Zwischenfälle zu vermeiden. Monsieur Edouard dankte mir meine Einmischung mit einem bösen Blick.

In der neuen Lektion würde es um die französische Küche gehen. So mancher europäische Nicht-Franzose, der in einen Hamburger hineinbeißt und dabei ein appetitliches Gemisch aus Tomaten, Schmelzkäse und Zwiebeln hinauskatapultiert, hätte hiermit auch seine Schwierigkeiten. Deshalb war ich gespannt darauf, wie Monsieur Edouard das mehrgängige Menü eines französischen Abendessens meinen Mitschülern erklären würde, die keine Milchwirtschaft kennen, Salat aus hygienischen Gründen niemals essen und alles immer sehr, sehr lange kochen.

»Bonjour la classe.«

»Bonjour Monsieur.«

Edouard schreibt die Liste der Gänge und die dazugehörigen Speisen an die Tafel. Alle notieren fleißig in ihre Kladden. Aus Versehen lasse ich meinen schweren Kugelschreiber auf den Tisch fallen. Monsieur Edouard schaut mich irritiert an. Ob Monsieur Thomas daran irgendetwas auszusetzen hätte? Hätte ich nicht, sage ich, und Monsieur Edouard will sich schon wieder zur Tafel drehen, aber da wir schon dabei seien, füge ich hinzu, die Suppe bitte vom dritten auf den ersten Platz und den Käse an den Schluss der Liste schieben. Monsieur korrigiert grummelnd an der Tafel.

Kweku, der Programmierer, fragt, was eigentlich Käse genau sei. Sehr lange gelagerte, vergorene Milch, erkläre ich.

»Hört sich schrecklich an«, sagt er.

»Ist es manchmal auch«, stimme ich zu und denke an den Jahrhundertsommer 1983, als ich das Münsterkäsebrot über die großen Ferien in meinem Schulrucksack vergessen hatte. Abeena wundert sich über Mousse au chocolat. »Schokolade mit Luft drin«, sage ich. Das überzeugt sie nicht. »Rasierschaum mit Schokogeschmack?« Auch nicht. »So ähnlich wie aufgepuffter Schokoladenpudding«, sagt Theophilous, der es schnell gegoogelt hat.

Abends sind Johanna und ich zum Essen verabredet. Wir haben uns ein französisches Restaurant ausgesucht, der Chef ist Libanese. Da könnte ich mal meine Französischkenntnisse ganz praktisch anwenden, sagt sie. Ich radebreche mit dem Kellner, der kein Französisch kann. Immerhin lässt mich Johanna danach wissen, ich hätte wirklich Fortschritte gemacht, spräche aber mit einem deutlichen afrikanischen Akzent. Weil ich mich heute so richtig französisch fühle, lasse ich mich vom Maître zur Spezialität des Tages auf der kreidebeschriebenen Tafel überreden, Andouillette. Wie sich später herausstellt, ist das eine Wurst aus Innereien. Ich würde sie am liebsten mit zugehaltener Nase essen.

25

Die Rundfahrt

Ghana ist mehr als nur die Großstadt Accra und eine dreihundert Kilometer lange Küste voller Polizeisperren. Wir beschließen, nach Norden ins Landesinnere zu fahren. Dafür brauchen wir Geld. Natürlich haben wir welches. Es liegt auf einem Konto in Deutschland. Einmal die Woche hole ich ein paar Scheine aus dem Geldautomaten und gebe Priscilla, Don Lorenzo, notleidenden Verkehrspolizisten, echten Bedürftigen und vielen anderen davon ab. Das Problem ist: Für unsere Reise benötigen wir mehr als diese paar Scheine. Schon jetzt weiß ich, dass ich dafür meine ganze Kunstfertigkeit als Pfadfinder und Automatenflüsterer werde aufwenden müssen.

Zum Pfadfinder wurde ich, weil ich mehr vom Leben erwarte, als es im Stau der afrikanischen Großstadt zu verbringen. Anfangs habe ich mich bei meinen Versuchen, Abkürzungen zu finden, rettungslos verfahren und fand oft nur mithilfe von Taxen wieder nach Hause, die gegen Bezahlung vorausfuhren. Mittlerweile kenne ich jeden Kniff.

Als Automatenflüsterer bin ich Autodidakt. Dieser Karriereschritt hat sich ganz von allein ergeben. Eigentlich ist es ganz einfach: Ein Geldautomat soll Geld ausspucken. Entweder hat man vergessen, das den Geldautomaten in

Ghana zu sagen, oder sie sind nicht, was sie zu sein scheinen. Immer wieder treffe ich die Geräte in ihrem natürlichen Lebensraum an, also in Banken und Einkaufszentren. Sie sehen aus wie Geldautomaten, fühlen sich an wie Geldautomaten und tragen sogar eine entsprechende Aufschrift. Nur geben sie so gut wie nie Geld heraus.

Mit viel Geduld habe ich ein intimes Verhältnis zu ihnen entwickelt. Ich weiß jetzt, dass sich die Geräte einfach nur missverstanden fühlen. Zunächst verhalte ich mich wie jeder normale Kunde überall sonst auf der Welt. Ich hangle mich durchs Menü und tippe meine PIN ein. Dann lege ich dem Gerät sanft die Hände auf. Geduldig warte ich auf eine ganz bestimmte Reaktion, ein Vibrieren im Inneren des Geldautomaten. Sobald ich es spüre, weiß ich, dass ich einen Kontakt hergestellt habe. Ich presse meine Hände fester ans Metall. An einer stärkeren Vibration merke ich, dass der Automat nun Vertrauen zu mir gefasst hat.

Er beginnt, Scheine zu zählen, zuerst schüchtern, dann immer mutiger. Bei manchen Geräten ertönt auch ein flatterndes Geräusch, als würde man die Seiten eines Buches am Daumen vorbeischnellen lassen. Selbst bei einem deutlichen Vibrieren oder Flattern unterdrücke ich verfrühte Jubelschreie. Das könnte den Geldautomaten erschrecken. Er würde sich verzählen, von neuem beginnen, sich wieder verzählen und schließlich aufgeben. Erst wenn sich die Schublade der Geldausgabe öffnet, gestatte ich mir vorsichtigen Optimismus. Doch auch in diesem Moment kann eine unüberlegte Bewegung alles verderben. Einmal griff ich zu schnell nach den Scheinen. Erschrocken ließ der Automat die Schublade zuschnappen. Das Geld war weg.

Sogar ein erfahrener Automatenflüsterer wie ich muss das Abheben einer größeren Summe gut planen. Für unsere Reise wollen wir etwa eintausend Euro mitnehmen. Pro

Tag kann ich den zickigen Geräten im günstigsten Fall zweihundert Euro entlocken. Ich werde also fünf Tage brauchen, und um ganz sicherzugehen, plane ich einen sechsten Tag als Reserve ein.

Da wir am nächsten Samstag losfahren wollen, beginne ich deshalb schon am Sonntag davor mit dem Geldsammeln.

Dienstag: achthundert Euro. Sonntag und Montag liefen wie erwartet. Heute hat mich ein Automat sogar zwei Mal abheben lassen.

Mittwoch: siebenhundert. Ich musste Diesel fürs Auto und den Generator kaufen. Alle Bankautomaten haben heute versagt.

Donnerstagmittag: neunhundert Euro, abends wieder nur siebenhundert. Priscilla hat mich um einen Vorschuss gebeten. Außerdem wollte Johanna mit mir essen gehen. Sie wunderte sich darüber, dass ich nur etwas Kleines bestellt habe. Ob ich auf Diät sei?

Am Freitag mobilisiere ich noch einmal alle Kräfte. Gleich morgens fahre ich zur ersten Bank, die etwa zwei Kilometer entfernt ist. Ich bekomme zweihundert Euro in nagelneuen Scheinen, die stark nach frischer Farbe riechen. Neunhundertfünfzig. Heute ist mein Glückstag. Da geht noch mehr.

Ich halte an einer zweiten Bank, die ich nicht kenne. Der Automat macht äußerlich einen guten Eindruck. Leider fehlt das Visa-Schild.

Zur dritten Bank ist es nicht weit. Wegen eines liegen gebliebenen Lastwagens, den der Fahrer mitten auf einer Kreuzung repariert, brauche ich fast eine Stunde für die Strecke. Der Geldautomat streikt.

An der vierten Bank fahre ich versehentlich vorbei. Es gibt keine Möglichkeit zum Wenden. Aber ich kenne die

»Josua-Schikane«, mein Taxifahrer hat sie mir beigebracht. An einer Kreuzung liegt ein Museum inmitten eines großen Grundstücks. Am Tor behaupte ich, Besucher zu sein, fahre hinein, einmal um das Gebäude herum, unter ein paar Wäscheleinen durch, über den Parkplatz des Museumsdirektors, an der kleinen Angestelltenküche vorbei und zum hinteren Tor wieder hinaus. Vergebens, die Bankautomaten hier sind heute außer Betrieb.

Zurück auf der Straße ist in jeder Richtung jetzt Stau, die Sonne brennt aufs Autodach. Mir schwinden die Sinne. Auf dem Parkplatz der nächsten Bank überreicht mir der Filialleiter einen riesigen Papp-Geldschein im Wert von fünfzig Euro. Wir schütteln die Hände und lächeln in die Überwachungskameras. Zwei Dutzend Parkwächter jubeln und winken mit bunten Fahnen. Ein Blasorchester, das plötzlich vollzählig angetreten ist, spielt »Money, Money, Money« von Abba. Die Schweißflecke auf meinem Hemd sehen aus wie der Rorschach-Test. Passanten schauen herüber und werden bei meinem Anblick augenblicklich therapiert.

Ich brauche sehr, sehr dringend eine Pause. Ein Sandwich und zwei eiskalte Cola später ist der Euro-Spiegel in meiner Tasche um zehn gefallen. Da fällt mir ein: Die eintausend Euro sind eine Schätzung. Wer weiß schon, ob wir wirklich so viel brauchen. Dass ich darauf nicht schon früher gekommen bin! Der Gedanke macht mich froh. Ich fahre nach Hause.

Wir fahren früh los in Richtung Kumasi, der Hauptstadt der Ashanti. Im Kolonialkrieg um Ghana ging das Königreich unter, die Stadt in Flammen auf. Auf dem Weg dorthin auf der linken Seite liegt der See Bosomtwe, ein riesiger Meteoritenkrater. Niemand weiß so recht, wo sein Wasser herkommt und wo es hinfließt. Für die Anwohner ist der See heilig. Es ist verboten, Metall mit ins Wasser zu nehmen. Die Fischer paddeln auf kleinen Holzflößen von Netz zu Netz. Wir bleiben in einer kleinen Lodge am Ufer und genießen die Stille. Bis ein dicker, alter Weißer und eine sehr junge Ghanaerin in einem Motorboot vorbeibrausen. Die Wellen legen sich wieder. Im Abendlicht ziehen Vögel ruhig über dem See dahin. Bis auf der anderen Seeseite eine Party beginnt und wir acht Kilometer weit entfernt die Lieder mitsingen können. Die Götter haben genug. Ein Gewitter wälzt sich krachend über den Kraterrand und bleibt eine Weile. Dann ist Ruhe.

Vor Kumasi steht einer der wenigen erhaltenen Tempel der Ashanti-Religion. Gemauerte Häuser mit steilen Giebeldächern bilden einen Innenhof. An einer Seite ist ein Schrein in die Wand gemauert. Ein alter Ghanaer und seine beiden Enkel empfangen Touristen. Ich frage, ob ich ein Bild von ihm machen darf. Er sagt: »Ja, aber nur, wenn du für mich tanzt« und setzt sich neben eine Wand aus roten Steinen mit Ornamenten. Ich wundere mich erst, sage dann aber »okay« und mache mein Bild. Der Alte zieht aus einer alten Kiste einen Bastrock hervor. Den soll ich anziehen. Ich ziere mich. Johanna sagt, ich solle mich nicht so haben. Ich ziehe den Rock an. Der Alte sagt, jetzt solle ich tanzen. Ich will immer noch nicht. Er macht mir vor, wie. Johanna sagt, ich hätte es versprochen. Also tanze ich einen Tempeltanz. Der Alte lächelt vornehm. Die Enkel wälzen sich auf dem Boden. Johanna macht ein Bild von mir. Sie hält mir die Kamera hin. Ich weiß nicht, wofür mich die Ghanaer in diesem Moment halten, aber ich sehe aus wie der Vater von Pippi Langstrumpf.

Wir übernachten in einer Lodge auf der anderen Seite des Volta-Sees, ein Stausee, den Präsident Nkrumah in den sechziger Jahren anlegen ließ und der noch immer Strom für ganz

Ghana produziert. Wir wandern zu den Wli-Wasserfällen, die in zwei Stufen eine Klippe abwärts stürzen. Unser Führer reißt Blätter von Büschen, die wir lutschen und die wie Bonbons schmecken, und zeigt uns, wie lecker die Kerne von Kakaofrüchten sind. Der Weg ist steil und sehr glitschig. Vorschriftsmäßig tragen wir Wanderstiefel aus Goretex mit starkem Profil. Er trägt Flipflops. Wir rutschen ständig aus, er nicht. Unsere Stiefel sind Tage danach noch feucht, er reibt seine Latschen einfach trocken, als wir wieder unten sind.

Am Spätnachmittag fahren wir mit dem Auto durch die Gegend. In einem kleinen Dorf halten wir an einer kleinen Kneipe und setzen uns davor auf die Plastikstühle. Die Wirtin bringt uns zwei Cola. Schweigend betrachten wir das Dorfleben. Ein Hund sitzt auf der Straße und kratzt sich am Hintern. In Zeitlupe radelt ein Greis vorbei. Zwei Typen fragen, ob ich Lotto spielen will. Ich verliere einen halben Euro und gewinne neue Freunde. Die ungeteerte Dorfstraße führt direkt in den Sonnenuntergang. Hunde, Fahrradfahrer und Lottospieler sind nur noch Schattenspiele vor einem Hintergrund aus rotem Licht und roter Erde. Ein magischer Abend, irgendwo in Afrika. Auch die Wirtin der kleinen Kneipe lässt sich von der Stimmung überwältigen und spielt »Cause I'm your Lääidiiiiy, and you're my Mää-ä-ään« auf ihrem CD-Player, in Endlosschleife, die Lautstärke am Anschlag. Niemand im Umkreis von fünf Kilometern braucht jetzt noch ein Radio.

Wir wandern auf den höchsten Berg Ghanas. Durch hüfthohes Gras folgen wir einem weiteren Führer. Auf dem Weg zeigt er uns Höhlen, in denen die Vorfahren seines Stammes vor langer Zeit gehaust haben. Hysterisch rasen Fledermäuse an uns vorbei. Völliger Quatsch, meint ein anderer Tourist, das seien einfach nur Löcher im Felsen. Auf dem neunhundert Meter hohen Gipfel angekommen, blicken wir über eine weite Ebene nach Ghana hinein. Auf der anderen Seite sind die grünen Hügel Togos. Unser Wanderführer platzt vor Stolz. Ob es denn bei uns auch so hohe Berge gäbe? Gerade will ich antworten, natürlich, selbst der Feldberg bei Frankfurt sei höher, und das sei ja noch gar nichts im Vergleich zu den Alpen. Aber Johanna kennt mich und zieht mich rechtzeitig am Arm.

»Nein, so schöne Berge gibt es wirklich nur in Ghana«, sagt sie.

Tage später. Unterwegs essen wir in einem Restaurant an der Straße ghanaisches Essen. Fufu, ein Kloß aus dem Mehl der Yamswurzel, Kochbananen und Red-Red, Bohnen in einer Tomatensoße mit einem Stück Fisch. Der Koch empfiehlt noch eine Art Eintopf. Mit einer sehr speziellen Zutat. Nur für mich. Was denn das sei, frage ich. Man nenne es Cowhide. Dieser Western-Song, »Rawhide«, der mit dem Peitschenknall, klingt so ähnlich. Das hätte mich warnen sollen, aber ich schalte nicht. Der Eintopf wird serviert, die anderen Gäste beugen sich interessiert in meine Richtung. Ich fische ein Stück heraus, kaue, aber selbst nach fünfzig Bissen erziele ich keine Wirkung. Es schmeckt wie ein alter Winterreifen.

»Was um alles in der Welt ist das?«, frage ich. Die Ghanaer prusten ins Banku, eine Suppe, in der ein Teigkloß schwimmt. Kuhhaut sei das, sagt einer, leckere, frische Kuhhaut.

»Und ich dachte, daraus macht man Schuhe«, sage ich.

Wir fahren zurück an den Strand, wo der Volta-Fluss ins Meer fließt, und machen eine Fahrt in einem länglichen Boot. Der Kapitän fährt uns an die Mündung, wo die Brandung den Fluss trifft. Die Gischt spritzt, alles kreischt. Auf der Rückfahrt fragt er uns, ob wir eine Insel im Flussdelta besichtigen wollen. Warum nicht.

Wir steuern auf eine zu, die aussieht wie die einsame Insel von der Fototapete: flacher Sandhügel knapp über dem Wasser, ein Haus, ein Steg und drei Palmen. Ob es diese sei, fragen wir. Nein, die gehöre einem Autohändler aus Accra. Auf einer Insel dahinter ist ein kleines Dorf.

»Akwaaba«, sagt der Inselchef, als wir anlegen, und zeigt uns seine Zuckerrohrpresse aus dem Jahr 1936. Im Schatten hoher Bäume sind große Bottiche halb im Boden vergraben. Darin gärt der Schnaps. Ich probiere einen Schluck und muss mich schütteln wie ein nasser Hund. Begeistert haut er mir mit der Hand auf die Schulter, und ich kaufe eine große Flasche Insel-Geist. Beschwingt geht es über Wellen zurück zum Festland.

Fünfunddreißig Kilometer vor Accra liegt die Hafenstadt Tema, wo unser Container angekommen ist. Es ist eine langweilige Schlafstadt, aber es gibt einen deutschen Metzger hier, der Ukrainer ist. Die deutsche Nationalität wird ihm angedichtet, weil er weiß, wie man Würstchen und Leberkäs macht. Wir nehmen ein Kilo und ein Glas mittelscharfen Senf dazu. Die einzige Autobahn des Landes verbindet Tema und Accra. Wir fahren langsam heimwärts, vorbei an einer langen Autokolonne, die von einem Krankenwagen angeführt wird. Die Blaulichter blinken zwar, eilig haben es die Fahrer aber nicht. Auf der Bahre liegt kein Kranker, sondern ein Toter. Beerdigungen sind in Ghana die wichtigsten Feste. Sie werden monatelang geplant, Hunderte von Gästen kommen aus dem In- und Ausland. Geld spielt keine Rolle. Der Verstorbene liegt so lange im Kühlschrank, bis ein passender Termin für alle gefunden ist. Für diesen hier scheint die letzte Reise begonnen zu haben.

Zu Hause mache ich zum Leberkäs schwäbischen Kartoffelsalat. Priscilla zieht beleidigt ab. Ich bin mir sicher, sie würde mich ihr Fufu auch nicht machen lassen.

Heimatabend. Pünktlich um 20:15 Uhr legen wir eine selbstgebrannte DVD mit alten Tatort-Folgen ein. Die Einfuhr dieses kostbaren Kulturguts folgt ausgetretenen Schmuggelpfaden. Neue Folgen werden über alteingesessene Netzwerke weitergegeben. Nach knapp zwei Jahren Ghana gehören wir noch nicht dazu. Sich das nötige Vertrauen zu erarbeiten dauert. Ich kenne die Bosse nicht, aber es werden Geschichten erzählt von einem Deutschen, der jahrzehntelang eine legendäre Bar am Strand betrieben hat. Die Bar ist jetzt geschlossen, er selbst verschwunden. Ich habe aber einen vielversprechenden V-Mann in den Kreisen des hiesigen Tatort-Publikums. Einmal hatte er mir eine DVD mit einer brandneuen Folge gegeben.

»Verplapper dich nicht!«, schärfte er mir ein. »Wenn andere darüber reden – du kennst sie noch nicht, capito?«

»Und wenn ich sage, ich hätte sie in der ARD-Mediathek gesehen?«

Er denkt einen Moment nach. »Unglaubwürdig, dafür ist das Internet nicht schnell genug. Du würdest ja wohl kaum ins Novotel fahren, um eine ganze Folge Tatort zu schauen, oder?«

»Warum denn nicht?«

26

Die Dienstreise

Jetzt muss ich aber los«, sagt Johanna. Sie stellt ihren Kaffee auf den Boden neben dem Bett. Wie immer ist die Tasse noch halb voll und so kalt, wie Kaffee in Ghana werden kann. Ich frage mittlerweile gar nicht mehr, ob es vielleicht daran liegen könnte, dass ihr der Kaffee nicht schmeckt. Ich erinnere mich noch gut an die Krise mit dem Toast. Doch, der Kaffee sei schon gut, würde Johanna sagen, aber sie sei eben eine Langsamtrinkerin.

Meine Selbstzweifel halten sich tatsächlich auch in Grenzen. Es ist eher unwahrscheinlich, dass ich nach über sechshundert Milchkaffees, die ich in Ghana für Johanna zubereitet habe, nicht in der Lage sein sollte, ihren Geschmack zu treffen.

Ich helfe ihr, den kleinen Rollkoffer die Treppe hinunterzutragen. Draußen steht schon das Taxi zum Flughafen.

»Soll ich dich wirklich nicht fahren?«, frage ich. Große Lust habe ich eigentlich keine. Im Morgenstau von Accra wären es fünf Minuten hin und eine Dreiviertelstunde zurück. Aber Abschiede von Johanna machen mich immer schrecklich sentimental.

Wir haben unser gemeinsames Leben in Ghana mittlerweile ganz gut im Griff. Johanna arbeitet viel, geht früh und kommt spät nach Hause. Ich mache dreimal die Woche

Französischkurs, den ich von eineinhalb auf drei Stunden ausgedehnt habe. Ich erledige die Einkäufe, bezahle Rechnungen, organisiere Handwerker und kümmere mich um das Auto und den Generator. Wir sind hin und wieder eingeladen, bei Freunden oder Kollegen, gehen ins Kino und machen am Wochenende Ausflüge an den Strand.

Die Zahnräder greifen im Alltag geschmeidig ineinander. Erst wenn Johanna sagt, sie müsse mal wieder für ein paar Tage weg, fangen sie an zu klemmen. Dann klappert die Maschine und bleibt in dem Moment stehen, in dem Johanna das Haus verlässt. Ich muss dann eine Weile warten, bevor ich die Maschine neu starten kann. Sie klingt anders, aber immerhin läuft sie wieder.

Obwohl ich mich nicht beschwere, sagt Johanna immer, wenn sie auf Dienstreise geht: »Du kommst doch super ohne mich klar.« Sie meint es scherzhaft, es ist aber auch jedes Mal ein kleiner Vorwurf dabei.

Ich sage dann: »Das stimmt schon, aber es ist einfach nicht dasselbe ohne dich.«

Sie schaut mich dann etwas unsicher an und fragt: »Ganz ehrlich?«

Und ich antworte: »Ja, ganz ehrlich« und freue mich ein klein wenig, dass auch diese Frau manchmal schwach ist. Natürlich spreche ich das nicht aus, denn sonst würde Johanna nur sagen: »So stark bin ich doch gar nicht.«

»Also bis nächste Woche dann«, ruft sie und ist schon zur Tür hinaus. Ich schaue zu, wie das Taxi wendet und zum Tor fährt. Dann gehe ich nach oben, hebe die Kaffeetasse vom Boden auf, trage sie die Treppe hinab in die Küche, ärgere mich, dass ich wieder einmal derjenige bin, der sie in die Küche tragen muss, denke aber gleich darauf, dass ich die Tasse auch wie ein Pfand verstehen könnte: Wer sie stehen lässt, hat vor, wiederzukommen und sie auszutrinken.

Ich leere den kalten Kaffee ins Becken und spüle die Tasse kurz aus. Ärgerlich ist es trotzdem.

Es rumpelt an der Küchentüre. Priscilla kommt herein. Wir wünschen uns einen guten Morgen, freundlich, aber distanziert. In der Diplomatie würde man sagen, die Gespräche seien sehr konstruktiv verlaufen, viele Differenzen, aber auch viele Gemeinsamkeiten seien angesprochen worden. Im Klartext: Es wurde ein Nichtangriffspakt geschlossen.

Ich lasse sie allein und stelle mich unter die Dusche. Dann muss ich das Jaulen und Pfeifen der Wasserpumpe wenigstens nicht hören.

Das Programm für diese Woche ist nicht einmal schlecht. Als Erstes muss der Generator gewartet werden. Ein älterer Engländer namens Henry fährt in einem uralten Suzuki-Geländewagen vor. Sein ghanaischer Mechaniker kümmert sich um den Generator. Henry nimmt einen Kaffee, wir setzen uns auf die Terrasse. Er klagt über den Verkehr und dass die Geschäfte besser laufen könnten. Ich höre mir die Geschichte an, wie er als Schiffsingenieur vor zwanzig Jahren nach Ghana gekommen und hier hängengeblieben ist. Dann startet der Mechaniker den Generator für einen Moment, um ihn zu testen. Das Wummern des großen Dieselmotors beendet unsere Kaffeepause. Die beiden steigen in den kleinen Suzuki. Ich winke ihnen nach und setze mich wieder auf die Terrasse. Zwei Stunden sind um, was nach meinem hiesigen Zeitgefühl bereits ein halber Tag ist, und wenn ich Frühstück und Mittagessen einrechne, eigentlich fast ein ganzer.

Und dann ist da noch der Französischkurs. Am Freitag dieser Woche ist Examen. Nach meinem Studium hatte ich mir zwar geschworen, nie wieder eine Prüfung abzulegen. Erfolgreich hatte ich seitdem alles, was nur danach aussah, vermieden, sogar den Tageskurs zum Barista, den mir

Freunde zum Geburtstag geschenkt haben. Und wenn ich nicht schon schwimmen könnte, würde ich nicht einmal das »Seepferchen« machen wollen.

Die Tage vergehen schnell. Wir Schüler treffen uns einige Male in der Alliance Française, um uns vorzubereiten. Ich bin so begeistert von diesem ungewohnten Termindruck, dass ich beinahe meine Armbanduhr wieder anlege. Am Prüfungstag wünschen wir uns gegenseitig »bonne chance«. Hinterher treffen wir uns vor dem Gebäude. Alles redet durcheinander, ob bei der mündlichen Prüfung auch dies oder das gefragt worden wäre und wie wir Frage sechs beantwortet hätten.

»Sehen wir uns im nächsten Semester?«, fragt Theophilous.

»Ganz sicher«, antworte ich. Wir machen ein Klassenfoto, dann gehen alle durchs große Tor auf die Straße, winken noch einmal, biegen um die Ecke und verschwinden hinter einer Reihe von Büschen.

Nur Abeena bleibt stehen und fragt mich, ob wir noch einen Kaffee in der kleinen Bar gegenüber dem Hauptgebäude der Alliance Française trinken wollen. Warum nicht? Ich habe keine Termine mehr, und alle Staus und Kompromisse können mir gestohlen bleiben. Abeena ist relativ groß und hat kurze Haare, die sie mit viel Mühe, Hitze und Chemie glatt gekämmt hat. Sie trägt keine Perücke, nicht wie unsere Mitschülerin Nancy, mit ihrer enormen und sehr künstlich wirkenden Haarhaube. Ich habe mich immer gefragt, wie sie das aushält, bei dieser Hitze auch noch eine Mütze auf dem Kopf zu haben. Wenn sie sich unbeobachtet fühlte, nahm sie ihren Bleistift und kratzte sich durch die Haare hindurch an der Kopfhaut.

Abeena hat ein jugendliches Gesicht, wirkt aber älter. Sie ist ruhig und spricht leise und kontrolliert. Vielleicht ist sie einfach so oder ihr Beruf als Krankenschwester auf der Intensivstation bringt das mit sich. Sie fragt viel und will auch viel gefragt werden. Wir plaudern über alles Mögliche, was ich hier in Ghana mache, warum sie Französisch lernt, ihr Krankenhaus, die medizinische Versorgung in Ghana generell, die in Deutschland und das Wetter hier und dort.

Sie dreht an ihrer Teetasse, rührt mit dem Löffel herum und wirkt etwas unkonzentriert. Als ich mich gerade frage, ob sie zurück auf die Station muss oder ich sie vielleicht entsetzlich langweile, sieht sie mich ganz direkt an und will wissen, ob sie mich einmal etwas fragen dürfe. Oha!, denke ich, oder so etwas in der Art, und schnalle mich in Gedanken schon einmal an. Wie das eigentlich wirklich wäre mit mir und meiner Frau? Ich sehe sie nur sehr erstaunt an. Es sei ja so, fährt sie fort, dass ich damals in der Vorstellungsrunde gewisse Andeutungen gemacht habe. Und später, während des Kurses, habe ich auch immer wieder davon erzählt. Ob denn das wirklich wahr sei? Mir wird es irgendwie ungemütlich. Welche Geschichten aus Tausendundeiner Nacht unterm Moskitonetz habe ich denn bloß im Französischkurs zum Besten gegeben?

Bisher habe ich Abeena in die Augen geschaut. Warum mache ich das eigentlich? Ich höre doch ganz gut mit den Ohren. Jetzt sehe ich mich in dem kleinen Restaurant um. Es ist wenig los. An ein paar Tischen sitzen Studenten, unterhalten sich, tippen auf ihren Telefonen herum oder lesen in Lehrbüchern. Mir fällt auf, dass ich nichts zu trinken habe. Als wir uns setzten, habe ich eine Cola bestellt. Das ist jetzt bestimmt zwanzig Minuten her. Ich schaue zur Bar. Da stehen drei Kellner und lehnen mit ihren Armen auf dem Tresen. Ihre Augen sind auf irgendetwas in der Ferne gerichtet. Ich folge ihrem Blick, weil ich denke, da muss es etwas zu sehen geben. Aber in dieser Richtung ist nur das

Gebäude der Alliance Française mit dem Platz davor. Das Gebäude ist wie immer weiß, und der Platz davor ist jetzt fast verwaist. Es gibt nichts zu sehen. Die drei träumen mit offenen Augen.

Ich sage zu Abeena, sie solle sich das mal anschauen, und deute auf die drei Kellner. Sie lacht und sagt: »Willkommen in Afrika!« Ob ich meine Cola noch haben wolle. Als ich bejahe, macht sie mit ihrem Mund einen Zischlaut, mit dem es Restaurantgästen in Ghana zuverlässig gelingt, selbst komatöse Kellner zu wecken. Abeena kann den Zischlaut sehr gut und klingt wie ein wütendes Krokodil. Einem fällt vor Schreck der Kopf von den Händen, die anderen beiden schauen sich suchend nach dem Krokodil um. Der Monsieur hier würde jetzt gerne seine Cola trinken, und zwar zack, zack, sagt Abeena. Die drei von der Bar setzen sich in Bewegung.

Also, das mit mir und meiner Frau, wie das jetzt wäre. Ob wir wirklich so zusammenlebten, wie ich das gesagt hätte. Vorsichtig frage ich, wie genau sie das meine. Na ja, ob es denn wirklich so sei, dass meine Frau arbeite und ich zu Hause sein würde. Also, ob ich wirklich den Haushalt erledigen und für meine Frau kochen würde. Das fände sie ja so cool.

Meine Cola kommt. Ich denke zwei Dinge gleichzeitig. Erstens, dass es eigentlich schade ist, dass Abeena gar nicht mit mir flirtet. So ein »desperate« Hausmann wie ich freut sich doch über jede kleine Aufmerksamkeit.

Zweitens schäme ich mich natürlich sofort für diesen Gedanken. Gleich darauf auch wieder nicht. Abeenas Flirten, das, wie ich jetzt feststelle, gar keines ist, wäre mir immer noch viel lieber als die brachiale Anmache in manchen Bars.

Einmal waren Robert und ich Billard spielen. Es dämmerte bereits, aber die Bar in Strandnähe war leer. Wir waren guter Stimmung und luden den ghanaischen Billardtischbetreuer ein, eine Partie gegen uns zu spielen. Großzügig überließen wir ihm den Anstoß und durften zusehen, wie er, ohne abzusetzen, nach fünf Minuten die schwarze Acht im richtigen Loch versenkte. Meine jahrelange Ausbildung in verrauchten deutschen Jugendhäusern war offenbar völlig umsonst gewesen. Danach spielten wir lieber allein weiter.

Wir waren gerade bei der vierten Partie angelangt, als sich die Türe zu unserer Bar öffnete. Herein zog eine Schar weiblicher Gladiatoren. Sie trugen schimmernde Paillettenbustiers mit messerscharf geschnittenen Dekolletés, Miniröcke, groß wie Briefmarken, und waren bis an die Ohrläppchen mit schwerem Goldschmuck bewaffnet. Die Damen verteilten sich auf strategisch günstige Positionen in der relativ leeren Bar und schienen dort erst einmal auf bessere Zeiten zu warten.

Eine setzte sich neben unseren Billardtisch auf einen Barhocker mit einer drehbaren Sitzfläche. Zufälligerweise war eine der Deckenleuchten genau auf ihren Sitzplatz ausgerichtet. Sie reckte sich, zupfte an ihrer Rüstung, strich sich die perlendurchsetzten Haarsträhnen glatt und setzte sich in Positur. Während ich den Billardtisch auf der Suche nach einer geeigneten Schussposition umrundete, drehte sie sich synchron auf dem Barhocker mit und sorgte dafür, dass sich ihr markantes Profil immer deutlich von der beleuchteten Wand hinter ihr abhob.

Warum sie es denn so cool fände, dass ich für meine Frau zu Hause koche?, frage ich Abeena. So einen Mann hätte sie auch gerne. Einen, der zu Hause bleibt, während sie arbeitet? Nein, davon gäbe es in Ghana wirklich genug, sagt sie. Aber einen, der nach einer harten Schicht im Krankenhaus von ihr nicht auch noch verlangt, ihm jetzt Essen zu machen. Jetzt drehe ich verlegen am Strohhalm in meiner Cola. Was soll ich dazu sagen? Dass ich oft mit meiner Entscheidung nicht glücklich gewesen bin? Dass ich mich für ein relativ seltenes Exemplar halte?

Ich sage, sie sollte wissen, dass ich nur deswegen koche, weil ich einfach besser kochen könne als meine Frau. Das sei erstens sicherlich Blödsinn und zweitens wäre dann ja die Frage, warum ich überhaupt kochen gelernt hätte. Dann versuche ich, sie zu trösten, und sage, dass Frauen in Deutschland noch vor fünfzig Jahren ihren Mann um Erlaubnis fragen mussten, wenn sie ein Bankkonto eröffnen wollten. Ach? Toll, dann müsse sie ja nur noch fünfzig Jahre warten.

Unsere Unterhaltung versiegt jetzt. Wir hängen beide unseren Gedanken nach, trinken unsere Cola aus. Dann verabschieden wir uns bis zum nächsten Semester. Ich will noch »viel Glück« sagen, lasse es dann aber, weil ich nicht weiß, wobei genau.

Der Samstagmorgen ist weitaus lebendiger als sonst. Der Nachbar auf der rechten Seite hat seit ein paar Tagen den Eindruck, in seinen Bäumen wohnten Schlangen. Deshalb hat er beschlossen, am Samstagvormittag diese Bäume zu fällen. Ich werde von der Motorsäge geweckt, lerne nach einer Weile, sie zu ignorieren, und bleibe stundenlang mit einem Buch und einem Kaffee im Bett liegen. Dann kracht es fürchterlich laut, ich richte mich auf und sehe durchs Schlafzimmerfenster, wie ein zwanzig Meter hoher Baum umfällt. Da er relativ nahe am Zaun zu unserem Grundstück steht, stürzen achtzehn der zwanzig Meter in unseren Garten. Ob es die Schlangen wirklich gibt, weiß ich nicht. Ab jetzt ist der Gang zum Generator am anderen Ende des Gartens jedenfalls viel aufregender als vorher. Ohne festes

Schuhwerk, Stock und Taschenlampe gehe ich nicht mehr in seine Nähe.

Abends höre ich Geschrei. Ich gehe hinaus und finde unseren Wächter Nicholas völlig außer sich vor. Er steht in seinem dunklen Häuschen und brüllt durch das kleine Fenster auf die Straße hinaus. Ich frage ihn, was los sei. Da draußen wären Menschen, die ihn vernichten wollten. Ich schaue durch eine Sicherheitsklappe hinaus. Vor dem Tor stehen fünf Wächter aus den umliegenden Häusern. Sie tragen alle die reich verzierten Uniformen ihrer verschiedenen Wachfirmen und sehen aus wie der Generalstab am Vorabend der Schlacht von Waterloo. Ich frage, was sie wollen. Sie hätten bei uns Geschrei gehört und hätten nachsehen wollen, was los sei. Ich danke ihnen für ihre Fürsorge und schicke sie weg. Dann stelle ich Nicholas zur Rede. Wir hätten jetzt Schlangen auf dem Grundstück, sagt er. Außerdem sei in seinem Wächterhäuschen der Strom ausgefallen, er säße im Dunkeln. Deshalb wäre ihm jetzt klar, dass böse Mächte am Werk wären, die ihn vernichten wollten.

Vor seinen Augen drehe ich eine Runde durch den Garten. Das soll ihn davon zu überzeugen, dass es hier keine Schlangen gibt und er sich nicht zu fürchten braucht. Ich selbst habe dabei richtig Angst. Dann kehre ich zu seinem Häuschen zurück und erinnere ihn daran, dass in den vergangenen Tagen ein Elektriker an den Leitungen gebastelt hat. So sei vielleicht der Stromausfall in seinem Wachhäuschen zu erklären. Das beweise gar nichts, sagt er. Im Gegenteil, jetzt sei ihm klar, dass auch der Elektriker Teil des Komplotts gegen ihn sei. Ich bringe ihm die größte Taschenlampe, die wir haben, und sage, dass alles gut werde.

Nachts gehe ich noch einmal hinaus. Am Tor entdecke ich ein offenes Feuer. Davor steht Nicholas. Er hat sich die Uniformjacke und sein Hemd ausgezogen. In den Händen hält er zwei Neonlampen, die er in der Garage gefunden haben muss. Er hält sie gekreuzt in die Flammen, wiegt den rötlich beschienenen, nackten Oberkörper hin und her und singt, bald werde die Wahrheit ans Licht kommen, jawohl, bald werde die Wahrheit ans Licht kommen. Ich frage, was er da macht. Er rufe die Götter zu Hilfe, um unser Haus zu schützen. Unser interkultureller Trainer hat damals gesagt, man müsse versuchen, den Menschen die Dinge aus ihrer Kultur heraus erklären. Ich sage zu Nicholas, vielen Dank, aber wir hätten selbst sehr mächtige Götter, die uns beschützen, wir bräuchten seine wirklich nicht. Ach ja? Wer denn diese Götter seien, fragt er.

Was jetzt?

Nicholas starrt mich an. Er ist schweißüberströmt.

Keine Ahnung, warum, aber ich sage: »Sepp Maier.« Nicholas wendet sich dem Feuer zu, hält die Neonlampen hinein und singt: »Zebmaya, Zebmaya, schütze dieses Haus!«

Ich rufe die Wachfirma an, die ihn für heute ablösen soll. Der neue Wächter ist kurz darauf da und meint, Nicholas habe sich wohl eine schwere Malaria eingefangen.

Ich ziehe mich ins Haus zurück. Der Strom fällt aus. Ich gehe hinaus und schalte den Generator an. Er läuft eine Stunde, dann stottert er und geht aus. Habe vergessen, Diesel nachzufüllen. Wegen der Vorbereitung auf das Französischexamen war ich wohl kurz vor dem Burn-out. Es ist stockdunkel, die Klimaanlagen sind aus. Von Minute zu Minute wird es heißer. Die Luft steht. Die Polster des Sofas sind zu warm. Ich hole mir einen Küchenstuhl mit Metallrahmen. Das kühlt ein bisschen.

Samt Stuhl setze ich mich ans Fenster. Auf den Knien balanciere ich meinen Laptop. Ich schaue einen Film. Die Unterseite des Laptops wird warm. Ich stelle ihn auf den Boden. Sein Bildschirm erhellt die Wand. Im Lichtkegel erscheint der Gecko. Der hat mir gerade noch gefehlt. Ich sage »Schuuh-schuuh« und wische mit der Hand durch die Luft. Der Gecko bleibt sitzen. Diese Handbewegung war eine zu viel. Der Schweiß strömt an mir herab.

Der Gecko schaut mich an.

»Was willst du denn?«, frage ich ihn. Jetzt rede ich schon mit Tieren.

Unbeweglich sitzt der Gecko auf dem Boden. Er erinnert mich an den Holzgecko mit dem Magneten am Bauch, der jahrelang an meinem Kühlschrank hing. Ich frage mich zum ersten Mal, wo der eigentlich geblieben ist. Wahrscheinlich lebt er gemeinsam mit dem vermissten Wäscheständer in einer kleinen Bambushütte irgendwo am Strand. Dieser Gecko sieht dem am Kühlschrank viel ähnlicher, als sich Geckos sonst sind.

»Was willst du?«, frage ich noch einmal.

Und dann, viel lauter: »Was willst du von mir?«

Der Film auf dem Laptop flackert in seinen kleinen Augen. Der Gecko öffnet sein Maul und sagt: »Ich zeigte dir den Mond, und du sahst nur auf meinen Finger.«

Am nächsten Morgen hole ich Johanna früh vom Flughafen ab. Ihre Konferenz war wohl ein voller Erfolg. Als sie neben mir im Auto sitzt, sagt sie: »Übrigens, wir werden weggehen.«

Ich habe kaum geschlafen. Habe schlecht geträumt. Unter anderem von Plastikgeckos, die zum Leben erwachen. Es war viel zu heiß. Der Strom ist erst morgens wiedergekommen. Deshalb bin ich noch nicht auf die Aufnahme wichtiger Informationen vorbereitet. Mir ist so, als hätte sie gesagt, wir gingen zum Bäcker, um Wecken zu kaufen. Dabei gibt es hier doch gar keinen Bäcker.

»Was hast du noch mal gesagt?«, frage ich.

»Ich habe gesagt, dass wir weggehen.«

»Weggehen? Wohin denn?«

»Nach Kenia.«

»Kenia?«

»Kenia.«

»Du meinst dieses Kenia in …«, ich schaue in Gedanken auf die Afrikakarte, die ich einem Straßenhändler abgekauft und in unserem Arbeitszimmer gleich neben der Klimaanlage aufgehängt habe, sehe einen Fleck rechts von der Mitte vor mir, zwei Jahre Afrika haben sich gelohnt, und sage: »… in Ostafrika?«

»Genau da.«

»Aha. Gut. Okay. Und wann soll's losgehen?«

Kenia

27

Der traurige Grenzbeamte

Das Leben ist eine ständige Einreise. Wieder einmal stehe ich in einer Schlange vor einem Schalter auf dem Weg in ein neues Land. Zwei Dinge sind anders als in Ghana: Johanna ist nicht bei mir. Sie ist schon vorausgeflogen. Und der gemalte Strich auf dem Boden, der die Wartenden in diskretem Abstand zum Schalter halten soll, ist seit langem nicht mehr aufgefrischt worden. Falls ich mit dem Fuß daran herumkratze, wird der Schaden hier nicht weiter auffallen. Dieses Mal kann ich mich beherrschen.

Die gelungene Einreise nach Kenia beginnt schon lange vor der Landung. Flugbegleiter verteilen Zettel, die direkt aus Dantes Höllenkreis Nummer acht, Abteilung Formularwesen, zu kommen scheinen. Dort sitzt ein Sachbearbeiter, der offenbar nichts anderes im Sinn hat, als uns das Leben so schwer wie irgend möglich zu machen. Anders ist es nicht zu erklären, warum auf dem Formular für den Eintrag »01.09.2003, Einwohnermeldeamt Frankfurt« nur ein knapper Zentimeter Platz freigehalten wurde.

Kaum hat der Pilot über Lautsprecher die Erlaubnis erteilt, öffnen dreihundert Passagiere ihre Anschnallgurte mit metallischem Klicken und reißen das Bordgepäck aus den Fächern unter der Decke. Auf dem Weg zur Kabinentür geht es um wertvolle Hundertstelsekunden. Alle rennen.

Die einen, weil sie sich auskennen, der Rest, weil sie die anderen rennen sehen. Schwer schnaufend reihen sich die Reisenden vor vier Schaltern auf. Ganz links die, die ein Visum brauchen, rechts davon die, die schon ein Visum haben, eins weiter Einwohner ostafrikanischer Staaten und ganz rechts die Kenianer. Ganz links stehen fast alle, ganz rechts steht nur einer, in den beiden mittleren Schlangen stehen vielleicht dreißig Passagiere. Der Beamte ganz rechts hat seinen einzigen Kunden schnell abgefertigt und schaut dann angestrengt woanders hin.

Ich habe ein Visum im Pass und das Formular schon ausgefüllt. Links von mir jonglieren angehende Großwildjäger noch mit Bordtaschen, Reisepässen und Kugelschreibern. Sie tragen nagelneue, professionelle Safari-Ausrüstung: Dschungelhut in Tarnfarben, Multifunktionsweste mit Haken und Ösen, sandfarbenes Hemd aus Mikrofaser, Outdoorhosen mit abnehmbaren Beinen und Seitentaschen für die Extramunition. Der erste Löwe ist wahrscheinlich noch vor dem Gepäckband fällig.

Dreißig Minuten später trete ich mit einer Mischung aus Demut und Jovialität vor den Einreiseschalter. Zu viel Selbstbewusstsein ist genauso verdächtig wie zu wenig.

»Guten Morgen, Sir«, sage ich.

Keine Antwort. Wortlos zeigt der Beamte auf einen Fingerabdruck-Scanner. Nacheinander lege ich alle Finger darauf. Er deutet auf eine Kamera. Ich lasse mich fotografieren.

Auf die Übergabe meines Reisepasses habe ich mich gut vorbereitet. Habe die Seite mit meinen persönlichen Daten aufgeschlagen und das Einreiseformular wie ein Buchzeichen vor die Seite mit meinem Visum gelegt. Der Beamte klappt den Pass zu, dass es knallt, und zieht das Buchzeichen heraus. Dann sucht er das Visum und blättert gefühlte Stunden hin und her.

»Ganz hinten, Sir«, sage ich.

Keine Antwort. Ich sehe ihm geduldig zu. Das Gepäck ist sowieso noch nicht ausgeladen. Ich kann auch gerne noch ein paar Minuten länger auf den Stempel warten und auf das leichte Zucken seines Kopfes, mit dem er mir die Einreise gestatten wird.

Da kommt es zwischen mir und dem Beamten zu einem echten menschlichen Kontakt. Als er endlich mein Visum findet und kontrolliert, zögert er einen Moment und liest noch einmal. Dann sieht er mir zum ersten Mal direkt in die Augen und spricht in ganzen Sätzen zu mir.

»Sie sind abhängig? Von wem denn?«, fragt er.

Mein Visum ist für zwei Jahre gültig. Es trägt den Vermerk »Abhängig«. Ich habe es bekommen, weil ich der Partner meiner in Kenia arbeitenden Lebensgefährtin bin. So gesehen bin ich abhängig von ihr.

Deshalb antworte ich: »Von meiner Frau, Sir.« Lebensgefährtin kommt vielleicht nicht so gut an.

Er kann es kaum fassen: »Sie sind abhängig – von Ihrer Frau?«

Traditionelle Kenianer sind der Vielehe nicht abgeneigt. Vielleicht sieht das der Grenzbeamte auch so. Vielleicht fragt er sich gerade: Hat dieses arme Schwein denn nicht einmal genug Geld für diese eine Frau? Wie will er sich dann mehrere leisten?

Die Schlange hinter mir ist lang. Es bleibt keine Zeit für Erklärungen. Der Beamte reicht mir meinen Reisepass über den Tresen, und ich greife nach dem Dokument. Er lässt es für einen Moment nicht los. So halten wir beide meinen Reisepass, und während er zwischen uns schwebt, sieht mich der Grenzbeamte mit sehr traurigen Augen an. Dann nickt er kurz mit dem Kopf. Ich darf passieren.

28

Die zweite Vorgeschichte

Der Umzug von Ghana nach Kenia war dann doch nicht so einfach. Als ich Johanna vom Flughafen nach Hause fuhr, wollte ich natürlich wissen, was denn nun schon wieder los sei.

Man habe ihr ein Angebot gemacht, sagte sie.

Was denn das für ein Angebot sei?, fragte ich.

Eines, das uns nach Kenia führen würde.

So weit sei ich jetzt auch schon gewesen, erwiderte ich und klagte, warum mir eigentlich niemand solche Angebote machte.

Ich hätte doch einmal ein Angebot gehabt, sagte Johanna.

Da sei zwar richtig, konterte ich, aber vielleicht erinnere sie sich auch noch daran, worum es sich bei diesem Angebot gehandelt habe.

Sei das nicht irgendetwas mit Dosenöffnern gewesen?, fragte Johanna.

Absolut richtig, es seien Dosenöffner gewesen, und zwar, genauer gesagt, elektrische Dosenöffner, für die ich eine Kampagne hatte entwerfen sollen.

Das sei doch damals eigentlich ganz gut gelaufen, erinnerte sich Johanna.

Im Prinzip schon, antwortete ich. Eine Agentur hatte mich für ein paar Wochen gebucht, sogar die Flüge von Ghana nach Deutschland und zurück wurden bezahlt. Wenn da nur nicht diese Sache mit diesem Slogan gewesen wäre.

Ach, der Slogan, den habe sie ganz vergessen, sagte Johanna.

Ich wünschte mir, ich könnte dasselbe behaupten.

Bei einem der vielen Meetings mit dem Marketingteam des Herstellers hatten wir spätabends ein wenig herumgesponnen, und ich warf spaßeshalber »Yes, we can!« in die Runde, eine Idee, die ich unheimlich lustig fand, weil Dose auf Englisch »can« heißt. Natürlich sollte das nur ein Scherz sein. Ein Praktikant, der zum Protokollschreiben verdonnert worden war, sah sich mangels Berufserfahrung außerstande, zwischen Witz und Ernst in einem Marketingmeeting zu unterscheiden, und nahm deshalb den Slogan ins Protokoll auf. Er schickte es sogar noch einmal allen Teilnehmern zur Prüfung. Beim Gegenlesen überlas ich die Passage mit dem Slogan, und damit nahm das Unglück seinen Lauf.

Tags darauf verliebte sich die Geschäftsführung unsterblich in den Slogan. Zwar intervenierte ich sofort persönlich und sagte, das sei nur ein Scherz gewesen. Ich wies auf die Desaster hin, die andere Unternehmen in Deutschland mit englischsprachigen Slogans erlebt hatten. Außerdem warnte ich davor, dass es wahrscheinlich Ärger mit dem Präsidenten einer befreundeten Supermacht geben würde. Ach was, riefen die Geschäftsführer einstimmig und in bester Laune, das sei doch wirklich lustig, und dieser Präsident verstehe doch bestimmt auch mal einen Spaß.

Dann gab es Ärger, zwar nicht mit dem Präsidenten, der wahrscheinlich wirklich mal einen Spaß verstehen würde, sondern mit einer großen Werbeagentur und ihren sehr teuren Anwälten. Die Kampagne samt den bereits entwickelten Werbematerialien musste eingestampft werden. Und wem wurde die Schuld an dem Desaster zugeschoben?

Demjenigen, der den Slogan laut Protokoll in die Runde geworfen hatte.

Danach war ich eigentlich ganz froh, wieder nach Ghana zurückfliegen zu dürfen, immer noch auf Kosten des Unternehmens.

Auch Christoph, durch dessen Empfehlung ich den Job bekommen hatte, war nicht gerade begeistert gewesen. Immerhin stünde ja auch sein Ruf auf dem Spiel. Ein paar Tage später rief er mich aber per Skype an, beugte sich nach vorne Richtung Kamera, als wolle er sichergehen, dass niemand mithören konnte, und sagte, so schlimm sei das Ganze nun auch nicht. Schließlich sei dieser Dosenöffnerhersteller auch nur eine kleine Klitsche. Ich dankte ihm und stimmte lachend zu, dachte aber, dass der Auftrag dieser kleinen Klitsche immerhin der einzige in zwei Jahren gewesen war.

Also gut, das sei vielleicht doch nicht so toll gewesen, sagte Johanna, aber sonst ja schon.

Was sie denn damit meine?, fragte ich. Soweit ich mich erinnere, hätten sich weitere Aufträge sehr in Grenzen gehalten.

Damit habe sie auch nicht meine beruflichen Erfolge gemeint, sondern dass wir eine wirklich spannende Zeit zusammen erlebt hätten und sie das alles ohne mich niemals geschafft hätte. Dabei schaute sie mich ganz besonders an, was mich erst seltsam berührte und mir dann mit einer saftigen rechten Geraden die Idee aus dem Kopf schlug, alleine nach Deutschland zurückzuwollen.

So entschloss ich mich aufs Neue, ihr in ein unbekanntes Land zu folgen, erstens, weil sie mich so besonders angesehen hatte, zweitens, weil ich meine Deckung an diesem Morgen wegen völliger Übermüdung vernachlässigt hatte, und drittens ein ganz kleines bisschen wegen eines elektrischen Dosenöffners.

29

Die Kühlschränke

Es ist Samstag, ich sitze auf einem Campingstuhl in unserem neuen Haus in Nairobi, trinke Instantkaffee aus einer geliehenen Tasse und rühre mit einem geliehenen Löffel Milch hinein. In der Küche steht ein ebenfalls geliehener Kühlschrank aus den siebziger Jahren mit einer geschätzten Energieeffizienzklasse XXL und einem Aufkleber, auf dem steht: »Zwischen Leber und Milz ist immer Platz für ein Pils.« Zu meinen Füßen liegt ein Stapel lokaler Zeitungen, auf deren Titelseiten der kenianische Präsident in verschiedenen Posen des Winkens und Händeschüttelns zu sehen ist. Ich habe aber gerade keine Lust auf die mir völlig unbekannte kenianische Innenpolitik. Ich denke viel mehr voller Sehnsucht an meinen Bauernschrank.

Er ist vor zweihundert Jahren aus hellem Holz geschreinert worden und hat die meiste Zeit irgendwo in Süddeutschland verbracht, in der guten Stube eines Bauernhofs, vielleicht auch auf Dachböden oder in Scheunen. Ein paar Jahre lang stand er in Frankfurt und dann, nach einer zehntausend Kilometer langen Seereise, zwei Jahre in Ghana. Eines Tages war mir dort in unserem Wohnzimmer ein seltsamer Geruch aufgefallen. Von Tag zu Tag roch es stärker, bis mich meine Nase zum Schrank führte. Das feuchtwarme Klima tat ihm gar nicht gut. Er wurde immer dunkler und stank. Ein Möbelladen nahm sich seiner an und rieb ihn mit einer örtlichen Schuhcreme ein. Danach sah er wieder passabel aus, verbreitete eine Weile den Duft von Wachs und Lösungsmitteln und roch dann einfach wieder nach Holz.

Jetzt ist mein Bauernschrank erneut auf Reisen. Zusammengepfercht mit den anderen Kisten und Kartons brach er im August in Ghana auf, fuhr an der westafrikanischen Küste nordwärts nach Tunesien, wurde dort umgeladen, zuckelte übers Mittelmeer erst an Nordafrika vorbei, dann durch den Suezkanal, bog am Horn von Afrika scharf rechts ab und hätte eigentlich schon längst im Hafen von Mombasa angekommen sein sollen. Dreimal hat uns der Spediteur in den vergangenen Wochen angerufen und gesagt, der Container sei jetzt da. Dreimal hat er wieder abgesagt. Längst haben wir alle Hemmungen verloren und kaufen Kleinigkeiten wie Flaschenöffner oder Brotmesser, auch wenn wir hinterher alles doppelt und dreifach haben werden.

Auch heute ist Johanna ins Büro gegangen, ich halte zu Hause die Stellung. Wir würden gerne anfangen, Kenia zu erkunden. Aber jeden Moment könnte ja der Container ankommen. Ein Wochenende nach dem anderen verbringen wir deshalb in unserem leeren Haus mit dem rustikalen Camping-Interieur.

Vorgestern hat der Spediteur wieder einmal angerufen. Heute soll es definitiv so weit sein. Am frühen Morgen sollten wir uns bereithalten. Ich warte ein wenig, dann etwas länger und verliere schließlich das Zeitgefühl. Kurz nach Mittag rufe ich jemanden an, der jemand anders anruft, der jemandem eine SMS schickt, der uns zurückruft. Es ist ein völlig überraschter Lastwagenfahrer. Ein Container? Für uns? Nein, davon wüsste er nichts. Dieses Wochenende würde das ganz bestimmt nichts mehr werden. Nach dieser Mitteilung habe ich nichts weiter zu tun. Ich schaue den Blumen im Garten beim Wachsen zu. So vergeht der Samstagnachmittag fast wie im Flug.

Am Sonntag beschließen wir, wenigstens einmal in den Nationalpark von Nairobi zu fahren. Eine Viertelstunde vom Stadtzentrum entfernt sollen die sogenannten »Big Five« wohnen, die großen Fünf unter den Wildtieren Ostafrikas: Elefant, Nashorn, Büffel, Löwe und Leopard. Wir verabreden uns mit Johannas Kollegen dort zum Picknick. Es ist eine eigenartige Logik: Auf den Wegen darf man das Auto nicht verlassen, dafür aber an nicht weiter gesicherten Orten eine Picknickdecke ausbreiten und sich in aller Ruhe darauf niederlassen. Wäre ich Löwe, ich wüsste Bescheid: Erst das Essen der Touristen, dann die Touristen zum Dessert. Antilopen jagen ist doch viel zu anstrengend.

Wir parken die Autos als Wagenburg um die Picknickdecke herum, packen unser Frühstück aus. Die Autotüren bleiben offen, für den Fall eines Löwen-Alarms. Was kommt, ist der Container-Alarm. Kaum wage ich es, meinen Blick vom hohen Gras um den Rastplatz abzuwenden und auf mein vegetarisches Samoza zu richten, klingelt das Telefon: Der Container ist da.

Eine halbe Stunde und eine große Staubwolke später, die wahrscheinlich immer noch über dem Nationalpark steht, erreichen wir unser Haus, und vor dem Tor steht tatsächlich ein Lastwagen mit einem grünen Container auf der Ladefläche. Ist unser Container denn nicht rot gewesen?, denke ich, verwerfe meine Zweifel aber gleich wieder. Sechs Monate sind eine lange Zeit. Der Fahrer nimmt einen großen Hammer und zerschlägt das Siegel, das die beiden großen Containertüren zusammenhält. Dahinter wartet unser

Hauptgewinn. Es ist ein feierlicher Moment. Quietschend öffnen sich die Türflügel.

Ich sehe einen Kühlschrank. Hatten wir den ganz vorne hingepackt?

Noch einen. So weit gut, wir hatten ja zwei.

Dann weitere zwanzig.

Es ist der falsche Container.

30

Die anderen Damen

Der richtige Container kam noch am selben Tag. Wie sich nach lautstarken Telefonaten herausstellte, hatte die Spedition Adressen und Container durcheinandergebracht. Unserer war zwar schon in Nairobi, nur hatte sich der Fahrer nach seiner Ankunft in der Stadt schnurstracks in die Kirche begeben. Da Predigten hier etwas länger dauern können, war der Lastwagen erst am frühen Nachmittag vor unser Tor gerollt.

Jetzt kehrt Routine ein. Ich richte unser Haus ein, kümmere mich um den Anschluss von Strom, Wasser, Telefon und Internet und gehe für Johanna und mich shoppen. Die Supermärkte in Kenia sind größer als die in Ghana und haben viel mehr Auswahl. Das macht die Sache nicht einfacher.

Meine ersten Supermarktbesuche dauern lange. Auch heute irre ich orientierungslos zwischen den Regalen umher. Irgendwann fällt mir auf, dass ich nur von Frauen umgeben bin. Es sind mindestens einhundert. Ich bin nur einer. Ein Mann und seine Mission: Waschmittel kaufen. Und zwar nur das beste. Das hat Johanna mir am Morgen eingeschärft.

Hier sind Frauen unterwegs im nüchtern westlichen Dress, im Hippie-Schlabber-Look, im prächtigen indischen Sari, im verlotterten Trainingsanzug und mit der Burka vor dem Gesicht. Sie haben schwarze, braune und weiße Haut, ich tippe mindestens auf Kenia, Äthiopien, Somalia, Indien, England, USA und habe, hinter dem Gemüseregal verborgen, auch schon eine Deutsche gehört, die mit einem kraftvollen »Ver ar se onjens?« nach den Zwiebeln fragte.

Aus den Lautsprechern plätschert leise Unterhaltungsmusik. Wie die Frauen von Stepford ziehen wir roboterartig unsere Bahnen und schieben die Einkaufswagen langsam die Regale entlang. Nicht einmal Kinder gibt es hier. Die einhundert Damen haben sie wahrscheinlich in der Obhut der Nannys zu Hause gelassen. Ich biege beim Toilettenpapier um die Ecke und stehe vor einer Reihe von Wäscheständern. Wäscheständer, richtige, echte Wäscheständer, die aussehen wie ein X! Ein X mit Flügeln! Ich schlucke schwer und stammle: »Mein Gott, ein Wäscheständer, endlich!« Eine Frau, die neben mir vor dem Regal steht, sagt: »Ja, die Ordnung in diesem Supermarkt ist wirklich ziemlich seltsam, ich habe auch eine Ewigkeit gesucht.« Ich schaue sie verächtlich an. Was weiß sie denn von der Ewigkeit? Dann schreibe ich Johanna eine SMS: »Habemus Wäscheständer!« Aber sie ist offenbar so mit ihrem neuen Job beschäftigt, dass ihr die Bedeutung dieses Augenblicks entgeht. Sie schreibt nur zurück: »Wie bitte?« Manchmal fühle ich mich wirklich unverstanden.

Ich nehme gleich zwei von den Wäscheständern. Fröhlich fahre ich Slalom um Podeste mit Olivenöl, frittierten Minifischen – eine beliebte Knabberei hierzulande – und dreißig verschiedenen Sorten Bohnen. Die Lenkung meines Einkaufswagens reagiert sehr direkt, ich habe heute ein absolut straßentaugliches Exemplar erwischt. Ich gebe ordentlich Gummi, überhole eine Kenianerin bei der Orangenmarmelade, nehme einer Inderin bei den Vanilleschoten die Vorfahrt und halte mit quietschenden Reifen bei den Waschmitteln an.

Wie in Deutschland stehe ich vor einer Mauer aus bunten Flaschen und Schachteln, auf denen freundliche Buchstaben Heilsversprechen abgeben. Für jede Reinlichkeitsreligion ist etwas dabei: mit Farbenschutz, extra Desinfektionskraft, für Feinwäsche, mit eingebautem Weichspüler, aber ohne Bleichmittel, als Pulver, Gel, Tablette oder Flüssigkeit, in der Flasche, im Karton oder Plastikbeutel, zu einem, zwei, fünf oder zehn Kilogramm, für Handwäsche, Maschinenwäsche oder beides, billig, mittel, teuer und schließlich: Bio, Non-Bio oder weder das eine noch das andere.

Der Unterschied zu Deutschland ist: Dort würde ich mein bevorzugtes Waschmittel erkennen. Hier erleide ich vor lauter neuen Farben und Formen einen Augenkatarrh. Das beste soll ich kaufen, sagt Johanna. Ja, wie denn? Wo ist die Stiftung Warentest, wenn man sie mal braucht? Die Auswahl ist einfach zu groß für einen einzelnen Mann. Wollte ich ein Auto kaufen, eine Bohrmaschine oder ein Smartphone, alles kein Problem. Aber das hier?!

Dabei habe ich mich sogar auf meinen Einkauf vorbereitet. Habe vorhin unsere Nachbarin Helga angerufen, bei der wir hin und wieder waschen durften, solange unser Container noch nicht angekommen war. Ich fragte sie nach dem Waschmittel ihres Vertrauens. Helga wohnt seit über zwanzig Jahren hier, sie müsste das doch wissen. Sie war aber gerade mit dem Auto unterwegs und konnte sich nicht daran erinnern, wie ihr Waschmittel hieß. Die Verpackung sei bunt, und das Mittel käme aus Südafrika.

Wenn Waschmittelpackungen eines sind, dann bunt. Ich nehme eins nach dem anderen aus dem Regal und studiere das Etikett. Alle kommen aus Südafrika, alle sind vom selben Großkonzern, und alle haben dieselben Inhaltsstoffe. Soll ich einfach ein beliebiges nehmen? Lieber nicht. Denn dann könnte ich Johanna später nicht glaubhaft versichern, dass diese Wahl die beste war.

Es ist so still. Ich schaute nach links, nach rechts. Mein Gang ist verwaist. Auch die Musik dudelt nicht mehr. Habe ich in der Meditation über ColourProtect und Megapearls etwa den Ladenschluss verpasst? Was würde ich darum geben, eine der einkaufenden Frauen um Rat fragen zu können. Aber es ist niemand hier. Mission impossible.

Selbsterkenntnisratgeber sagen, man solle sich im Zweifel auf seine eigenen Stärken konzentrieren. Was sind denn meine Stärken? Womit kenne ich mich aus? Mit Autos, zum Beispiel. Mein Vater hat noch vor meiner Geburt Motoren konstruiert. Als kleiner Junge habe ich mit seiner Hilfe Automodelle aus Plastik zusammengeklebt. Gemeinsam haben wir an Führungen durch Autofabriken teilgenommen und uns hin und wieder sonntags in Automuseen herumgetrieben. Die Liebe zum Auto ist also genetisch fest einprogrammiert, ebenso wie meine Vorstellung von einem Traumwagen. Wobei diese Träume immer von der Umgebung abhängen. In Ghana wäre es ein Wagen gewesen, der die Hälfte seiner Leistung an die Klimaanlage abgibt. Hier in Kenia, wo Prinzessin Elisabeth während einer Safari auf einen Baum stieg und als Königin Elisabeth II. wieder herunterkam, nähme ich nicht irgendein Auto, sondern nur den Range Rover Classic mit dem V8-Motor und 3,9 Litern Hubraum.

Ein paar Wochen nach unserer Ankunft in Kenia hatte ich meinen Traumwagen am schwarzen Brett einer Shoppingmall entdeckt: dunkelgrüner Lack, Armaturenbrett aus Edelholz, cremefarbene Ledersitze, und das alles in makellosem Zustand. So stand es auf dem ausgedruckten Zettel. Daneben hatte jemand von Hand hingekritzelt, was er offenbar für ein weiteres wichtiges Gütesiegel hielt: »Eigentümer: weißer Mann!«

Tags darauf trafen wir uns an einer Tankstelle. Der Verkäufer war ein Kenianer namens John.

Wo denn der »weiße Mann« sei?, fragte ich.

Der hätte heute nicht kommen können, antwortete er. Der makellose, dunkelgrüne Traum zerfiel bei näherem Hinsehen in ein Mosaik grün-grauer Flecken aus wenig Restlack und viel rostigem Metall. Jeder Scheinwerfer, jeder Blinker, jede Bremsleuchte war zerbrochen, die Sitze waren zerschlissen, Türdichtungen hingen herunter wie weichgekochte Spaghetti, und Öl tropfte aus dem Motor wie Wasser durch ein Nudelsieb. Ich wollte sofort wieder gehen, da fragte John: »Probefahrt gefällig?« Warum eigentlich nicht?, dachte ich und beschloss, das Grauen wohlig schaudernd auszukosten. Ich setzte mich, drehte am Schlüssel und gab Gas. Der Motor brüllte auf, erst geschah gar nichts. Dann beschleunigten wir wie ein alter Elefantenbulle mit Arthrose. Von null auf hundert in zwei Tagen, Kilimandscharo abwärts. John fragte: »Können Sie die Kraft fühlen?«

Natürlich nahm ich den Wagen nicht.

Wie ich so vor dem Regal mit den Waschmitteln stehe, besinne ich mich auf meinen Autogeschmack. Mir liegen also die altmodischen, eher kantigen Formen, wie bei alten Volvos oder Geländewagen à la Range Rover. Aerodynamisch geschwungene Flaschen fallen damit schon einmal weg. Ein allzu buntes Auto kommt auch nicht in Frage, weder in grellen noch in pastelligen Farben. Die Farben Rosa, Gelb, Giftgrün und Orange streiche ich ebenfalls von der Liste. Autos in diesen Farben sind auf dem Gebrauchtwagenmarkt nur schwer verkäuflich.

Auch wenn ich die altmodischen Formen bevorzuge, will ich mich neuen technischen Errungenschaften nicht verwehren. Innen darf es gerne Hightech sein. Autos können mittlerweile um die Ecke leuchten und selbständig einparken. Auch bei Waschmitteln lässt sich der Fortschritt nicht aufhalten. Pulver und Flüssigkeit erscheinen mir traditionell, Gel finde ich viel interessanter. Besonders beeindruckt mich das Gel in kleinen, durchsichtigen Plastikbeuteln. Auf der Packung steht, dass sich das Plastik während der Wäsche rückstandsfrei auflöst und das Waschmittel freisetzt. Das klingt nach Nanotechnologie, von führenden Astronauten im Weltraum erprobt, also ganz großes Tennis.

Die Schachtel, die ich schließlich wähle, ist mittelgroß und kantig, ihre dezent dunkelgrüne Farbe erinnert an das British Racing Green der alten Jaguar-Limousinen. Sie hat zwei Liter Hubraum, eine Betriebstemperatur von bis zu neunzig Grad, eignet sich für weißes wie für buntes Gelände und hat einen zeitgemäßen Verbrauch von ein bis zwei Gel-Beuteln pro Waschgang. Mission accomplished.

Abends zeige ich Johanna stolz die Wäscheständer. Sie nimmt sie achselzuckend zur Kenntnis. Ich versuche mehrfach, sie an meinen tief empfundenen Emotionen teilhaben zu lassen. Vergeblich.

Das Waschmittel findet sie auch nicht viel interessanter. Es sei aber definitiv das Beste, sage ich. Sie murmelt etwas Unverständliches. Daraufhin erkläre ich ihr ausführlich, auf welcher Grundlage ich mich dafür entschieden habe. Obwohl sie guten Argumenten sonst immer zugänglich ist, zeigt sie sich nur mäßig beeindruckt. Sie sagt, die Hauptsache sei doch, dass die Wäsche sauber würde, wie, sei ihr eigentlich egal.

Später am Abend besuchen wir gemeinsam Helga, die sich nicht an ihr Waschmittel erinnern konnte, auf ein Glas Wein. Auch ihr erzähle ich von den Hightech-Beuteln, die sich während der Wäsche selbst zerstören. Das sei ja toll, so etwas habe sie hier noch nie gesehen, jubelt sie. Wie ich scheint sie Neuerungen auf dem Gebiet der Haushaltstechnik gegenüber nicht abgeneigt. Ich kann mir einen Seitenblick auf Johanna nicht verkneifen, doch sie bemerkt nichts davon, weil sie gerade eine berufliche SMS beantwortet. Helga will gleich am nächsten Tag das neue Waschmittel ausprobieren.

Am Nachmittag des nächsten Tages ruft sie mich an, fragt, ob ich auf einen Sprung vorbeikommen könne. Ich gehe die paar Schritte durch unser umzäuntes Wohngebiet. Gut gelaunt gebe ich ihr Küsschen links, Küsschen rechts und erwarte schon fast, gleich zu einem Gläschen Sekt eingeladen zu werden. Aber dann bemerke ich, dass etwas nicht stimmt. Helga sagt, ich solle ihr mal in die Waschküche folgen. Dort angekommen, hält sie mir einen verschrumpelten Plastikbeutel vor die Nase. Es ist ein Überbleibsel der Waschwunderwaffe. Die Schachtel hat gelogen. Der Beutel hat sich nicht aufgelöst und stattdessen die Waschtrommel von innen verklebt. Ich schäme mich ganz fürchterlich. Ich solle mir nichts daraus machen, ich könne ja nichts dafür, sagt Helga. Aber dieses Zeug käme ihr nicht mehr in die Maschine.

Nachts habe ich einen Traum: eine Talkshow, die Gäste sind Klementine, der Weiße Riese, Fewa-Johanna mit dem Dutt, die meiner Johanna glücklicherweise kein bisschen ähnlich sieht, und diese Frau, die sich immer zu Marschmusik als General verkleidet. Das Perwoll-Schaf moderiert, ist aber viel zu weich und von der Situation völlig überfordert. Als die Diskussion immer hitziger wird und sich alle nur noch angiften, stürzt Darth Vader, der sich im Studiopublikum versteckt gehalten hat, mit wehendem schwarzen Umhang auf die Bühne. Er fuchtelt wild mit seinem Laserschwert und brüllt, diese ganze Diskussion um Weiß- oder Buntwäsche ginge ihm allmählich wirklich auf die Nerven.

31

Der Mann am Tor

Wenn ich aus der Haustüre trete und vorbei an Palmen, Farnen, Avocadobäumen und ausladenden Bougainvilleen die paar Stufen zu unserer Pergola und dem Vorplatz hochsteige, steht oder sitzt dort immer unser Tagwächter. Ein Unterschied zu unserem ghanaischen Wachpersonal ist augenfällig: Dieser Mann schläft nie. Higgins ist Mitte dreißig, groß, schlank und kommt ursprünglich aus dem Westen Kenias, vom Viktoria-See. Seine dunkelblaue Uniform ist makellos, er besitzt zwei Paar Militärstiefel, von denen er eines trägt, während er das andere putzt. Seine Augen sind überall, und er ist nie um einen guten Ratschlag verlegen. Eines Tages sagt er, er fände es gut, wenn ich ein paar Hausregeln auf einem Blatt Papier festhielte. Das werde er dann an geeigneter Stelle aufhängen, und so könnten alle, die hier arbeiten, sich daran halten. Ich frage ihn, ob er mir ein paar Beispiele nennen könne.

Heimspiel für Higgins. Es folgt ein längerer Vortrag darüber, dass der Boiler in der Personaldusche nach Gebrauch immer auszuschalten sei, der Gemüsegarten, den die Wächter mitbenutzen, nur morgens bewässert werden solle, der Tee auf dem Gaskocher nur mit geschlossenem Deckel erhitzt werden dürfe, der Regenschirm fürs Wachpersonal immer an den entsprechenden Haken im Wachhäuschen gehöre, die vom Baum gefallenen Avocados nur nach Absprache mit mir gegessen werden dürften … Ich unterbreche ihn und sage, ich persönlich sei eher ein Fan mündlicher Überlieferung.

Außerdem hört er gerne Geschichten aus fremden Ländern. Wann immer ich hinauf zur Pergola gehe, sitzt Higgins auf seinem weißen Plastikstuhl und liest die Zeitungen, die wir ihm überlassen. Wenn er mich sieht, steht er auf und beginnt, mich über Europa auszufragen. Was ist der Unterschied zwischen einem deutschen und einem kenianischen Präsidenten? Was genau macht eigentlich diese Misses Mörkl, von der immer alle reden? Stimmt es, dass Großbritannien eine Insel ist? Und ob wir in Deutschland auch »Sukuma Wiki« essen?

Was denn das sei, frage ich.

Das sei ein Blattgemüse, sagt er, das übersetzt etwa »die Woche strecken« heiße. Es sei so günstig, dass sich fast jeder täglich eine Portion davon leisten könne, und ab Mittwoch, wenn das Geld fast alle sei, überstehe man damit auch noch den Rest der Woche. Ich frage ihn, wie viel er denn pro Tag für Essen ausgibt, während er bei uns Wache schiebt. Zwanzig kenianische Schilling, etwa fünfzehn Eurocent, sagt er. Und ich denke daran, dass ich gestern wieder für fünfundzwanzig Euro Greyerzer Käse und Parmaschinken gekauft habe.

Eines Tages drückt er mir einen Umschlag in die Hand, der für mich am Tor abgegeben wurde. Ich öffne diesen sofort. Darin befinden sich ein Brief des Eigentümervereins unseres Wohngebiets und ein paar Plakate. Der Verein informiert mich darüber, dass am nahenden Halloween-Tag morgens eine Aktion für Kinder geplant sei, und bittet um unsere Teilnahme. Wer mitmachen möchte, der solle bitte das beigelegte Poster am Tor aufhängen, dann wüssten die

Kinder, wo sie stören dürften und wo nicht. Das ist aber mal ein wirklich sehr, sehr gut organisiertes Halloween, denke ich und will kein Spielverderber sein für Kinder, die nur dort Streiche spielen dürfen, wo ein Plakat es ihnen gestattet.

Ich sage: »Higgins, könnten Sie das hier bitte am Tor aufhängen« und drücke ihm das Plakat in die Hand.

Er nimmt es und liest. Dann erstarrt er und schaut mich entsetzt an. Dass Higgins einmal nichts zu sagen hat, ist noch nie vorgekommen. Jetzt hat es ihm die Sprache verschlagen.

»Ist was?«, frage ich ihn.

»Na ja, Sir« – auch hier adressiert mich das Personal mit »Sir«, nur die Putzfrau nicht, die sagt »Boss« – »… also, das Plakat hier …«

»Ja, was ist damit?«

»Da steht …«, er macht eine kleine Pause, »da steht das hier.« Er deutet auf das große, fettgedruckte Wort ganz oben.

Ich schaue es mir noch einmal genau an, kann aber nichts Seltsames finden.

Deshalb sage ich: »Ja, da steht Halloween.«

»Oh, Sir, bitte sagen Sie das nicht, sagen Sie das nicht.«

»Was denn? Halloween?«

»Genau das.«

»Aber warum denn nicht?«

»Weil das Teufelsanbetung ist.«

Jetzt bin ich mit Staunen dran. Soweit ich mich erinnere, hat Halloween irgendetwas mit »Allerheiligen« zu tun. An mehr kann ich mich in diesem Moment auch nicht erinnern. Aber Teufelsanbetung? Ich würde sagen, eher das Gegenteil.

»Wie kommen Sie denn darauf?«

»Das habe ich in einer Reportage im Fernsehen gesehen.«

Wie sich herausstellt, hat das kenianische Fernsehen einige Tage zuvor in den Abendnachrichten eine Reportage darüber gebracht, dass Zöllner im Hafen von Mombasa bei der Routinekontrolle eines Seefrachtcontainers seltsame Dinge gefunden haben: Totenschädel, blutig bemalte Masken mit heraushängenden Augäpfeln, abgehackte Plastikhände und Gummiskulpturen halbverwester menschlicher Körper, an denen Gummiratten nagen. Keiner konnte sich erklären, wozu das eklige Zeug dienen soll. Aberglauben ist besonders an der Küste weit verbreitet. Also war der Fall klar: Das muss Zubehör zur Anbetung des Teufels sein, und der Besitzer des Containers ist mindestens der Antichrist.

Die Hafenbehörde stoppte die Abfertigung und begann mit ihren Nachforschungen. Schnell stellte sich heraus: Die Ladung gehörte einem Politiker, der sogar einmal Minister in der kenianischen Regierung gewesen ist. Teufelsanbetung und ein Minister, das sind zwei Zutaten mit hundertprozentiger Skandalgarantie, so etwa wie in Deutschland ein Politiker mit Doktortitel. Der Exminister erklärte, die Sachen gehörten ihm nicht, er hätte sie nur als Beiladung für jemand anderen mitgenommen. Schließlich meldete sich ein großes Einkaufszentrum in Nairobi und gab zu, die Waren bestellt zu haben: als Dekoration für das kommende Halloween-Fest.

Doch die Erklärung kam zu spät. Die Welle der Empörung lief einmal quer durchs Land. Auf der Webseite einer kenianischen Zeitung kommentierten Leser die Geschichte hundertfach. Einer schrieb »Gott steh uns bei!«, einer stellte eine Verbindung zu ungeklärten Mordfällen her, ein Dritter sagte »Klarer Fall, das waren die Wahlverlierer« und meinte damit die politische Opposition der vergangenen Präsidentenwahl. Und einer beklagte generell den sittlich-moralischen Verfall des Landes. Zwischenrufer, die empfahlen, man solle doch erst einmal Halloween googeln, wurden niedergebrüllt, denn: »In Kenia hat noch niemals jemand Halloween gefeiert.«

Wenn ich mich mal kulturell unsicher fühle, frage ich erst einmal das gesamte Hauspersonal. Was Higgins denkt, weiß ich nun schon. Auch unser Gärtner Peter, der gerade mit der Schubkarre vorbeikommt, kennt die Geschichte mit dem Container, macht große Augen und will nicht darüber reden, denn das sei ganz bestimmt Teufelszeug. Und selbst wenn es nicht so wäre, würde er sich vorsichtshalber trotzdem nicht damit beschäftigen, man könne ja nie wissen. Ich rufe Jane, unsere Putzfrau, zu unserer kleinen interkulturellen Gesprächsrunde. Sie krümmt sich vor Lachen. Sie habe die Reportage auch gesehen, sei aber jahrelang bei einer spanischen Familie angestellt gewesen, deren Kinder sich jedes Jahr zu Halloween verkleidet hätten.

Zur Sicherheit frage ich sie noch einmal laut und für alle hörbar: »Sie glauben also nicht, dass Halloween irgendetwas mit Teufelsanbetung zu tun hat?«

»Das ist totaler Blödsinn, Boss.«

»Da hören Sie's, Higgins, es ist überhaupt nichts dabei«, sage ich.

Higgins sieht nicht sehr glücklich aus. Bevor ich weiterdiskutiere, gehe ich erst einmal ins Haus und lese den Halloween-Eintrag in Wikipedia: erst Brauchtum in Irland, dann per Einwanderer in die USA exportiert, dort kommerzialisiert, dann zurück nach Europa, seit zwanzig Jahren auch in Deutschland verbreitet. Das klingt fast wie der Valentinstag: erst Brauchtum in England, per Einwanderer in die USA exportiert, dort kommerzialisiert, dann mit US-Soldaten nach Europa, seit den fünfziger Jahren auch in Deutschland. Und das wiederum klingt fast so wie der Weihnachtsmann, den angeblich der Hersteller eines bekannten alkoholfreien Erfrischungsgetränks zu Werbezwecken erfunden hat. Aber wenigstens das scheint ein modernes Märchen zu sein.

Halloween ist der Abend vor Allerheiligen. An diesem hohen Feiertag wird der verstorbenen Heiligen gedacht. Verstorbene sind immer irgendwie gruselig. Deshalb versuchen die Lebenden, sich noch gruseliger zu verkleiden, um damit die bösen Geister zu vertreiben, von denen sie glauben, dass diese sich gerne in der Nähe von Verstorbenen herumtreiben.

Beim Gruselfaktor hat es die kenianische Supermarktkette mit ihren Zombiepuppen übertrieben. Ganz Kenia gruselt sich gerade fürchterlich. Behaupten die Medien. Ich gehe wieder hinaus und erkläre Higgins die Angelegenheit. Ich erzähle auch vom Karneval in Deutschland, denn das Prinzip »das Schreckliche mit noch Schrecklicherem zu vertreiben« wird auch von Konstanz bis Köln angewandt. Aber Karneval wird in Kenia natürlich auch nicht gefeiert, und ich mache die Sache nicht besser, als ich ihm auf dem iPad Bilder von alemannischen Hexenmasken zeige. Schließlich sage ich, dass jetzt Schluss mit der Debatte sei und wir dieses Plakat aufhängen. Ich verspreche Higgins hoch und heilig, er werde am kommenden Samstag schon sehen, dass an verkleideten Kindern, die ans Tor klopfen, um einen Schokoriegel abzustauben, nichts weiter schlimm ist.

Darauf sagt Higgins sein »Dankeschön, Sir«, und ich möchte ihn an den Schultern packen, ihn schütteln und ihm sagen, er solle mir nicht danken, wenn ich ihm Befehle erteile.

Ich persönlich halte überhaupt nichts von Halloween. Als ich klein war, liefen wir in Begleitung unserer Mütter im November mit Lampions in der Hand über das gefallene Laub und sangen »Ich geh mit meiner Laterne und meine Laterne mit mir«. Das war nicht gruselig, sondern schön, wir drohten nicht mit bösen Streichen, sondern traten mit unserem Gesang in Vorleistung, und zur Belohnung gab es statt Süßkram internationaler Großkonzerne einfach eine Brezel.

Aber als erste Dame eines anständigen Hauses, das in der Nachbarschaft einen noch nicht sehr gefestigten Ruf zu verlieren hat, spiele ich natürlich mit bei der Kinderbelustigung. Am nächsten Tag kaufe ich massenweise Süßigkeiten, Schokoriegel in der kindgerechten Kleinausgabe, Bonbons und jede Menge Gummibärchen.

Der Samstag kommt. Ich weise Higgins an, mich ans Tor zu holen, wenn die ersten Kinder anklopfen. Der Morgen vergeht, nichts geschieht. Ich sehe mich schon in Schokoriegeln baden. Am Nachmittag klopft Higgins an die Haustüre. Die Kinder wären jetzt da. Ich schnappe mir eine große Plastikschüssel, in die ich zuvor alle Süßigkeiten geschüttet habe. Es ist ein portables Schlaraffenland. Am Tor steht ganz alleine ein winziger indischer Junge mit schwarzen Haaren, vielleicht vier Jahre alt. Er trägt einen rot glänzenden Umhang, jemand hat ihm unterhalb seines Mundes mit Kinderschminke Vampirzähne ins Gesicht gemalt. Higgins hält sich vorsichtig im Hintergrund. Von den Eltern des Kleinen ist nichts zu sehen. Erwartungsvoll schaut der Junge auf die Schüssel, die in meinen Händen unerreichbar über ihm schwebt.

Keine Leistung ohne Gegenleistung, denke ich mir und frage: »Na, wie sagt man?«

»Süßes oder …, oder es gibt Saures«, stammelt er ein wenig verschüchtert.

»Wunderbar«, lobe ich ihn.

Ich gehe in die Knie und halte ihm die Süßigkeiten hin. Das ist ein Fehler. Ein großer Fehler.

Der Junge reißt die Augen auf, zögert eine Sekunde und grapscht dann mit der Linken in die Schüssel. Er leert die

Hand in einer Tragetasche aus, die er, wie ich erst jetzt sehe, in der Rechten hält, langt wieder zu und noch mal und versteht plötzlich kein Englisch mehr, als ich versuche, ihm ins Gewissen zu reden: »Moment, jeder nur eine Handvoll.«

Grapsch.

»Du, die anderen wollen auch noch etwas davon.«

Grapsch.

»Heute Abend wird dir ganz schön schlecht werden.«

Grapsch.

Nachdem meine Appelle an die Vernunft des Vierjährigen fruchtlos bleiben, versuche ich, die Schüssel wegzuziehen, was nicht gelingt, weil er sich mit beiden Händen daran festhält. Ich stehe auf und denke, das dürfte mein Problem jetzt wohl lösen. Nun hängt er mit ausgestreckten Armen in der Luft. Der Lockruf des Süßen ist stärker als die Schwerkraft. Ich schwenke die Schüssel vorsichtig ein wenig hin und her. Er schwingt wie ein Werbebanner im Wind, lässt aber nicht los. Ich setze ihn wieder ab. Kaum hat er festen Boden unter den Füßen, langt er wieder in die Schüssel. Hilfesuchend schaue ich mich um. Higgins steht halb hinter dem Tor verborgen und grinst das breiteste Grinsen, das ich je bei ihm gesehen habe. Glücklicherweise kommen nun endlich die Eltern des Jungen angelaufen. Staunend begutachten sie die prall gefüllte Tasche und sagen, das sei ja wirklich toll, sie hätten ihre Runde doch gerade erst begonnen. Dann bedanken sie sich ganz herzlich bei mir und zerren den Kleinen davon, unter großem Protest seinerseits.

Ich betrachte meine halbleere Schüssel, und während schon die nächsten Hexen, Zombies und Vampire auf unser Tor zusteuern, frage ich Higgins, was er jetzt von der Sache hält.

»Also, ich finde Halloween sehr, sehr lustig, Sir.«

32

Die Katze

Eines Morgens gegen halb sieben betrete ich schlaftrunken die Küche, schalte das Licht an und erleide ein heftiges Déjà-vu. Wo bin ich? In Ghana oder in Kenia? Einen Moment lang weiß ich es wirklich nicht. Einen Moment später stelle ich fest, dass sich die Küchen weltweit gleichen, was weniger am Design liegt, sondern daran, was ich in der Küche vorhabe. Das Küchendesign in Ghana war haarscharf an einer subtropischen Version des »Gelsenkirchener Barocks« vorbeigeschrammt. Hier in Kenia herrscht bei den Holzarbeiten ein etwas leichterer Stil, alle Türen sind aus Lamellen gezimmert worden, nur die Arbeitsplatten bestehen aus dickem, geradezu atombombensicheren Stein. Doch unabhängig davon, ob die Küche im Barock-, im Lamellen- oder im Bunkerstil gehalten ist, ich weiß im Schlaf, wohin ich fassen muss, um die Espressomaschine anzuschalten.

Während sie sich zischend warmläuft, bereite ich mich mental darauf vor, Milchkaffee für Johanna zuzubereiten. Auch wenn es vermutlich der achthundertste ist, den ich auf dem afrikanischen Kontinent produziere, ist es normalerweise ein Unterfangen, das noch immer den ganzen Mann fordert. Heute bin ich jedoch etwas wacher als sonst und fühle ein gewisses Maß an geistiger Überkapazität, das nach einem Ventil sucht. Während ich am Kaffee arbeite, erlaube ich mir also den Luxus, darüber zu sinnieren, ob Routine in einer eheähnlichen Beziehung nun etwas Schönes oder etwas Schreckliches ist. Bevor ich zu einem eindeutigen Schluss komme, höre ich Geräusche hinter der Küchentüre.

Wenn ich morgens überhaupt etwas hinter der Küchentüre höre, dann ist es der Gärtner, der mit einem Reisigbesen über den Boden des Hinterhofs wischt und dabei sein sehr charakteristisches »Fffft-ffft«-Geräusch macht. Heute ist aber einer der Tage, an denen er nicht für uns arbeitet, und außerdem ist das Geräusch ungewohnt, kein Wischen, sondern eher ein Rascheln und ein Wimmern. Vorsichtig öffne ich die beiden Schlösser, ziehe die schwere innere Holztüre auf und schaue durch die zweite, vergitterte Türe hinaus. Zuerst sehe ich nichts, der Hinterhof ist leer. Dann ertönt wieder dieses Wimmern. Ich blicke nach unten und sehe zu meinen Füßen eine Katze hocken, die mich mit großen, hellgrünen Augen anstarrt.

Ich bin offenbar davon überzeugt, zu den Menschen zu gehören, die mit Tieren sprechen können, oder ich erwarte entsprechende Fähigkeiten bei ihr. Denn sofort frage ich sie: »Was willst du denn hier?«

Wimmern.

Ich öffne die Gittertür und gehe hinaus. Sie wirft sich an mich ran, als wären wir beste Freunde, dabei kenne ich sie doch gar nicht, schwänzelt um meine Beine und jammert ohne Pause. Ich gehe in die Hocke, kraule sie hinter den Ohren und sage begütigend: »Na, na, na.«

Jammern.

Wahrscheinlich hat sie Hunger. Ich hatte noch nie ein Haustier. Was essen Katzen? So etwas Primitives wie Milch? Oder muss es dieses Futter aus der TV-Werbung sein, auf das Frauchen mit zartem Lächeln immer noch ein Petersilienbouquet legt? Mit einem Mal erinnere ich mich daran, weswegen ich überhaupt in aller Frühe in die Küche gegangen bin. Johanna wartet. Ich gehe wieder hinein und ziehe die Gittertüre zu. Die hellgrünen Augen verengen sich vorwurfsvoll. Noch jemand, der morgens von mir gefüttert werden will, denke ich. »Sorry, Schätzchen«, sage ich und schließe auch die Holztüre. Aus Richtung Schlafzimmer höre ich schon die lang gezogenen Rufe »Kaaffeee, Kaaffeee«, und dann lege ich endlich Hand an die mittlerweile heiße Maschine.

»Mit wem hast du geredet?«, fragt Johanna, als ich mit Milchkaffee und Toast wieder im Schlafzimmer auftauche.

»Mit der Katze.«

»Mit welcher Katze?«

»Das weiß ich noch nicht genau.«

Später gehe ich hinaus und frage Higgins, ob er das Tier kenne. Nein, die habe er heute zum ersten Mal gesehen. Sie schleicht unter dem Auto hervor und legt sich zwischen uns auf den Boden. Ich kraule sie am Bauch, Higgins schaut etwas misstrauisch. Ich frage ihn, ob er weiß, was Katzen fressen. Er verneint. Ich erinnere mich an Helga, die Frau mit der Waschmaschine, bei der ich mindestens vier Prachtexemplare gesehen habe. Ich rufe sie an. Sie beglückwünscht mich zu dem Neuzugang in unserem Haushalt und sagt, erst mal Trockenfutter, später könne ich selbst Reis und Hackfleisch kochen, das käme günstiger. Ab diesem Augenblick ist es öffentlich und damit beschlossene Sache: Wir haben ein Haustier.

Während das Tier auf dem Boden liegt und plärrt, gehe ich zurück ins Haus, setze mich an den Rechner und beginne zu recherchieren. Zum ersten Mal in meinem Leben besuche ich ein Internetforum von und mit Katzenliebhabern, eine völlig neue Welt. Dort erfahre ich, dass ich dem neuen Familienmitglied einen Namen geben soll. Ist es weiblich oder männlich? Keine Ahnung. Wahllos klicke ich bei den Katzennamen auf den Buchstaben B. Angeboten werden unter anderem Balalaika, Bambonlina und Bavaria. Ich gehe vor die Türe und probiere alle Namen durch. »Balalaika!« führt zu einem herzhaften Gähnen, »Bambonlina!« zum ausgiebigen Ablecken der linken Vorderpfote, bei »Bavaria!« zeigt die Katze eine kleine Stretching-Einlage und erinnert sinnigerweise an die Yogastellung »aufschauender Hund«. Higgins lacht und dreht sich weg, wahrscheinlich, weil er nicht will, dass ich ihn lachen sehe. Das Ziel meiner Benennungsversuche legt sich ungerührt wieder hin. Versuche diskret die Mann-Frau-Frage zu lösen und bin mir am Ende nicht sicher. Ich gehe zurück zum Computer und schaue nach Empfehlungen für männliche Namen: Balduin, Bajazzo und Bommel. Aber auch die haben keinerlei Wirkung. Deshalb heißt er oder sie ab jetzt und für immer einfach »Katze«. Später erfahre ich in dem Forum, dass ständig jammernde Tiere sich nur unterhalten wollen. Wenn ich nur wüsste, worüber. Noch später fällt mir ein, dass die Taufe vielleicht daran gescheitert ist, dass ich europäische Namen ausprobiert habe, es sich hier aber um ein afrikanisches Exemplar handelt.

Da ich nichts weiter zu tun habe, setze ich mich neben der Katze auf den Boden und studiere sie eine Weile. Ich komme zu dem Schluss, dass Angehörige dieser Spezies in der Tierwelt das sind, was Apple in der Computerwelt ist: hübsch anzusehen, geschmeidig zu bedienen, mit garantiertem Haben-wollen-Reflex und manchmal auch ein kleines bisschen nutzlos. Ihr Miauen erinnert an Babygeschrei, es weckt den Beschützerinstinkt. Zusammengerollt passen sie sehr gut zu den Sitzmöbeln, und ihr Schnurren ist eine einzige, gekonnt vorgetragene Liebeslüge.

Ich fahre in den Supermarkt, um Futter zu besorgen, und finde das ähnlich schwierig wie Shampoo für Johanna zu kaufen, was ich auch hin und wieder einmal versucht habe. Beim Shampoo lachen schöne Frauen mit wehendem Haar von der Flasche, beim Futter glückliche Katzen. Beiden nehme ich ihre gute Laune nicht ab. Am Ende kaufe ich das Futter, dessen Name so ähnlich klingt wie mein schottisches Lieblingsgetränk.

Bei der ersten Fütterung bin ich ganz aufgeregt. Wird das Tier es wohl mögen? Weiß Katze, dass es sich bei der farbenfrohen Packung um die »Gourmet-Fleischplatte mit fleischigen Bröckchen« handelt, die teurer ist als das Rinderfilet in den hiesigen Metzgereien? Ist sie sich klar darüber, dass der Hersteller »alle Leidenschaft und alles Wissen« in die Kreation dieser Leckerei investiert hat? Das steht jedenfalls auf der Rückseite der Tüte. Higgins, der die Fütterung verfolgt, nimmt sie in die Hand und betrachtet sie von allen Seiten. Auf dem Boden klebt noch der Preis. Er pfeift anerkennend, und ich habe die starke Vermutung, dass die Katze ab jetzt teurer zu Mittag essen wird als unser Tagwächter.

Ich stelle eine Schale auf den Boden und reiße die Gourmet-Fleischplatte auf. Maunzend stürzt das ausgehungerte Tier aus dem Hinterhalt herbei, bereit, der Beute den entscheidenden Tatzenhieb zu versetzen. Sie windet sich um meine Beine, reibt ihr Kinn an meiner Hose und steckt den Kopf in die noch leere Schale. Ich schubse, sie maunzt, versucht es von der anderen Seite, ich schubse wieder, Bröckchen purzeln aus der Tüte, die Katze täuscht links an, rennt rechts vorbei und fällt kopfüber ins Futter. Dann herrscht endlich gefräßige Stille, die nur von gelegentlichem Knurpsen unterbrochen wird.

Es ist der Beginn einer wunderbaren Freundschaft.

Von nun an steht das Tier pünktlich morgens hinter der Küchentüre. Auf meinem Weg zur Kaffeemaschine höre ich ihr Wehklagen. Anfangs bleibe ich hart. Erst mache ich Kaffee für Johanna, dann kommt die Katze dran. Doch nach ein paar Tagen bin ich weichgekocht. Johanna jammert einfach nicht so überzeugend. Ab jetzt heißt es: erst Gourmetplatte, dann Kaffee. Es gelingt mir, meinen Seitensprung zu verschleiern. Ich schiebe die Schuld für die verspätete Kaffeelieferung auf die Espressomaschine und die Zeit, die sie zum Aufwärmen braucht.

Innerhalb weniger Wochen ist es, als wäre die Katze schon immer hier gewesen. Ich trete aus der Haustüre, sie kommt schreiend angerannt, wirft sich hin, wälzt sich auf dem Rücken hin und her, ich kraule Bauch und Nacken und versuche mir einzureden: »Sie liebt nicht dich, sie liebt nur das Futter.« Higgins findet das Tier amüsant, der Nachtwächter sagt, es sei aber ziemlich fett, doch sei es schön, wenn sie nachts neben seinem Stuhl liege, dann fühle er sich nicht mehr so allein. Das Tier verdient sich seinen Lebensunterhalt durch niedliches Aussehen, elastisches Bodenturnen und als treuer Freund in einsamen Nachtstunden.

Als ich einige Wochen später morgens wieder einmal in die Küche gehe, ist es ungewohnt still draußen. Ich öffne die Türe und schaue hinaus. Weit und breit keine hellgrünen Augen, die mich erwartungsvoll anblinzeln. Ich mache Schnalzgeräusche mit der Zunge. Damit konnte ich die Katze bisher immer anlocken. Nichts rührt sich. Ich bin tatsächlich betrübt. War ich vielleicht nicht nett genug? Hat das Futter sie auf die Dauer gelangweilt? Wo doch schon der Hersteller auf der Tütenrückseite mit den Worten »Katzen essen nicht gerne immer das Gleiche« auf weitere Produkte hinweist. Oder lässt etwa meine Streichel- und Krautechnik zu wünschen übrig?

Den ganzen Tag lang lässt sich das Tier nicht blicken. Die Internetforen haben natürlich auch hierzu jede Menge Tipps. Ich nehme aber dann doch Abstand von der Idee, bei den Nachbarn eine Hausdurchsuchung zu veranstalten, in einem kenianischen Radio eine Suchmeldung zu lancieren oder Zettel an die Mangobäume zu heften.

Verwaist steht die Plastikschale im Hof. Zäh vergehen die Tage. Ibisse kreischen aufmunternd vom Baum. Ich ignoriere sie. Mehrfach erkundige ich mich bei Higgins, ob er nicht vielleicht doch irgendwo ein leises Maunzen, Wimmern oder Miauen gehört habe. Dabei versuche ich, möglichst cool zu erscheinen. Aber er schüttelt den Kopf. Auch der Nachtwächter hat nichts gesehen. Wenn ich morgens den Kaffee aus der Speisekammer hole, fällt mein Blick immer auf die Futtertüte. Nach ein paar Tagen beschließe ich, sie demnächst unserer Nachbarin Helga zu vermachen. Am späten Nachmittag sitze ich auf der Terrasse und ertappe mich dabei, wie ich mich schon eine Weile nicht mehr nach dem Tier umgesehen habe. Genau in dem Moment, in dem ich mich wieder an die Katzenlosigkeit gewöhnt habe, genau dann, als ich mit einer gewissen Bitterkeit denke, na ja, sicherlich hat sie es besser da, wo sie jetzt ist, trägt der Abendwind das vertraute Jammern herüber. Ich stürze hinaus und schütte eine Riesenportion Katzenfutter in die Schale.

Und dann koche ich etwas für Johanna.

33

Das erfolgreiche kleine Unternehmen

Abends liegen Johanna und ich auf dem Sofa. Sie ist erschöpft von einem langen Tag im Büro. Ihr Kopf lehnt an meiner Schulter, und da es schon kühl ist, ziehe ich eine Wolldecke über ihre Schultern. Wir sind beide zu faul, um ein Feuer im Kamin zu machen. Auch ich bin müde, nur weiß ich nicht genau, warum eigentlich. Da fällt mir ein, dass ich wegen meines örtlichen Führerscheins noch einen kleinen Kampf mit der kenianischen Bürokratie auszufechten habe. Ohne mir viel dabei zu denken, frage ich Johanna, ob sie mir am nächsten Tag dabei helfen könne. Und sie, die gerade noch friedlich zu dösen schien, ist mit einem Mal hellwach und sagt sehr deutlich: »Auf gar keinen Fall.«

»Warum denn nicht?«

»Weil ich keine Zeit habe.«

»Du wirst doch wohl ein paar Minuten erübrigen können.«

»Es geht wirklich nicht. Soll ich dir mal was zeigen?« Sie richtet sich auf, greift nach ihrem Laptop, der auf dem Couchtisch liegt, und klappt ihn auf. Nach ein paar Sekunden öffnet sich ihr Kalender.

»Alles so schön bunt hier«, sage ich, als ich die farbigen Kästen begutachte, die Meetings, Telefonkonferenzen und andere Termine darstellen. Die ununterbrochene Reihe erstreckt sich von sieben Uhr morgen bis in den späten Abend.

»Siehst du? Keine Chance«, seufzt Johanna.

Ich gähne herzhaft.

Sie dreht sich um und sieht mich an. »Wovon bist du eigentlich so müde? Was treibst du eigentlich den ganzen Tag? Das frage ich mich schon die ganze Zeit.«

Am nächsten Morgen sitze ich mit meinem Milchkaffee am Schreibtisch und denke immer noch über Johannas Frage nach. Es war eine sehr berechtigte Frage. Das Problem ist, dass ich sie nicht beantworten kann. Ich schalte meinen Laptop ein, öffne meinen Kalender: Er ist bis auf einen Termin absolut leer. Die Tage vergehen – irgendwie. Nicht, dass mir langweilig wäre, aber ich habe keine Ahnung, wohin meine Zeit verschwindet. Für heute ist auch nichts Weltbewegendes geplant. Ich habe nur ein paar Handwerker einbestellt, die eine Kleinigkeit im Badezimmer erledigen sollen, einen Kleinlaster, der die Gartenabfälle abholen soll, auch der Gärtner kommt heute, keine große Sache, da sollte für meinen Führerschein genug Zeit bleiben …

07:58 Uhr – Unsere Putzfrau Jane, die an drei Tagen in der Woche zu uns kommt, öffnet vom Hinterhof aus die Küchentür und beginnt ihren Tag. Ich stehe gerade zum zweiten Mal heute an der Kaffeemaschine. Ein kleiner Smalltalk entspinnt sich, ich erkundige mich nach der Gesundheit und der Familie, sage ihr, was heute zu erledigen ist. Dann geht sie an die Spüle, ich wieder an den Schreibtisch.

08:11 Uhr – Lese und beantworte E-Mails, nippe an meinem Kaffee. Der Gärtner Peter stiefelt am Fenster meines Arbeitszimmers vorbei. Wünscht guten Morgen, hat ein paar Fragen. Wie dieser und jener Busch geschnitten wird und was mit dem Gestrüpp der Kletterpflanzen auf dem Dach passieren soll. Ich stehe auf, gehe mit ihm durch den Garten, kehre zurück und will weiterschreiben.

08:29 Uhr – Das Telefon klingelt. Higgins ist dran. Da sei jemand, der hereinwill. Ich komme, sage ich. Stehe auf, laufe zum Tor. Dort steht Higgins – »Guten Morgen, wie geht's?« – und neben ihm ein sehr, sehr alter Mann. Gepflegt, beige Hose, darüber Jackett, im Mund schon etwas zahnlos. Er sei der Termitenjäger, stellt er sich vor. Ach richtig, die Termiten. Wir haben jede Menge davon. Ich lasse ihn herein, zeige ihm den Weg zum Garten. Zurück an den Schreibtisch, der Kaffee ist nur noch lauwarm, ich schreibe ein paar Zeilen.

08:43 Uhr – Ein Geräusch ertönt, ich schaue vom Bildschirm hoch. Der Termitenjäger steht vor dem Fenster. Er habe sich einen Überblick verschafft und vier Nester entdeckt. Jetzt will er loslegen. Ich frage, was er denn eigentlich für seine Termitenjagd haben will. Umgerechnet fünf Euro pro Termitenkönigin. Prima, antworte ich, ohne die geringste Ahnung zu haben, ob das okay ist.

08:52 Uhr – Schaue durchs Fenster, sehe, wie der Termitenjäger mit einer Art Machete sehr bedächtig ein Loch in den Rasen gräbt. Werde doch lieber mal nachschauen und gehe nach draußen. »Geht's voran?«, frage ich und denke, dass er nicht besonders schnell arbeitet. Der Alte sieht mich an und erklärt, diese Termitenkönigin sei sehr schlau und verstecke sich gut. Da müsse man geduldig sein.

09:00 Uhr – Ein Kalendereintrag poppt auf: Bin um halb elf in einem Café in der Nähe mit Tony verabredet, einem Menschen, der sich auf Behördengänge spezialisiert hat. Dieser »Agent«, wie man das hier nennt, will sich um meinen Führerschein kümmern. Muss nur noch schnell die Formulare ausfüllen.

09:16 Uhr – Wieder am Schreibtisch. Der Kaffee ist nun eine kalte Brühe. Ich höre ein Auto hupen. Ob das wohl bei uns war?, frage ich mich. Schon klingelt das Telefon. Higgins ist dran, vor der Türe seien Leute. Ich komme, sage ich und laufe wieder ans Tor. Draußen steht ein Kleinlaster mit drei Handwerkern. »Wir kommen vom Vermieter«, erklären sie. Aha, die Klempner, die das kaputte Waschbecken austauschen sollen. Die sollten doch erst nachmittags kommen. »Ihr seid viel zu früh«, sage ich. »Aber immer herein.«

09:24 Uhr – Die Klempner sind jetzt einsatzbereit. Ich zeige hier einen tropfenden Wasserhahn, dort eine Leitung, bemängele den insgesamt schwachen Wasserdruck und deute aufs Waschbecken. Alle Klempner diskutieren. Ich gehe zurück an den Schreibtisch. Die Diskussion wird lauter, leider in Kisuaheli. Streiten die sich etwa? Ich stehe auf und gehe ins Bad. Worum es denn ginge, frage ich vorsichtig. Es sei nichts Besonderes, sie hätten halt nur alles einmal durchgesprochen.

09:37 Uhr – Endlich Ruhe, ich fülle weiter die Formulare aus. Das heißt: Ich versuche es. Verstehe nicht, was man von mir will. Das Heulen eines Schlagbohrers ertönt. Ich gehe ins Bad. Dort liegt die halbe Wand in Trümmern. Die Klempner machen lange Gesichter. Die Löcher für die Schrauben im neuen Waschbecken haben nicht zu den Löchern in der Wand gepasst. Sie mussten neue bohren.

09:49 Uhr – Schreibe Tony, dem Agenten, eine SMS, dass mir etwas dazwischengekommen ist. Verschiebe den Termin auf zwölf Uhr. »Ok«, textet er zurück.

10:08 Uhr – Über den Lärm der Bohrmaschine hinweg höre ich eine Hupe. Higgins ruft an. Vor der Türe stünden … ja, ja, ist schon klar: »Ich komme!« Am Tor steht ein weiterer Kleinlaster mit drei Mann Besatzung. Sie kämen wegen der Gartenabfälle. Richtig, neben dem Komposthaufen im Gemüsegarten liegt ein Berg abgeschnittener Äste und Blätter. Die Vormieter hatten Grundstück und Haus mit Büschen, Farnen, Kletter- und Schlingpflanzen in einen Dschungel verwandelt. Wir dürfen das Chaos nun lichten. Nach und nach lassen wir auch das komplett zugewachsene Haus vom Gestrüpp befreien.

10:21 Uhr – Setze mich wieder an den Schreibtisch. Die Formulare sind immer noch halbleer. Der Kaffee setzt Runzeln an. In diesem Haus geht es zu wie auf dem Rummelplatz. Mittlerweile arbeiten hier ein Wächter, eine Putzfrau, ein Gärtner, ein Termitenjäger, drei Klempner und drei Abfallentsorger.

10:31 Uhr – Johanna ruft an. Sie wollte mich nur daran erinnern, dass heute die Handwerker kommen. Nur damit ich es nicht vergesse.

10:37 Uhr – Google im Internet nach anderen Formular-Opfern. Es klopft am Fenster, Peter zeigt auf den Termitenmann. Der winkt begeistert. Er hat eine Termitenkönigin gefunden und hält sie mir auf einem Blatt entgegen. Sie sieht aus wie ein weißer Wurm, so groß wie mein kleiner Finger, auf dem der Vorderkörper einer Ameise steckt. Sie windet sich. Eklig. Daneben liegt eine nur etwa fingernagelgroße Termite. Das sei der König. Wie armselig. Frage mich, ob das als Metapher für menschliche Beziehungen taugt.

10:43 Uhr – Das Telefon klingelt, Higgins. Kommt denn noch jemand? Nein, er, der ausgebildeter Elektriker ist, arbeitet heute an ein paar Stromleitungen für unsere Sicherheitsleuchten. Er will mir seine Fortschritte zeigen. Ich gehe hinaus. Er zeigt mir alles und will gelobt werden. Ich lobe ihn.

10:51 Uhr – Es rumpelt und kracht über dem Schreibtisch. Peter steht auf dem Dach und reißt massenweise Efeu und Bougainvillea herunter. Das Zeug fällt vor meinem Fenster in den Garten.

10:55 Uhr – Peter klopft ans Fenster. Ich solle mir das Dach anschauen. Ich gehe nach draußen, schaue es mir an. Das Haus wirkt jetzt fast nackt. Fast bereue ich den Eingriff. Dann denke ich an die vielen Insekten, die bisher mit uns das Schlafzimmer teilten. Vielleicht sind die nun auch verschwunden.

11:02 Uhr – Es kracht im Badezimmer. Ich schaue nach. Das alte Waschbecken liegt in Stücken auf dem Boden. Ob es Probleme gebe? Nein, nichts Besonderes.

11:17 Uhr – Nachbarin Helga ruft an, die sich bereit erklärt hat, Jane Nachhilfe im Bügeln zu geben. Sie könne jetzt vorbeikommen. Ich schicke Jane hinüber.

11:24 Uhr – Jane ruft an und bestätigt, dass sie jetzt bei der Nachbarin angekommen sei. »Wunderbar«, sage ich.

11:38 Uhr – Skype macht sein Palim-Palim. Christoph ist dran. Macht sich heute einen gemütlichen Vormittag. Will wissen, was ich so treibe. Ich freue mich, von ihm zu hören, muss ihn aber schnell abwürgen, habe einfach keine Zeit.

11: 41 Uhr – Schreibe Tony eine SMS, dass ich mich verspäten werde. Verschiebe den Termin auf zwei Uhr nachmittags. »Hakuna matata«, textet er zurück.

11:47 Uhr – Der Termitenjäger winkt, er hat eine zweite Königin gefunden. Neben ihm steht ein Eimer mit Millionen Baby-Termiten darin. Jane kommt wieder zurück. Sie habe etwas vergessen. Peter gesellt sich zu unserer kleinen Jagdgesellschaft und fragt, ob er die Königin haben könne, das sei eine Delikatesse. Mir ist plötzlich nicht mehr wohl. Dabei ist doch jetzt gleich … Mittagspause!

12:17 Uhr – Ich gehe in die Küche, schmiere mir ein Brot und mache frischen Kaffee. Ich höre Stimmen. Öffne die Küchentüre, schaue in den Hinterhof. Dort sitzen Higgins, Peter, Jane, der Termitenjäger, die Klempner und die Abfallentsorger auf den Stufen zur Waschküche, reden, essen und trinken Tee mit viel Zucker. Wünsche guten Appetit.

13:10 Uhr – Die drei Abfalltransporteure klopfen ans Fenster. Sie hätten die erste Fuhre kleingehackt und aufgeladen, sie wollten jetzt abfahren. »Ich halte euch nicht auf«, sage ich. Sie drucksen herum. Ihr Auto springe nicht an, die Batterie sei kaputt. Ob ich vielleicht schieben helfen könne? Ich gehe hinaus und schiebe gemeinsam mit allen anderen den voll beladenen Kleinlaster unsere Einfahrt hoch. Laster springt an, riesige Rauchwolke, ab durchs Tor.

13:22 Uhr – Versuche weiter, die Formulare auszufüllen. Es ist so seltsam still. Kann mich nicht konzentrieren. Ich werde ganz unruhig. Mache einen Kontrollgang durchs Haus. Arbeiten auch wirklich alle? Der Gärtner gärtnert, der Termitenjäger jagt in Zeitlupe, Jane ist wieder bei der Nachbarin. Die Klempner haben festgestellt, dass das Podest, auf dem das Waschbecken stehen soll, nicht hoch genug ist. Sie haben Peter, der auch Hausmeister ist, um Zement gebeten. Daraus haben sie mittlerweile einen Sockel gebaut, der nun trocknen muss.

13:29 Uhr – Bin plötzlich unglaublich müde. Schreibe Tony, dass ich es bis zwei Uhr nicht schaffen werde. Ob vier Uhr auch okay wäre? Er textet: »Pole, pole« – immer mit der Ruhe.

13:58 Uhr – Higgins klopft ans Fenster, die Abfalltypen seien wieder da. »Ja, doch«, sage ich, »lassen Sie sie einfach rein.« Er hört meine Ungeduld und erklärt, dass sie bei ihrer Wachfirma klare Regeln hätten. Keiner kommt rein und keiner raus ohne Rücksprache mit dem Chef, also mit mir. Ich lobe ihn überschwenglich für so viel Pflichtbewusstsein.

14:13 Uhr – Der Termitenjäger hat eine dritte Königin gefunden. Er ist sehr stolz, wirkt aber zunehmend erschöpft. Mein Gott, wie alt ist dieser Mann eigentlich?

14:29 Uhr – Johanna ruft an, fragt, wie es geht. Ich erzähle vom Führerschein, den Klempnern und der Termitenkönigin. Sie sagt: »Igitt.«

14:40 Uhr – Die Klempner klopfen an die Türe des Arbeitszimmers. Sie seien jetzt fertig. Der Sockel steht, das Waschbecken obendrauf ist etwas schief, etwas zu weit weg von der Wand. Der Sockel ist so elegant, wie ein Sockel aus rohem Zement eben sein kann. Ich drehe das Wasser auf. Es fließt, das ist das Wichtigste. Die Klempner räumen auf und putzen den Boden.

14:47 Uhr – Die Klempner verabschieden sich. Da fällt mir ein, dass in der Küche seit gestern kein heißes Wasser mehr aus dem Hahn kommt. Drehe ich kalt auf, kommt Wasser, drehe ich heiß auf, kommt Luft. Aha, sagt der Oberklempner, ganz einfach. Er dreht kaltes Wasser auf und presst die Hand gegen den Hahn. Da sei Luft in der Leitung, und nun leite er kaltes Wasser in die Heißwasserleitung um, um sie wieder zu füllen. Er nimmt die Hand weg, dreht den Kaltwasserregler zu, den Heißwasserregler auf, es kommt heißes Wasser. Ich bin begeistert und will es auch gleich ausprobieren. Halte meine Hand auf den Hahn und drehe auf. Ich drücke aber wohl nicht fest genug, das kalte Wasser spritzt durch die Küche. Ich bin nass. Die Klempner lachen. Jetzt dürfen sie gehen.

15:05 Uhr – Die Abfalltypen haben fertig aufgeladen und wollen abfahren. Ob ich vielleicht …? Aber ja. Ich gehe hinaus und bezahle sie. Dann schieben wir alle gemeinsam den Kleinlaster an. Diesmal ist es viel schwerer, die Klempner sind ja schon weg.

15:30 Uhr – Alles ist ruhig. Ich werfe einen letzten Blick auf die Formulare und gebe auf. Schreibe Tony, ob er vielleicht auch Hausbesuche macht. Er textet zurück, im Prinzip ja, aber heute nicht mehr. Bin fast erleichtert.

15:38 Uhr – Ob es dem alten Termitenjäger gut geht? Ich gehe nach draußen. Ganz allein sitzt er im Garten in der prallen Sonne vor einem riesigen Loch. Diese Königin sei eine ganz raffinierte, sagt er. Es ist heiß, er schwitzt stark. Ich bringe ihm eine Flasche Wasser. Peter fegt Laub zusammen.

15:59 Uhr – Durchs Fenster sehe ich, wie der Termitenmann sich durch den Garten in den Schatten schleppt. Ich gehe raus. Er atmet schwer. Er hat aufgegeben. Diese Königin sei zu schlau. Das Loch ist wieder zu, aber immerhin hat er drei Termitenkönigreiche zerstört. Ich will ihn bezahlen. Drei mal fünf macht fünfzehn Euro. Ich will großzügig sein und ihm zwanzig geben, doch er lehnt ab. Er hat nur drei gefunden und will nur für drei bezahlt werden. Termitenjägerehre. Wir gehen Richtung Tor. Ich frage ihn, wie alt er ist. Vierundachtzig Jahre, sagt er. Ich bin vierzig Jahre jünger als er und fühle mich doppelt so alt.

16:31 Uhr – Gehe zurück ins Haus. Auf der Treppe überholt mich die Katze und wirft sich vor mich auf den Boden. Ich kraule sie gewissenhaft hinter den Ohren.

16:45 Uhr – Peter steht vor dem Fenster und verabschiedet sich für heute.

16:55 Uhr – Higgins klopft ans Fenster, fragt, ob er nun die Frösche besuchen dürfe. Bitte wen? Die Frösche. Offenbar schaue ich selbst wie ein Frosch, er lacht sich schief. Er habe gleich Dienstschluss, wolle duschen, vorher aber wissen, ob ich vorhabe, demnächst das Haus zu verlassen, weil er ja jetzt eine Weile unter der Dusche stünde. Früher hätten sich bei ihm zu Hause alle im Fluss gewaschen, weshalb die Körperpflege immer noch »Besuch bei den Fröschen« genannt werde.

17:05 Uhr – Alle sind weg. Es ist still. Erschöpft lasse ich mich aufs Sofa im Wohnzimmer fallen. Ich muss an den

Werbespot dieses großen Staubsaugerherstellers denken. Auf einer Party fragt eine reichlich blasierte Karrierezicke eine Hausfrau: »Und was machen Sie so beruflich?« Die Hausfrau lässt in Gedanken ihren Tagesablauf Revue passieren, man sieht Kinder, Küche, Haustiere, Schmutz, Spielsachen, Pflaster auf wunden Knien, dann antwortet sie scheißfreundlich: »Ich führe ein sehr erfolgreiches kleines Familienunternehmen.« Sollte Johanna noch einmal danach fragen, jetzt hätte ich eine schlagfertige Antwort parat.

34

Das Auto

Glückwunsch, Sir, es ist ein Lastwagen.«

So begrüßt mich Higgins, als ich mit unserem neuen Auto durchs Tor auf unser Grundstück fahre. Er reißt die rechte Hand an die blaue Wächtermütze, und mir ist, als kneife er ein bisschen die Augen zusammen. Higgins hat leider recht. Es entspricht nicht so ganz meinem Traumwagen. Eigentlich gar nicht. Der Wagen ist kein klassischer englischer Geländewagen, der nur mit Burberry-gemusterten Gummistiefeln zu betreten wäre, sondern ein schnödes japanisches Nutzfahrzeug, riesig und langsam wie ein alter Elefant. Am Steuer stellt sich ganz und gar nicht das Gefühl ein, auf eine wildromantische Safari zu gehen. Vielmehr überkommt mich bei jedem Acker, an dem ich vorbeifahre, das unstillbare Verlangen, ihn umzupflügen und Kartoffeln zu pflanzen. Der große Dieselmotor klingt nicht nach Freiheit und Abenteuer, sondern nach harter Arbeit. Die grünen Sitzbezüge unterstreichen das landwirtschaftliche Image. Sie könnten nicht weiter vom cremefarbenen Leder meiner Träume entfernt sein. Der Teppichboden der Ladefläche sieht aus, als hätten zwanzig Rinder nach einem langen Regentag, den sie im Matsch verbracht haben, Polka darauf getanzt. Die komplette linke Seite ist beim Einsatz an einer Betonmauer zerkratzt worden, die Windschutzscheibe hat einen Riss, die Reifen sind total abgefahren, und das linke Vorderlicht funktioniert nicht.

Es ist nach langer Suche das beste preisgünstige Auto, das ich finden konnte.

Als Johanna den Wagen das erste Mal sah, sagte sie, sie sei sich bewusst, wie schwer es sei, in Kenia ein gutes Auto zu finden, und wolle mich wirklich uneingeschränkt für meine monatelange Suche loben. Aber sie müsse doch einmal fragen, wie ich persönlich zu dieser Farbe stünde. Vermutlich hat auch Higgins deshalb die Augen zusammengekniffen, als ich durchs Tor fuhr. Denn unser Lastwagen ist in einem strahlenden Gold lackiert, worauf der bisherige Besitzer auch noch unglaublich stolz zu sein schien. Die ärgsten kosmetischen Fehler werden durch einen österreichischen Mechaniker, der stets grummelt, aber viel Zartgefühl für Kraftfahrzeuge aller Art aufbringt, schnell behoben. Die Farbe bleibt. Nur das linke Vorderlicht und den Teppich im Fond lasse ich für Higgins übrig, der den ganzen Tag auf seinem Plastikstuhl sitzt und sich fürchterlich langweilt.

Higgins liebt Aufräumen und Saubermachen. Einmal kam ich am frühen Abend von einem Spaziergang zurück. Er öffnete das Tor für mich, entdeckte sofort meine staubigen Sportschuhe und fragte: »Sir, darf ich Ihre Schuhe gleich putzen?«

Mir war das peinlich, und ich versuchte es mit Ausflüchten: »So schmutzig sind sie doch auch wieder nicht.«

Doch ich hatte nicht mit dem zweifachen Vater Higgins gerechnet. Tadelnd schaute er mich an, wollte mir aber nicht direkt widersprechen, immerhin war ich sein Boss. Dafür holte er den Volksmund zu Hilfe, für dessen Weisheiten ich ihn persönlich ja nicht verantwortlich machen konnte: »Man sagt, wer unordentlich sät, der isst auch unordentlich, Sir.«

Ich brauchte eine Weile, um zu verstehen, was er mir damit sagen wollte. Dann konterte ich mit: »Außen Ananas, innen Papaya.«

Das wiederum gab Higgins Rätsel auf. Ich hatte versucht, das deutsche »Außen hui, innen pfui« über seine englische Entsprechung »Außen ein Pfirsich, innen eine Zitrone« in den kenianischen Alltag zu transportieren, wo es keine Pfirsiche gab, und zugleich an meinen eigenen Geschmack anzupassen, denn ich kann Papaya nicht ausstehen.

Während Higgins noch einen Moment über mein eben erfundenes Sprichwort nachdachte, wollte ich schnell meinen Vorteil nutzen und die Sache zu Ende bringen: »Die Schuhe können wir auch morgen reinigen.«

Das war ein schwerer taktischer Fehler. Nach dieser Vorlage konnte Higgins nur noch gewinnen. Seinem schnellen »Man sagt, was du heute kannst besorgen, das verschiebe nicht auf morgen« hatte ich nichts entgegenzusetzen. Ich zog die Schuhe aus und drückte sie ihm in die Hand. Innerhalb einer halben Stunde verwandelte er die staubroten Treter zurück in strahlend weiße Sportschuhe.

Seitdem nehme ich Higgins' Putzkünste gerne und ohne Diskussion in Anspruch, und ich weiß, der Teppichboden im Auto wird sein Meisterstück werden.

Higgins ist ausgebildeter Elektriker. Als ich ihn vor einigen Wochen, kurz nach Halloween, wieder einmal Zeitung lesend auf seinem Plastikstuhl sitzen sah, fragte ich, warum er denn nicht in seinem Beruf arbeite. Er stand auf, machte ein ernstes Gesicht und belehrte mich ausführlich, dass er als Elektriker nicht fest angestellt wäre, sondern von einzelnen Aufträgen leben müsste. Dann arbeite er vielleicht auf Baustellen weit weg von zu Hause und wäre nie sicher, ob und wie viel Geld er verdienen würde. Er aber liebe seine Familie, wolle sich nicht den Versuchungen eines Bauarbeiterlebens aussetzen – ich vermute, er meinte Frauen und Alkohol – und bevorzuge die Planungssicherheit seines jetzigen Lebens.

Ich wollte wissen, wie genau er sein Einkommen aufteile. Einige Tage zuvor hatte er mich gebeten, von seinem Gehaltszettel eine Kopie zu machen. Deshalb wusste ich, was ihm die Wachgesellschaft bezahlte, bei der er angestellt war. Er nannte eine Summe, die er für die Privatschule seiner beiden Kinder ausgab, da er von den kostenlosen staatlichen Schulen nicht viel hielt. Es war etwa die Hälfte seines Gehalts. Die Miete kostet ein weiteres Viertel, der Rest bleibt ihm zum Leben, für Essen, Kleidung, Elektrizität und für das Kerosin, das er braucht, um mit einer kleinen Lampe abends für etwas Licht zu sorgen, falls der Strom ausfällt, was oft vorkommt.

Higgins geht um das Auto herum und sagt: »Das haben Sie wirklich gut gemacht, Sir. Dieses Auto ist groß genug für zehn Leute, vielleicht sogar zwölf.«

»Und wie finden Sie die Farbe?«, frage ich.

»Sehr elegant, Sir.«

Wir machen uns gemeinsam über das Auto her, und während Higgins geduldig mit einem Messgerät die Leitungen zum kaputten linken Vorderlicht prüft, beschließe ich, ihm als Lohn für die Mühe eine Solarlampe zu schenken, als Ersatz für die Kerosinfunzel, die nicht nur teuren Treibstoff für ein bisschen Licht verbraucht, sondern gesundheitsschädlich qualmt und außerdem brandgefährlich ist.

Das Vorderlicht geht wieder. Ich gebe Higgins die Solarlampe, die aussieht wie ein Plastikbecher mit Henkel; oben sind die Solarzellen, eine kleine Lampe strahlt das Licht nach unten ab. Ich erkläre ihm, dass er sie zum Aufladen nach draußen an die Sonne stellen muss. Er bedankt sich. Abends trägt er die Lampe in einer Tüte nach Hause. Am nächsten Tag erzählt er, seine Familie sei jetzt auf dem Weg an den Viktoria-See. Er habe ihnen die Lampe mitgegeben. Seine Eltern hätten ja überhaupt keinen elektrischen Strom, er immerhin manchmal. Wieder ein paar Tage später kommt er auf mich zu und bedankt sich erneut. Seine Eltern vom Viktoria-See ließen schön grüßen. Sie könnten es noch gar nicht fassen, dass eine Solarlampe einfach mal so das Lichtproblem gelöst habe. Nun könnten die Kinder abends lesen, die Großmutter könnte kochen, und beim Essen könnten sich alle sehen, ohne den Qualm der Kerosinlampe einatmen zu müssen. Nun hätten sie nur ein Problem: Die Nachbarn kämen ständig zu Besuch, weil es bei ihnen so viel Licht gibt. Alle blieben nun abends länger auf und seien morgens müde.

Vier Wochen später sehe ich Higgins wie immer auf seinem Plastikstuhl sitzen. Zu seinen Füßen steht die Solarlampe. Ich frage ihn, warum sie wieder hier ist. Er antwortet, seine Eltern fürchteten, jemand könne die wertvolle Lampe stehlen. Deshalb habe er sie vom Viktoria-See wieder zu sich nach Hause geholt. Ich sage, dann bliebe aber immer noch die Frage offen, warum die Lampe hier in der Sonne auf dem Platz vor unserer Pergola zu seinen Füßen stehe.

Higgins steht auf, macht ein ernstes Gesicht und belehrt mich ausführlich, dass, wie ich ja sicherlich wisse, die Lampe zum Aufladen an die Sonne gehöre. Dazu müsse er sie vor die Türe oder aufs Dach seines Hauses stellen, womit er nicht nur den Besitz einer solchen wertvollen Lampe öffentlich mache, sondern auch Diebe geradezu einlade, sie mitzunehmen. Deshalb bringe er die Lampe jetzt ein Mal in der Woche mit hierher. Er packe sie in eine unscheinbare Plastiktüte, jogge wie jeden Morgen die paar Kilometer zu uns, packe die Lampe aus und stelle sie neben seinen weißen

Plastikstuhl in die Sonne. Abends jogge er nach Hause, die Tüte mit der Lampe darin fest um die Hand gewickelt. Dann habe seine Familie eine Woche lang abends gratis Licht.

Den Rest der Zeit versteckt er die Solarlampe, die eigentlich an die Sonne gehört, aus Sicherheitsgründen in einer Schachtel unter dem Bett.

35

Das Schloss

Mitten in der Nacht rüttle ich an einer Gittertür und habe dabei seltsamerweise Zeit, mir über Städte-Slogans Gedanken zu machen. München hieß früher »Weltstadt mit Herz«, Hamburg »Das Hoch im Norden«. Der Name der ghanaischen Hauptstadt Accra stammt vom Akan-Wort für »Eine Armee von Ameisen«, und Nairobi heißt »Ort des kalten Wassers«. Viel gebräuchlicher unter Einheimischen wie Ausländern ist allerdings der Spitzname »Nairobbery«, wegen der vielen Raubüberfälle, Autodiebstähle und der enormen Zahl an Handys, die einem im Stau durchs offene Autofenster aus der Hand gerissen werden. Alles gut und schön, denke ich mir und rüttle weiter vergeblich am harten Stahl: Ab heute Nacht heißt Nairobi »Hauptstadt der vertrottelten Wazungu«.

»Wazungu« ist die Mehrzahl von »Mzungu«, und dieses Kisuaheli-Wort entspricht etwa dem ghanaischen Obruni. Der Mzungu, also ich, rüttelt gerade an einer Gittertüre, die aus Sicherheitsgründen den Wohn- vom Schlaftrakt trennt. Die Seite, auf der ich gerade stehe, ist der »Safe Haven«, der sichere Ort unseres Hauses. Der Wohntrakt hat jeweils im Flur, in der Küche und im Wohnzimmer eine Türe nach draußen. Die Türen im Schlaftrakt führen zum Schlafzimmer, zum Arbeitszimmer, zum Gästezimmer und zu zwei

Toiletten. Einen Ausgang nach draußen gibt es nicht. Die entscheidende Frage ist: Auf welcher Seite der Gittertüre stehe ich gerade?

Nehmen wir einmal an, rein hypothetisch, ich stünde im Wohntrakt. Warum würde ich an der Gittertüre rütteln? Sämtliche Toiletten sind im Schlaftrakt auf der anderen Seite. Muss ich etwa dringend auf die Toilette?

Nein.

Schade.

Dann nehmen wir einmal das Gegenteil an, also dass ich, rein hypothetisch, im Schlaftrakt stehe. Warum um alles in der Welt würde ich von dieser Seite aus an der Gittertüre rütteln? Es ist doch mitten in der Nacht. Auf der anderen Seite befindet sich die Küche, darin steht der Kühlschrank. Plagt mich vielleicht ein mitternächtlicher Heißhunger, zum Beispiel auf Käsehäppchen mit Oliven?

Noch mal nein.

Wieder schade.

Wir hätten sogar Käse und Oliven vorrätig, die ich mit Leichtigkeit in olivengeschmückte Käsehäppchen verwandeln könnte. Anders als früher, als ich den Käse einfach in dicken Brocken heruntergeschnitten und mir die Deliktessen abwechselnd – ein Stück Käse, eine Olive, dann wieder Käse – in den Mund gestopft habe, würde ich mir diesen Mitternachtssnack heute sogar appetitlich anrichten. Vielleicht auf diesem Teller mit dem dunkelblauen Rand, der mit dem gelben Käse einen so schönen Kontrast bildet. Und ich würde mir dazu womöglich noch ein wenig leichte Musik auflegen, das Mozart-Klarinettenkonzert, leise natürlich, damit niemand aufwacht.

Doch das ist alles, wie gesagt, rein hypothetisch. Es kommen keine Gäste, nicht um diese Zeit. Ich könnte das Mozart-Konzert oder sogar meine alte Metallica-CD so laut abspielen, wie ich wollte, es wäre niemand da, den ich damit wecken könnte. Johanna ist nämlich wieder einmal für ein paar Tage auf Dienstreise.

Ich habe aber gar keinen Heißhunger auf Käse und Oliven, und selbst wenn, könnte ich nicht zum Kühlschrank in der Küche gelangen. Denn ich stehe auf der Schlaftraktseite, rüttle an der Türe und zerre am Vorhängeschloss. Es ist geschlossen. Zu. Ich bin gefangen.

Vor einer Sekunde war ich noch im Halbschlaf. Hatte ein bisschen ferngesehen, darüber die Zeit vergessen, nickte auf dem Sofa ein, wachte wieder auf, nahm mein Handy vom Tisch, ging damit Richtung Schlafzimmer, zog die Gittertüre hinter mir zu und drückte das Vorhängeschloss zu. Das metallische Klacken weckte mich kurz auf, wie immer wollte ich jetzt den Schlüssel vom Schloss abziehen und ihn an den Nagel hängen, den ich eigens dafür in die Wand gehauen habe.

Doch im Schloss steckt kein Schlüssel, der Nagel bleibt leer.

Plötzlich bin ich sehr, sehr wach.

Nairobi trägt seinen Spitznamen »Nairobbery« völlig zu Recht. Hier wird gerne und viel geraubt. Deshalb sind die Häuser mehrfach gesichert. Alle Fenster und Türen sind mit Stahlgittern bewehrt. Das Grundstück ist von einem Zaun umgeben und wird Tag und Nacht bewacht. Ein weiterer Zaun schützt das gesamte Wohngebiet, innen und außen patrouillieren durchgehend Wachmannschaften. An den Zufahrtstraßen parken nachts die Wagen der Sicherheitsfirmen, um Präsenz zu demonstrieren und im Notfall schnell überall eingreifen zu können. Drücke ich auf einen der roten Knöpfe, die in jedem Zimmer an der Wand angebracht sind, stehen innerhalb von wenigen Minuten drei schwere Jungs in dicken Jacken und mit Motorradhelmen auf dem Kopf vor unserem Haus und klopfen mit ihren Schlagstöcken ans Tor.

Das alles ist wirklich sehr beruhigend. Ich weiß, dass hier so schnell niemand hereinkommt, der nicht hierhergehört. Mein Problem ist jetzt aber ein anderes: Ich komme nicht mehr hinaus.

Das alles ist natürlich Johannas Schuld. Bevor sie sich am Vormittag zum Flughafen aufmachte, erklärte ich mich bereit, ihren guten Blazer von der Reinigung abzuholen. Es musste sehr schnell gehen. In verschlafener Hektik öffnete ich das Vorhängeschloss der Gittertür vom Schlaf- zum Wohntrakt und eilte zum Auto. Dort angekommen, stellte ich fest, dass ich den Schlüssel für das Vorhängeschloss in die Hosentasche gesteckt und nicht, wie sonst, im Schloss zurückgelassen hatte. Da ich einerseits in Eile war und andererseits wusste, dass der Schlüssel nicht in meine Hosentasche gehörte, entschloss ich mich, ihn ins Handschuhfach des Autos zu legen. Dann sauste ich zur Reinigung und wieder zurück, drückte Johanna ihren Blazer in die Hand, begleitete sie zur Tür, gab ihr einen Abschiedskuss und zog mich wieder ins Haus zurück. Den Tag über las ich, schrieb Mails, bezahlte Rechnungen per Mpesa, dem kenianischen Handy-Bezahlsystem, sah fern, plauderte mit dem Gärtner, dem Wächter und der Putzfrau, vertrödelte den Abend, wurde müde und … und jetzt ist das Schloss zu, der Schlüssel liegt im Handschuhfach, ich stehe vor dem Gitter und komme nicht an den Käse und die Oliven, auf die ich nun plötzlich doch Lust habe.

Da fällt mir das kleine Badezimmerfenster ein. Anders als die anderen Fenster, die von eingemauerten Gittern geschützt werden, hat das Badezimmer zwei Klappgitter, die mit dicken Vorhängeschlössern gesichert sind. Vor ein paar Wochen habe ich diesen Notausgang eher zufällig entdeckt, weil mich die Putzfrau nach den Schlüsseln dafür fragte. Sie wollte die Fenster auch mal von außen putzen. Ich probierte dann eine Kiste voller Schlüssel, die uns die Vormieter hinterlassen hatten, und fand schließlich die passenden, die jetzt, dank der Putzfrau, an einem Haken im Badezimmer hängen.

Ich betrachte das kleine Fenster oberhalb der Badewanne. Dann meinen Körperumfang. Dann wieder das Fenster. Kurzfristig erwäge ich, vielleicht doch einen Ausbruchsversuch mithilfe der Eisensäge an der Zwischentüre zu versuchen. Der Werkzeugkasten steht immerhin im von hier aus gut erreichbaren Arbeitszimmer. Aber relativ gesehen ist das Vorhängeschloss doch kräftiger als ich.

Ich hole einen Stuhl, stelle ihn auf die Ablage am Kopfende der Badewanne, mich selbst auf die Sitzfläche und beginne, die kleinen Scheiben des Fensters herauszuziehen. Unser Haus ist rundherum mit Klappfenstern mit waagerecht angebrachten, lamellenartigen Scheiben ausgerüstet. Sie sind absolut nicht dicht und lassen immer eine Brise durch, was an heißen Tagen ein Vorteil ist. In kalten Nächten eher nicht.

Offenbar hat seit Jahrzehnten niemand mehr versucht, diese Scheiben aus ihren Fassungen herauszuziehen. Ich reiße daran, der Stuhl unter mir wackelt, es knirscht schmerzhaft laut. Die erste von vier Scheiben bewegt sich, ein toter Gecko stürzt als verkrumpelte Mumie auf mich nieder. Er ist wohl irgendwann im Klappfenster stecken geblieben und dort verendet.

Nach zwei Glasscheiben bin ich nervlich am Ende. Ich überlege, ob ich nicht doch bis zum Morgen warten könnte, wenn der Tagwächter seine Schicht mit einem Rundgang über das Grundstück beginnt. Dann würde ich, wie diese Häftlinge im Hochsicherheitstrakt, die wenigstens ihren

Unterarmen ein bisschen Tageslicht gönnen wollen, meine Hände durch die Gitter stecken und um Hilfe rufen.

Nein, das kommt nicht in Frage.

Ich reiße weiter an den störrischen Glasscheiben. Irgendwann ist es geschafft. Ich öffne die beiden Gitter. Nun kommt der schwierige Teil meines Ausbruchsversuches: Ich muss nach draußen. Hin und wieder schaue ich mir im Fernsehen Kunstturnen an. Mit dieser theoretischen Ausbildung in Akrobatik und Gymnastik sollte es nicht schwer sein, mich durch ein Fenster zu quetschen, das nur wenig breiter ist als ich selbst und sich etwa zwei Meter über dem Boden befindet. Zu passender Musik, zum Beispiel einem Wiener Walzer, der meine graziösen Verrenkungen bildhaft untermalt, könnte ich aus dieser Kür glatt ein Experimentalvideo machen. Ein in Zeitlupe herabstürzender toter Gecko, der weiße Duschvorhang mit seinen abstrakten Motiven, der Stuhl, dessen Beine auf dem Rand der Badewanne hin und her rutschen, haben genug Symbolkraft für eine Ausstrahlung als »kleines Fernsehspiel«.

Ich stecke Kopf und Schultern rückwärts durchs Fenster und hieve meine Hüften aufs Sims. Hinter mir rutscht der Stuhl krachend in die Badewanne. Meine Beine hängen in der Luft. Voller Vertrauen in dessen Tragkraft stütze ich mich gegen das äußere Klappgitter, das mit mir gemeinsam in den Garten hinaus und in den Regen schwingt, der gerade losprasselt. Ich ziehe ein Bein nach und stelle es draußen im nassen Efeu auf der aus groben Steinen gemauerten Wand ab, dann das zweite hinterher. Wie ein Freeclimber hänge ich in der Steilwand. Vom linken Fuß löst sich ein Hausschuh, dreht sich im Fallen einmal um sich selbst und verschwindet nach unten ins Dunkel. Wie würde Johanna sich jetzt freuen. Sie mochte diese Schuhe nie. Unförmig und billig sähen sie aus, wie Adiletten, sagte sie, als ich sie eines Abends zum ersten Mal trug. Sie hatte natürlich recht. Die Schuhe waren unförmig und sahen billig aus. Aber das wollte ich nicht einfach so zugeben. Ich entgegnete, dass ich doch auch nichts für die kenianische Hausschuhmode könne. Immerhin hätte ich mit meinem Kauf die hiesige Schuhwirtschaft unterstützt. Außerdem seien Adiletten kultig, und es stünde auch das Wort »Safari« in großen Buchstaben darauf, die aussahen wie Brandzeichen auf dem Rücken von Rindern. Es nützte nichts. Sie lehnte die Schuhe rundweg ab.

Jetzt ist Johanna zwar nicht hier, aber sie ist an alldem schuld. Am Gitter, am Badezimmerfenster, am Regen, an Kenia, an Afrika. Was mache ich hier eigentlich?, denke ich und rufe dem Schuh gleich darauf »Verräter« nach, denn er lässt mich im Stich, wie gewisse Nagetiere sinkende Schiffe. Ich folge ihm Sekunden später im nur wenig kontrollierten Fall und lande immerhin mit beiden Füßen nach unten im Matsch eines Blumenbeets. Ich stelle fest, dass der Fuß mit dem Hausschuh kein bisschen besser vor dem Matsch geschützt wird als der ohne. Trotzdem suche ich nach seinem abgestürzten Kollegen. Er bleibt verschwunden. Dieses Verbrechen stufe ich jetzt als Hochverrat ein.

Ich humple durch Pfützen ums Haus zum Auto. Der Wächter schläft in seinem Unterstand neben der Pergola, die Katze, die seit neuestem auf dem Autodach übernachtet, erschrickt erst und dreht sich dann sofort auf den Rücken, wie immer, wenn ich vorbeikomme, denn offenbar verstehe ich mich auf die Kunst der Katzenmassage.

»Jetzt nicht«, flüstere ich und frage mich gleich danach, warum ich überhaupt mit einer Katze spreche, die sich auf meinem Autodach wälzt und dabei den Lack verkratzt, und frage mich des Weiteren, ob ich wohl aus Rücksicht auf den Wächter flüstere, den ich nicht wecken will, obwohl er doch jetzt eines sein sollte, nämlich wach.

Ich greife den Schlüssel, kraule die Katze zum Abschied am Bauch, galoppiere zurück durch den Matsch, schaffe es irgendwie, mich am Gitter hochzuziehen, quetsche mich durchs Badezimmerfenster und falle in die Wanne. Ich reiße den anderen Safari-Hausschuh vom Fuß und feuere ihn samt dem daran klebenden Matsch zum Badefenster hinaus. Dann öffne ich das Schloss an der Gittertüre, stürme in die Küche und stopfe mir Käse und Oliven in den Mund, bis mir schlecht wird. Ich esse direkt aus dem Kühlschrank. Der Teller mit dem blauen Rand bleibt im Schrank.

36

Der Jäger und Sammler

Heimaturlaub, und im Gepäck ist eine lange Liste mit Aufgaben, die ich erledigen muss. Die meisten bestehen darin, Dinge mitzubringen, die in Nairobi aus verschiedenen Gründen nur schwer zu finden sind. In Gedanken habe ich diese Dinge in fünf Kategorien eingeteilt.

Es gibt sie:

1. überhaupt nicht
2. ab und zu, nur jetzt gerade nicht
3. oft, man weiß nur nicht, wo
4. meistens, schmecken aber schlecht oder taugen nichts
5. immer, aber zum vielfachen Preis

Zum Beispiel Nürnberger Bratwürstchen. Die gibt es hier überhaupt nicht, also gehören sie in Kategorie eins. In den Kühlregalen der Supermärkte liegen zwar Produkte, die einer Bratwurst in gewisser Weise ähneln, doch haben sie weder die richtige Konsistenz, noch hat die Wurstpelle die korrekte Wandstärke, um mich täuschen zu können. Vom Geschmack gar nicht zu reden.

Honig fällt unter die Kategorie vier (schmeckt nicht). In den großen Supermärkten füllen zwanzig verschiedene Sorten die Regale. Sie stammen aus ganz verschiedenen Gegenden der Welt, aus Kenia, Australien oder Dubai, haben aber alle einen verdächtig ähnlichen bitteren Nachgeschmack.

Auch brauche ich ein neues Netzteil für meinen Laptop. Das alte war kaputt gegangen, ich ersetzte es durch ein neues, das dreimal so viel kostete wie in Deutschland. Dafür funktionierte es nur zwei Wochen – eindeutig eine Mischung aus den Kategorien vier und fünf.

Kosmetik für Johanna steht ebenfalls auf meiner Liste, ein Zehnerpack Einmachhilfe, ein Außenspiegel und eine Gummischleuder samt einhundert Plastikkugeln mit Farbfüllung. Die Schleuder mit den Paintballs ist für den Affen gedacht, der uns seit neuestem belästigt. Erst witschte er durch die Küchentür, die Jane offen gelassen hatte, und klaute unsere Bananen. Sofort erließ ich die Regel, die Küchentüre ab sofort immer geschlossen zu halten. Da quetschte der Affe sich durch die Gitter vor dem Küchenfenster und klaute wieder unsere Bananen.

Ich ließ einen Handwerker engere Gitter vor dem Fenster anbringen, durch die auch der schlankste Affe nicht mehr passen würde. Es nützte nichts: Eines Sonntagmorgens – ich war gerade irgendwo in Kenia unterwegs – frühstückte Johanna am Terrassentisch und las Zeitung. Auf einmal stand der Affe vor ihr. Sie griff zu einem Bambusstock, den Higgins ihr eigens für diesen Fall geschnitzt hatte, und fuchtelte dem Tier vor der Nase herum. Der Affe fletschte die Zähne. Johanna fuchtelte etwas heftiger mit dem Stock, so dass es pfiff. Ohne Erfolg. Im Gegenteil: Der Affe zeigte noch etwas mehr von seinem Gebiss und kam näher. Johanna floh ins Haus. Der Affe sprang auf den Tisch, steckte die Pfote in die Bananenmarmelade, kostete und spuckte angewidert aus. Sie trommelte von innen mit dem Stock gegen die Wohnzimmerscheibe. Er setzte sich aufs Hausdach und pinkelte von dort auf die Terrasse.

Johanna rief mich sofort an und erzählte mir die ganze Geschichte. Ich war außer mir und brüllte: »Meine schöne Bananenmarmelade«, weil ich sie ein paar Tage vorher selbst gekocht hatte.

»Du Affe«, sagte Johanna, die der Meinung war, dass ich in meiner Aufregung den Kern des Problems missverstanden hatte. Nach einer kurzen, aber heftigen Diskussion einigten wir uns auf drei Erkenntnisse:

Erstens waren Affen tatsächlich Bananen-Fetischisten und bereit, für diese Frucht alles zu tun. Dabei schienen sie auch Puristen zu sein, die Marmelade hatte ja keinen Anklang gefunden. Es musste wohl die reine, unverfälschte Banane sein.

Zweitens hatten Affen vor Frauen keinen Respekt. Schon die Ghanaer hatten uns erzählt, dass zwar ein halbwüchsiger Junge einen Affen verjagen kann, nicht aber eine ausgewachsene Frau.

Und drittens mussten wir dringend etwas unternehmen.

Wir fragten unsere Nachbarin Helga, ob man das Tier vielleicht fangen und in der Wildnis aussetzen könne. Sie sagte, das ginge nicht, weil sie zufällig wisse, dass dieser Affe als Ex-Haustier kastriert worden sei und mangels Pheromonen von seinen wilden Artgenossen nie wieder akzeptiert werden würde. Außerdem war sie sehr tierlieb, kämmte und fütterte das Tier, wenn es sie besuchen kam. Sie empfahl uns, ebenfalls eine friedliche Lösung anzustreben.

Unsere Lust, einem Affen das Fell zu bürsten, hielt sich jedoch in Grenzen. Deshalb kam mir die Idee mit der Schleuder. Helga erzählte ich davon natürlich nichts. Der Affe hatte zwar Angst vor mir und kletterte auf einen sicheren Baum, wenn er mich sah. Doch sein Respekt war nicht groß genug, um ihn davon abzuhalten, hinter meinem Rücken zur Küchentüre hineinzurennen und wieder Bananen zu klauen. Die Paintballs, die es in Nairobi nicht zu kaufen gibt (Kategorie eins) und die deshalb auf meiner Einkaufsliste für Deutschland stehen, sollen ihn einfach nur ein bisschen erschrecken.

Auch ein Außenspiegel gehört nicht zu den Dingen, die ich normalerweise im Haus haben möchte. Aber vor ein paar Tagen hatten Johanna und ich beschlossen, abends endlich mal wieder auszugehen. Mitten in der Innenstadt sollte es ein Konzert geben. Auf dem Weg dorthin standen wir im Stau. Ein Fußgänger schlängelte sich zwischen den Autos hindurch. Ich beachtete ihn nicht weiter. Plötzlich stand er neben dem Auto, holte aus und schlug mit beiden Händen den Seitenspiegel ab. Ohne sich umzusehen, verschwand er mit dem Teil in den Büschen am Straßenrand. Ich hupte zornig und sah mich um. Neben uns stand ein Reisebus voller Kenianer, die alles gesehen hatten und nun nahezu synchron die Schultern hoben und senkten, als wollten sie sich für ihren Landsmann entschuldigen. Aus Erzählungen wussten wir schon, wie das lief. Dem Dieb nachzurennen war viel zu gefährlich. Und der Spiegel würde in ein paar Tagen in einem der unzähligen kleinen Läden für Autoersatzteile in Nairobi auftauchen. Ich hatte aber absolut keine Lust, meinen eigenen Spiegel zurückzukaufen. Noch während des Konzerts bestellte ich per Handy einen neuen online und ließ ihn an die Adresse meiner Eltern in Deutschland liefern. Grimmig dachte ich, ihr habt vielleicht das Recht der Stärkeren, aber ich habe dafür gut sortierte, preisgünstige Onlineshops.

Warum ich die Kosmetik für Johanna (definitiv Kategorie eins) nicht schon online bestellt habe, weiß ich nicht. Vielleicht, weil es ihr eine solche Herzensangelegenheit ist und ich mich darum ganz persönlich kümmern will. Vielleicht ist es auch der naive Glaube an die große Auswahl, die immer gut gefüllten Regale und die sofortige Lieferbarkeit aller nur denkbaren Produkte in Deutschland. Außerdem halte ich die Welt der Kosmetik für ebenso nachhaltig wie die Welt der, sagen wir, elektronischen Bauteile, in der sich auch nach Jahrzehnten noch jedes beliebige Ersatzteil auftreiben lässt.

In meinen Tagträumen ist der Kauf von Johannas Kosmetik deshalb ganz einfach: Ich betrete eine Parfümerie. Eine Duftwolke, in der sich eine sehr stark geschminkte Verkäuferin verbirgt, schwebt auf mich zu. Ich gebe ihr meine Liste. Sie liest, sucht ein paar Minuten. Dann kommt sie zurück und gibt mir die gewünschten Tuben, Dosen und Flakons. Ich gehe zur Kasse und bezahle.

Die Wirklichkeit könnte schlimmer nicht sein.

Berlin, Stadt voller Menschen, Hundehaufen und Parfümerien. Auf meiner Deutschlandreise gönne ich mir ein paar Tage in der Bundeshauptstadt, bevor ich nach Kenia zurückfliege. Ich habe bereits alles erledigt, den Honig, die Schleuder, den Autospiegel, nur die Kosmetik ist ein noch offener Punkt auf meiner Liste. Ich betrete eine Parfümerie in der Friedrichstraße. Mein Traum scheint wahr zu werden: Eine Duftwolke, in der sich eine sehr stark geschminkte Verkäuferin verbirgt, eilt auf mich zu. Ich gebe ihr meine Liste. Sie liest, sucht ein paar Minuten. Dann kommt sie zurück. Sie sagt, es täte ihr ja so leid, aber zwei von den drei Produkten hätten sie nicht. Das sei doch überhaupt kein Problem, antworte ich, eins hätte ich jetzt ja schon einmal.

Guter Dinge flaniere ich zur nächsten Parfümerie. Dauert nur eine Viertelstunde, und ich genieße es, zu Fuß durch die Großstadt zu gehen, in Nairobi erledige ich aus Sicherheitsgründen alles mit dem Auto. Eine Duftwolke, in der sich eine sehr stark geschminkte Verkäuferin verbirgt, eilt auf mich zu. Ich gebe ihr meine Liste. Sie sucht ein paar Minuten. Sie kommt mit leeren Händen zurück: Es täte ihr ja so leid, aber die beiden verbliebenen Dinge seien nicht vorrätig. Aber das ist doch wirklich kein Problem, sage ich.

Immer noch gut gelaunt an diesem schönen Berliner Morgen finde ich innerhalb von nur zehn Minuten die dritte Parfümerie. Eine Duftwolke, in der sich eine sehr stark geschminkte Verkäuferin verbirgt, eilt auf mich zu. Sie besieht sich meine Liste kurz und sucht erst gar nicht, sondern weiß oder glaubt vielmehr zu wissen, dass beides nicht mehr im Programm sei. Eine genauere Auskunft könne sie mir leider nicht geben, die Kataloge habe sie gerade nicht zur Hand.

Na ja, das sei doch kein großes Problem, sage ich, und der bislang entspannte Bariton meiner Stimme klingt schon etwas gequält. Nicht mehr ganz so gut gelaunt irre ich durch die Straßen auf der Suche nach der vierten Parfümerie. Es dauert eine Weile, bis ich sie finde, aber dafür ist sie gewaltig, eine Kathedrale der Farben und Düfte. Beide Hersteller der verbliebenen Produkte auf meiner Liste haben hier ihre eigenen Stände, jeder so groß wie eine ganze Kleinstadtparfümerie. Wenn hier mein Traum nicht wahr wird, wo dann.

Am ersten Stand, wo ich Johanna Lieblings-Make-up sehr sehnsüchtig zu finden hoffe, eilt die übliche Verkäuferinnen-Wolke auf mich zu. Schon nach einem sehr kurzen Blick auf die Liste schaut sie ehrlich betroffen drein und sagt, das Produkt sei nicht vorrätig, man müsse erst einmal die Kataloge suchen. Das könne dauern. Ich hinterlasse meine Telefonnummer und gehe weiter.

Am zweiten Stand liest die Verkäuferin interessiert, was ich als gutes Zeichen interpretiere. Doch bevor meine neue Hoffnung so richtig keimen kann, sagt sie, diesen Lippenstift gäbe es leider nicht mehr, das wisse sie definitiv. Immerhin will sie hilfreich sein und fragt, um welchen Farbton es sich denn handle. Ich kann gerade so vermeiden, meinem ersten Impuls nachzugeben und »irgendwie dunkelrot« zu sagen. Dafür verweise ich auf die Nummer des Lippenstifts, die ich penibel auf meiner Liste notiert habe, und schlage vor, die Sache jetzt einmal systematisch anzugehen. Wenn ich einen Kratzer am Auto hätte, würde ich den Farb-Code des Lacks ablesen, damit zur Werkstatt gehen und mir das passende Döschen Farbe kaufen. Das funktioniere auch noch viele Jahre später. Ob denn das bei Lippenstiften nicht so wäre? Und wenn nein, warum eigentlich nicht? Das sei doch wirklich sehr unpraktisch.

Alternativ müsse es doch so etwas wie eine Liste der Farbtöne geben. Ich weise sie auf die RAL-Farbtabellen im Malergeschäft hin. Wir könnten den Farbton des alten Produkts identifizieren und dann einfach über die Liste ein neues suchen. Ich deute auf Hunderte von Lippenstiften: Da müsse doch etwas für meine Frau dabei sein, das könne ja wohl nicht so schwer sein.

Die Verkäuferin vom ersten Stand ruft an. Das Make-up sei leider nicht mehr im Programm. Wie deprimierend, denke ich, kaum ein paar Jahre im Ausland, schon verpasst man alle wichtigen Entwicklungen auf dem Gebiet der Gesichtspflege. Die Verkäuferin am zweiten Stand hat geduldig gewartet und sagt, so wie ich mir das mit den Farben vorstelle, funktioniere das leider nicht. Ob meine Frau denn nicht selbst vorbeikommen könne. Das ginge nicht, erwidere ich, sie wohne in Kenia. Diese Information entschlüpft mir unabsichtlich. Normalerweise erzähle ich das nicht mehr, es sorgt immer nur für Verwirrung.

Ach, ruft die Verkäuferin, das sei aber schön, da hätte sie auch schon lange einmal hingewollt. Eine gute Freundin von ihr, die etwas dick, aber dafür hübsch blond sei, habe schon einmal in Mombasa Urlaub gemacht. Diese Beachboys da seien einfach sen-sa-tio-nell knackig. Ob ich meine Frau vielleicht dort kennengelernt habe?

Nein, sage ich.

Wo denn dann?, will sie wissen. Diese Frau ist wirklich sehr neugierig.

Es sei auf dem Weihnachtsmarkt in Stuttgart gewesen, antworte ich. Stuttgart stimmt sogar, Weihnachtsmarkt nicht, hätte aber durchaus sein können.

Da hätte meine Frau aber sicherlich ganz schrecklich gefroren.

Warum das denn?, frage ich.

Na ja, weil sie doch aus Afrika käme. Die Verkäuferin wundert sich richtiggehend.

Meine Frau käme doch gar nicht aus Afrika, sondern aus Stuttgart, sage ich.

Das sei ja wirklich sehr praktisch, dann hätten wir wohl nicht so große Verständigungsprobleme gehabt wie ihre dicke Freundin und die Beachboys in Mombasa.

Ich betone, dass meine Frau ganz ausgezeichnet Deutsch spräche, sie sei immerhin hier geboren.

Ach so, dann seien also die Eltern meiner Frau aus Afrika gekommen, schon die zweite Generation, das sei doch schön, da fühle man sich nicht mehr ganz so fremd.

Ich versichere ihr, dass sämtliche Vorfahren meiner Frau seit vielen Generationen sowohl im Bayerischen wie auch im Schwäbischen zu Hause gewesen seien.

Die Verkäuferin ist ratlos: Also, jetzt verstünde sie gar nichts mehr.

Das könne wirklich jedem mal passieren, sage ich.

37

Der Kochkurs

Unsere ghanaische Haushälterin Priscilla hat mir damals sehr imponiert. Sie leistete nicht nur gewaltfreien Widerstand gegen meinen peniblen Putzplan, es gelang ihr auch, mich mit einem stets unbeteiligten Blick in den Wahnsinn zu treiben. Was wir aber immer gerne in Anspruch genommen hatten, war ihre Kochkunst. Ghanaische und europäische Gerichte schmeckten gut, sogar die Spätzle waren akzeptabel, was für eine nicht-schwäbische Köchin das größte denkbare Kompliment darstellt. Eines Abends aber fanden wir die Gemüsesuppe, die sie zubereitet hatte, etwas schwach gewürzt. Am nächsten Morgen fragte ich sie, wie sie die Suppe eigentlich abgeschmeckt habe. Sie antwortete: »Gar nicht, Sir, ich probiere nie selbst, was ich hier koche.« Mein erster Gedanke war pure Bewunderung für Priscilla, die offenbar im Blindflug kochen konnte. Mein zweiter Gedanke war, dass sie wahrscheinlich nicht probierte, weil sie das Essen nicht leiden konnte. Danach hatten wir die Lust auf Fremdgekochtes verloren und kochten immer öfter selbst. Für Kenia stand fest: Es kommt uns keine Köchin und kein Koch mehr ins Haus. Ab jetzt würden wir wieder selbst für uns sorgen.

Das »Wir« steht da natürlich nur der Form halber. Denn der Küchenbulle bin natürlich ich.

Eines Abends gehe ich in unserem Wohngebiet spazieren. Es ist gegen sieben Uhr abends, und über mir wird der afrikanische Himmel langsam blauschwarz mit einem Rest rötlichem Schimmer im Westen. Natürlich gibt es keinen speziellen afrikanischen Himmel, höchstens für Menschen mit entsprechender astronomischer Vorbildung. Erst die Bäume, deren Silhouetten sich scharf vor ihm abzeichnen, das liebestolle Zirpen der Grillen und die zwei Dutzend Ibisse, die im letzten Licht mit Geschrei auf ihre Schlafbäume zusteuern und sich dabei wilde Luftkämpfe liefern, machen ihn dazu.

Große Geländewagen fahren an mir vorbei ins Wohngebiet. Ihre Insassen haben jetzt Feierabend. Auch für die vielen Hausangestellten ist der Arbeitstag jetzt zu Ende. Sie gehen den Autos entgegen in Richtung Ausgang. Der Hundeexpress rasselt vorüber. Er besteht aus einem Lieferwagen und einem kastenartigen Anhänger, der auf jeder Seite sechs Türen hat. Dahinter kläffen Hunde, die Einbrecher abschrecken sollen. Sie werden zur Nachtschicht ausgeliefert. Auch die Hausbewohner trauen sich nach Einbruch der Dunkelheit dann nicht mehr heraus. Morgens kommt der Hundeexpress und holt die Wachhunde wieder ab.

Am schwarzen Brett des Wohngebiets halte ich kurz an. Ich lese die Ankündigungen, Verkaufsanzeigen für Autos, Haushaltsauflösungen, Stellengesuche von Kindermädchen, Köchen, Gärtnern und Fahrern. Ganz rechts hängt eine Anzeige für einen Kochkurs, den eine gewisse Signora Anna-Maria im italienischen Kulturinstitut in Nairobi geben wird. Am Freitag um zehn Uhr soll es losgehen.

Während ich weiterspaziere, sinniere ich über Essen und Rezepte und stelle fest, dass mein jetziges Gebrauchskochen nichts mit dem Edelkochen zu tun hat, das ich in Deutschland betrieben habe. Als berufstätiges Paar ohne

Kinder standen wir höchstens am Wochenende in der Küche. Unter der Woche gingen wir aus, und wenn nicht, dann aßen wir Brot und Käse oder gelegentlich Pizza vom Imbiss um die Ecke. Wenn wir kochten, war das ein Event. Wir luden Freunde ein, suchten exotische Rezepte aus, kauften die schönsten Zutaten, tranken guten Wein dazu und debattierten über Niedrigtemperaturgaren und Molekularküche.

Nach Priscillas Weigerung, unser Essen zu kosten, wurde das schnell anders. In Ghana kochte ich danach fast jeden Abend selbst und stellte dabei fest, dass meine echte oder eingebildete Kochkunst schnell an ihre Grenzen kam. Endgültig wurde mir das klar, als ich zum ersten Mal in Johannas enttäuschtes Gesicht schaute, die den Esstisch mit einem schnellen Blick taxierte und dann fragte: »Schon wieder Spaghetti?« Wie aus dem Kaffeemachen, so war auch aus der Kunst am Herd unmerklich schnödes Handwerk geworden.

Neues Land, neue Rezepte, denke ich mir, die nächsten zwölf Wachhunde fahren kläffend in ihrem Anhänger an mir vorbei. Einfallslosigkeit am Herd will ich mir nicht nachsagen lassen. Natürlich ist auch meine Küche mittlerweile computerisiert. Während ich mit der rechten Hand umrühre, kann ich das Rezept von meinem Smartphone ablesen, das ich in der linken halte. Aber solange man übers Internet nicht fühlen, schmecken oder riechen kann, lassen sich bestimmte Dinge schlecht erklären. Zum Beispiel, was es bedeutet, wenn der Teigklumpen für die hausgemachten Ravioli zwar feucht und geschmeidig, aber nicht klebrig sein soll. Während ich weiterspaziere, wird mir klar, dass die Herstellung eines perfekten Nudelteigs tatsächlich eines der großen Rätsel meines Lebens geblieben ist. Eine andere wichtige Frage ist, warum die Petra damals in der Konfirmandenfreizeit den Rainer lieber gemocht hat als mich. Aber vielleicht ist es besser, wenn ich mich auf Probleme konzentriere, die ich auch lösen kann. Und da ich sonst nichts weiter vorhabe, beschließe ich, ein Adept der Signora Anna-Maria vom italienischen Kulturinstitut zu werden.

Freitagmorgen, fünf vor zehn Uhr: Ich habe mein Auto auf dem Parkplatz einer Shoppingmall abgestellt und hetze ein paar hundert Meter hinüber zum Kulturinstitut. Ich presche durch den Eingang auf den Fahrstuhl zu. Ein Wachmann pfeift mich zurück. Erst soll ich mich in die Gästeliste eintragen, die Nummer meines Reisepasses dazuschreiben und den Pass am Eingang zurücklassen. Im fünften Stock melde ich mich für den Kurs an. Der Mann an der Rezeption fragt, ob ich nur heute käme oder den ganzen Kurs besuchen wolle. Ich frage, was ich davon hätte, wenn ich alle vier Tage im Voraus bezahle. Dann wäre es billiger, und obendrein bekäme ich eine Gratisschürze, sagt er. Ich lehne dennoch ab. Schürzen habe ich schon genug, ich will erst einmal sehen, worauf ich mich da einlasse.

Die Lehrküche ist ein einfacher Seminarraum mit zehn Stühlen, einer kleinen Spüle, einer Arbeitsplatte und einem vierflammigen Herd. Wir sind zu neunt: eine Engländerin, zwei Kenianerinnen, fünf Kenianer und ich. Ich hatte mir das ganz anders vorgestellt. Eher wie eine Art Volkshochschulkurs für die gelangweilte Diplomatengattin, die den anspruchsvollen Ehemann und ihre verwöhnten Blagen zu Hause bei Laune halten will. Und nun sitzen hier lauter Einheimische auf ihren Seminarstühlen und warten mit der Kladde auf dem Schoß auf den Beginn des Kurses.

Meisterköchin Anna-Maria stammt aus Turin im Piemont. Sie stellt das heutige Menü vor, eine Art Risotto mit frischer Salami, roten Bohnen und Speck, Rigatoni mit einer Pesto-Bechamel-Soße und zum Nachtisch einen im Ofen gebackenen Pudding namens Bonet. Nach dieser Ankündigung streicht sie sich sachte über den beschürzten Bauch und sagt, eines müsse sie schon zugeben, das sei heute wirklich keine Diätküche. Alles kichert höflich.

Da es nur einen Herd gibt, ist der Kochkurs nicht sehr interaktiv. Signora Anna-Maria kocht mit knappen, sicheren Bewegungen, gießt hier, rührt dort und dreht am Gashahn des Herdes. Wir Lehrlinge schauen zu, notieren uns ihre Tricks, dürfen ab und zu eine Gabel voll kosten und lernen uns dabei kennen. Ich bin vor allem an den Kenianern interessiert. Nie hätte ich gedacht, dass es hier so viele Männer gibt, die für ihre Frauen kochen wollen. Vielleicht ist das der neue Mann der modernen kenianischen Mittelklasse, der bereits ein oder zwei dicke Geländewagen besitzt und sich jetzt fragt, was er sonst noch mit seinem Geld anfangen soll? Warum sollten sie sich nicht den Luxus eines italienischen Kochkurses leisten? Aber heute ist doch ein Werktag, wundere ich mich. Vielleicht sind dies auch alles Männer, denen es so geht wie mir. Männer, die ihren beruflich erfolgreichen Frauen karrieremäßig den Vortritt lassen und sie dafür mit neuen kulinarischen Tricks erfreuen. Ich denke an den Ghanaer Simon, den ich damals im Novotel in Ghana kennengelernt habe. Der könnte hier noch etwas lernen. Ich fühle mich gleich richtig heimisch.

Neben mir sitzt Alfred. Er hat den unter kenianischen Männern üblichen Kurzhaarschnitt, aber dennoch kann er den grauen Schimmer auf seinem nahezu kahlgeschorenen Schädel nicht verbergen. Wir mögen uns gleich und machen halblaute Witze über die Diätküche. Signora Anna-Maria schaut uns streng über den dampfenden Topf hinweg an, in dem sie gerade das Risotto rührt. Ich stoße ihm meinen Ellbogen in die Seite, er kichert, wir verstummen. Als sie fertig ist, bekommen wir alle einen kleinen Teller voll. Während wir essen, frage ich Alfred, was er beruflich macht.

»Ich bin Koch«, antwortet er.

Meine schöne neue Männerwelt fällt in sich zusammen wie ein frisches Soufflé bei Durchzug. Er ist also Koch. Natürlich ist er das. Was habe ich mir nur gedacht? Welcher kenianische Mann würde sich für seine Frau in die Küche stellen? Ich frage, wo er kocht. Für den dänischen Botschafter. Damit hat sich auch die Illusion von der gelangweilten Diplomatengattin in gewisser Weise erledigt. Ob sie gelangweilt ist oder nicht, weiß ich natürlich nicht, aber in der Küche scheint sie sich ihre Zeit nicht zu vertreiben.

»Und die anderen hier?«, frage ich.

»Das sind auch alles Köche. Und du?«

»Ich bin zwar kein Koch, aber bei uns zu Hause koche ich.«

»Nicht schlecht, nicht schlecht«, sagt Alfred anerkennend.

Eine Frage liegt mir natürlich auf der Zunge: »Und bei dir zu Hause, wer kocht da?«

»Natürlich meine Frau.«

»Auch nicht schlecht, auch nicht schlecht«, antworte ich.

Im Stillen bin ich natürlich enttäuscht. Wie hatte ich mich über kenianische Brüder im Damenprogramm gefreut. Nun bin ich doch wieder allein.

Nach einer kurzen Krise besinne ich mich aufs Wesentliche. Hier geht es schließlich nicht um mich, sondern um das Glück meiner beruflich erfolgreichen Frau. Natürlich werde ich im Kurs bleiben. Ein wenig Egoismus ist allerdings mit dabei. Anders als die kenianischen Köche koche ich ja auch für mich selbst. Mir geht es um den perfekten Pasta-Klumpen. Das ist doch auch ein schönes Lebensziel.

Die Signora sagt, sie hätte da schon mal was vorbereitet, und zieht einen in Plastikfolie eingewickelten Teigklumpen aus dem Kühlschrank. Sie wickelt ihn aus der Folie und will ihn breitklopfen. Alle sitzen still da.

Ich denke: Aber das geht doch nicht. Wir sind hier, um zu lernen, wie man Pasta macht, nicht, wie man sie breitklopft. Ich melde mich und huste ein bisschen, um mir die Aufmerksamkeit der Signora zu sichern.

»Ja, Thomas?«

»Kann ich die Pasta mal anfassen?«

Sie sieht mich an, als hätte ich etwas Unanständiges gesagt.

»Warum das denn?«

Ich hatte die Hoffnung, sie würde intuitiv verstehen, warum.

»Weil ich wissen will, wie sich perfekte Pasta anfühlt.«

Sie nickt stumm. Ich gehe nach vorne und spüre die Augen der anderen Kursteilnehmer in meinem Rücken. Ich betaste den Klumpen. Das ist also »feucht und geschmeidig, aber nicht klebrig«. Ich drehe mich um und halte den Teig in Richtung Klasse. Aber keiner reagiert, auch Alfred nicht. Armer dänischer Botschafter.

Die Lektion ist aus. Beim Hinausgehen buche ich den Rest des Kurses und finde, dass meine neue Gratisschürze ziemlich cool aussieht.

38

Das Abendessen

Ein paar Wochen später überrascht mich Johanna mit der Neuigkeit, sie hätte für kommenden Samstagabend ein paar Leute eingeladen, VIPs der kenianischen Gesellschaft, zwei eher konservative Herren. Ob wir aus diesem Anlass vielleicht etwas kochen könnten?

»Huch, Gefrierbrand!«, rufe ich, aber Johanna hat in ihrem Leben wesentlich weniger ferngesehen als ich und weiß nicht, wovon ich rede. Ich hingegen erinnere mich deutlich an diese Ehefrau, die hysterisch auf verdorbenes Fleisch in ihrer Gefriertruhe starrt, weil ihr Mann »in fünf Minuten« mit dem Chef zum Essen nach Hause kommen will. Beeindruckend fand ich damals weniger, dass eine bessere Verpackung dies verhindern kann, sondern wie sie im Handumdrehen ein tiefgefrorenes in ein fertig gebratenes Steak verwandelt.

Klar können wir etwas kochen, sage ich, nachdem ich von meinem kleinen Erinnerungsausflug in die Geschichte der TV-Werbung zurückgekehrt bin. Das heißt: nicht »wir«, sondern »ich«. Denn in der Küche herrscht mittlerweile eine Diktatur, und ich bin der Diktator. In Deutschland haben wir noch gemeinsam gekocht. Hier stehe ich lieber alleine am Herd. Der Grund dafür ist ganz einfach. Mit Reparaturarbeiten am Haus kann ich nicht glänzen.

Auch darüber, dass ich stundenlang anstehe, um die Strom- und Wasserrechnung zu bezahlen, werden später vermutlich nur sehr kurze Heldenlieder gesungen. Als Koch aber habe ich die Chance, die gesamte Bewunderung der Gäste auf mich zu ziehen. Und nach nichts sehne ich mich in letzter Zeit mehr als nach Ruhm und Ehre.

Ich mache mich an die Planung für den Abend. Soll ich etwas von der kenianischen Speisekarte kochen oder eher etwas Europäisches? Wir sind zu Gast in Kenia, doch die Kenianer werden bei uns zu Gast sein. In ganz Kenia isst man gerne Nyama Choma, stark gegrilltes Fleisch von Rind oder Ziege, dazu vielleicht Irio, einen Brei aus Mais, Kartoffeln und Erbsen, oder Ugali, den Maisknödel, den Higgins immer isst. Aber was, wenn mir diese Gerichte nicht richtig gelingen? Vielleicht sollte ich sie lieber mit einer Neuauflage meines Zwiebelrostbratens mit Spätzle quälen. Ich diskutiere das Problem mit Higgins, meinem ständigen Informanten zu allen Fragen rund um das Leben in Kenia. Ich zeige ihm sogar ein Bild dieses schwäbischen Klassikers, worauf er sich schüttelt und sagt, diese »Schpezzle« sähen ja aus wie Nacktschnecken.

Schließlich entscheide ich mich für die italienischen Gerichte aus dem Kochkurs, genauer gesagt, Maltagliati con fagioli, das sind absichtlich krumm geschnittene Pasta mit Bohnen, Saltimbocca und zum Nachtisch Bonet, ein piemontesischer Pudding mit Kakao und Amaretti-Krümeln. Sollten unsere Gäste misstrauisch sein, werde ich meinen VIP-Trumpf ausspielen und sagen, dies sei seit neuestem das Lieblingsessen zahlreicher europäischer Botschafter in Kenia. Und sollten sie es trotzdem nicht mögen, werde ich einfach den Italienern die Schuld geben.

Der Abend kommt, ich stehe den halben Tag in der Küche. Johanna fragt, ob sie irgendwie helfen kann. Ich senke den Kopf, ziehe die Augenbrauen nach oben und lehne mit leidendem Ton in der Stimme ab. Kurz bevor wir unsere Gäste erwarten, ziehe ich mich um und trage ab dann zum Schutz der etwas besseren Kleidung die Schürze aus dem Kochkurs, auf der in Bauchhöhe, etwas abstrakt, der italienische Stiefel abgebildet ist.

Ich höre eine Autohupe, unser Nachtwächter wird nun zum Tor gehen, sich nach den Namen unserer Besucher erkundigen, die wir ihm zuvor auf einen Zettel geschrieben haben. Er wird sie hereinlassen, sie werden die paar Stufen vom Vorplatz zu unserem Hauseingang hinabgehen und dann an die Türe klopfen.

Wie erwartet, klopft es tatsächlich an der Türe. »Machst du mal auf?«, rufe ich, aber Johanna antwortet, sie sei gerade noch im Bad und indisponiert. Ich lasse den Kochlöffel fallen, eile zur Türe, öffne sie. Vor mir stehen zwei kenianische Herren in Anzug und Krawatte. Ich schaue sie an, sie schauen mich an, ihre Blicke bleiben auf dem italienischen Stiefel auf meinem Bauch hängen. Da wird mir klar, dass ich immer noch diese verdammte Schürze trage. Haltung wahren, denke ich, sage lächelnd »Karibu«, was auf Kisuaheli »Willkommen« heißt, schüttle Hände und bitte sie herein. Die beiden schauen weiter auf meine Schürze, und ich kann mir vorstellen, was sie jetzt denken. Wahrscheinlich hat jeder von ihnen einen Koch oder eine Köchin zu Hause, und genau das haben sie von unserem Haushalt auch erwartet. Der dienstbare Geist in der Küche kann alles sein, Mann oder Frau, groß oder klein, dick oder dünn, aber eines nicht, nämlich weiß und damit offensichtlich der Hausherr selbst.

Der Abend ist schön, das Essen schmeckt, die Herren sind weitgereist und der italienischen Küche keinesfalls abgeneigt. Sie haben sogar jeder eine Flasche guten Rotweins mitgebracht. Ich setze mich, sooft es meine Küchenpflichten erlauben, an den Tisch und lege bei größeren Pausen zwischen den einzelnen Gängen sogar die Schürze ab. Vom Herd aus versuche ich der Unterhaltung im Esszimmer zu folgen, höre die drei eifrig politisieren, stelle fest, dass Politik weltweit sehr ähnlich zu funktionieren scheint, und fühle mich da, wo ich gerade stehe, eigentlich ganz wohl. Als unsere Gäste gehen, schütteln sie mir die Hand, einer sagt »Kompliment an den Koch«, der andere nickt dazu. Die Türe fällt ins Schloss, Johanna umarmt mich, bedankt sich für die ganze Mühe, fischt sich ein angebratenes Salbeiblatt aus der Pfanne und kaut genüsslich darauf herum. Ich gehe zur Terrassentüre, die offen steht, schaue hinaus, nehme einen tiefen Zug der kühlen Nachtluft und denke, genau, der ganze Ruhm gehört nur mir allein.

39

Der Ausflug

Endlich haben wir Zeit für einen Ausflug gefunden und Nairobi gen Nordwesten verlassen. Wir fahren in Richtung des Ostafrikanischen Grabenbruchs, der Kenia von Norden nach Süden durchschneidet. Tiefe Seen und Krater erloschener Vulkane markieren seinen Weg. Auf der Schnellstraße A104, die ganz gut befahrbar ist – von gelegentlich auftretenden Spurrillen abgesehen, die an die Brandung des Indischen Ozeans erinnern –, nehmen wir links die Abfahrt in Richtung des Naivasha-Sees.

Nach ein paar wenig aufregenden Kilometern erleben wir zwei Überraschungen gleichzeitig, die eine schön, die andere weniger. Dem Motorenkollaps nahe, quält sich ein Lastwagen einen Steilhang hinauf, ein Rudel sich hinter ihm drängelnder Autofahrer verliert endgültig die Nerven und setzt zum Überholen an.

Gerade haben wir die letzten Bäume zu unserer Linken passiert. Wie ein Bühnenvorhang, der aufgezogen wird, geben sie den Blick frei auf die erste Überraschung, eine gigantische Senke. Die Aussicht ist so maßlos in der Ausdehnung und so fremdartig, dass wir nur noch »Wow!« sagen können, wieder verstummen und immer weiter hinabstarren.

Ein paar hundert Meter tiefer erstreckt sich eine endlose Ebene in einem spärlich grün gefleckten Sandton, aus der als dunkle Schemen im blendenden Dunst zwei Vulkane emporragen. Ein paar vorbeistapfende Dinosaurier würden jetzt auch nicht weiter verwundern. Nur eine Satellitenempfangsstation, die, ein paar Kilometer vom Hang entfernt, wie ein weißes Raumschiff im Sand steht, stört das prähistorische Traumbild ein wenig.

Mein »Wow« heißt in etwa: Endlich sehe ich dieses Kenia, von dem immer alle schwärmen, denn Nairobi eignet sich nur wenig dazu, angeschwärmt zu werden. Auch habe ich mir so immer die Erde vor der Besiedelung durch den Menschen, eigentlich sogar vor der Entstehung des Lebens vorgestellt – gewaltig, regungslos und leer. Jedenfalls erzähle ich das so ein paar Minuten später Johanna, die schweigend neben mir an einem Geländer lehnt und in die Tiefe blickt. Was ihr »Wow« bedeutet, behält sie für sich.

Aber so weit ist es noch nicht. Denn nun folgt die zweite Überraschung. Nach dem gefühlt stundenlangen Blick in die Landschaft schaue ich wieder nach vorne auf die Straße und sehe den Klub der genervten Autofahrer wie eine zornige Herde Büffel aus der Abgaswolke des Lastwagens auftauchen. Wir rufen noch einmal »Wow!«, dieses Mal etwas lauter. Mit einem Manöver, das unseren goldenen Kleinlaster mächtig ins Schaukeln bringt, retten wir uns knapp vor jenen, die offenbar lieber sterben würden, als sich wieder hinter dem lahmen Lastwagen einzuordnen, nach links auf einen Aussichtsparkplatz. Mit rutschenden Reifen kommen wir vor einem Souvenirgeschäft namens »White Rhino Curio Shop« zum Stehen. Noch bevor ich erleichtert seufzen kann, hält mir schon der erste Verkäufer irgendwelches Schnitzwerk durchs Fenster unter die Nase.

Es mag schlau gewesen sein, genau an dieser Stelle einen Kiosk für Touristenkrempel aufzumachen, wo alle mit einem »Wow« auf den Lippen anhalten. Aber weder sämtliche Schnitzereien aus angeblichem Ebenholz, deren Klone überall in Afrika zu finden sind, noch die seltsamen Mützen aus Schaffell haben irgendeine Chance gegen diese Ferne, die fast in den Augen schmerzt. Irgendwo dort hinten muss das Ziel unserer Reise liegen, die Masai Mara.

Die Masai Mara ist das kenianische Gegenstück zur Serengeti im Nachbarland Tansania. Den Namen kenne ich seit frühester Kindheit. An einem Abend in den siebziger Jahren saßen meine Eltern und ich vor dem Fernseher und schauten Loriots Sendung über eine gewisse Steinlaus. Während ich das nur in Grenzen unterhaltsam fand, erheiterte es meinen Vater über die Maßen. Was denn daran so lustig sei, wollte ich wissen und erfuhr, es handle sich hierbei um eine gelungene Parodie auf den berühmten Professor Grzimek. Der Professor habe Ende der fünfziger Jahre einen Film namens »Serengeti darf nicht sterben« gedreht, einen Oscar dafür bekommen und die tansanische Regierung davon abgebracht, den riesigen Landstrich aufzuteilen. Seitdem sei er ihm, meinem Vater, als Botschafter der Wildtiere aus dem Fernsehen bekannt, und die sehr charakteristische Sprechweise des Professors hätte etwas unfreiwillig Komisches.

Knapp vierzig Jahre später schenkten uns Freunde aus Anlass unseres Umzugs nach Kenia eine DVD mit jenem Serengeti-Film. Als wir ihn ein paar Tage vor unserem Ausflug anschauten, stellte ich fest, dass Professor Grzimek tatsächlich wie Loriot sprach, und da ich im elterlichen Wohnzimmer die Parodie noch vor dem Original kennengelernt hatte, wollte es mir nicht gelingen, diese Verdrehung der Tatsachen mental zu korrigieren. Ich lernte, dass der Professor in einem zebraartig lackierten Flugzeug wochenlang über die Serengeti geflogen war, dabei Tiere gezählt und ihre Wanderwege dokumentiert hatte. Die Verwaltung der tansanischen Nationalparks verwarf daraufhin die Idee, große Teile der Serengeti mit Zäunen abzuspalten.

Deshalb wandern heute wie vor Tausenden von Jahren ungehindert Hunderttausende Gnus, Zebras, Antilopen und Gazellen jedes Jahr die Serengeti nordwärts bis in die Masai Mara und wieder zurück. Sie folgen auf ihrem Weg dem Regen, der das trockene Land jährlich in saftige Wiesen verwandelt. Am Ende ihrer Wanderung durchqueren sie den Mara-Fluss und springen dabei nicht nur den Krokodilen ins Maul, die sich in sehnsüchtiger Erwartung bereits an dessen Ufer versammelt haben, sondern auch den Touristen vor die Kameras, die mindestens ebenso sehnsüchtig warten, denn jeder Tag Aufenthalt in der Masai Mara kostet sehr viel Geld.

Hätte Professor Grzimek vor über fünfzig Jahren nicht die Gnus gezählt, dann gäbe es sie heute vielleicht nicht mehr in dieser großen Zahl. Vielleicht würden Johanna und ich dann trotzdem am Geländer neben dem Kiosk für Touristenkrempel lehnen und auf die gewaltige Landschaft mit ihren Vulkanen blicken. Nur läge hinter dem Horizont dann nicht die berühmte Masai Mara, sondern irgendein vielleicht völlig vergessener Landstrich, dessen Gras von der Öffentlichkeit unbeachtet jährlich wächst und wieder vergeht. Kein Gnu käme vorbei, um es abzuweiden, kein Krokodil würde sich den Wandertag der Tiere im Kalender markieren und kein Tourist sich auf dem holprigen Weg dorthin stundenlang die Bandscheiben in Stücke schlagen lassen.

Mein »Wow« beim Anblick des Grabenbruchs markiert auch den Moment, in dem ich zum ersten Mal, seitdem wir auf dem afrikanischen Kontinent unterwegs sind, begreife, wie schön es hier ist. Erfreut habe ich in den vergangenen Wochen festgestellt, dass ich weder deutsches Bier noch

Nutella-Brötchen brauche, um mich zu Hause zu fühlen, auch wenn es beides sogar an der Tankstelle die Straße runter zu kaufen gibt. Abends die indische Küche Nairobis zu entdecken oder sich mit der Hand ein Stück äthiopisches Fladenbrot abzureißen und damit kleingeschnittenes Fleisch aufzunehmen kann ich durchaus als Alternative zum schwäbischen Zwiebelrostbraten mit Spätzle gelten lassen. Vielleicht nicht für immer, aber für den Moment.

Mit Blick auf die Ebene mit ihren beiden Vulkanruinen kann ich gerne für eine Weile auf heimische Landschaften verzichten, auf die Röhn, den Rheingau, den Taunus, den Schwarzwald, die Schwäbische Alb, die Eifel, den Harz und die Ammergauer Alpen. Vielleicht nicht für immer, aber für den Moment.

Auch die deutsche Straßenverkehrsordnung ist keine zivilisatorische Errungenschaft, der ich zwanghaft alles andere unterordnen würde. Erfreulich fände ich es aber schon, wenn die kenianischen Autofahrer und ich uns wenigstens grundsätzlich darüber einig wären, wie die gemeinsame Nutzung der Straßen funktionieren könnte. Dann käme es nicht zu Situationen wie mit der geisterfahrenden Kolonne gerade eben. Der Fahrer im Führungsauto reagierte auf mein vorwurfsvolles Aufblenden ebenfalls mit einem Aufblenden, als wollte er mein »Du fährst auf der falschen Straßenseite« mit einem »Aber auf meiner Seite ist doch dieser Lastwagen« beantworten. Für ihn mag das eine logische Interpretation der Lage gewesen sein. Ich fand sie eher unkonventionell. Aber auch damit kann ich leben, vielleicht nicht für immer, aber für den Moment.

Wir fahren weiter, folgen der Straße bergab, die italienische Kriegsgefangene während und nach dem Zweiten Weltkrieg in den Berg gehauen haben. Johanna sitzt neben mir, liest im Reiseführer und füttert mich hin und wieder mit Infohäppchen. Soweit es der Verkehr zulässt, hänge ich meinen Gedanken nach, die in letzter Zeit wieder zu kreisen begonnen haben.

Seit mehreren Jahren bin ich nun in Afrika. Meine Karriere hängt noch immer an dem Nagel, an dem ich sie in Deutschland zurückgelassen habe. Johanna ist derweil die Leiter aufwärts geklettert. Mein Freund Christoph macht weiterhin das, was er immer getan hat. Er steht morgens relativ spät auf und denkt sich Werbekonzepte aus. Die neuen Freunde und Bekanntschaften in Ghana haben sich in alle Richtungen zerstreut. Robert und Christine sind samt Laura nach Deutschland zurückgekehrt. Er arbeitet zwölf Stunden am Tag, sie ist täglich doppelt so lange Mutter. Andrew hat sich von Brigitte getrennt und ist nach Australien zurückgekehrt. Keine Ahnung, wo ihre Kinder sind. Der Kontakt ist abgerissen. Ich habe nie erfahren, ob er wirklich Ananas-Obstler gebrannt hat. Ich weiß auch nicht, ob die Krankenschwester Abeena ihr Männerproblem gelöst hat oder weitere neunundvierzig Jahre auf eine neue Generation von »Mr Rights« warten muss. Wir haben auf Facebook Kontakt. Alle paar Wochen sendet sie einen christlich-erbaulichen Spruch in die Welt hinaus. Ich kann daran nicht erkennen, wie es ihr geht. Unser Wächter Higgins, der Mann mit dem Plan, weiß genau, dass er im Leben nicht viel weiter kommen wird als jetzt. Das scheint ihn nicht zu bekümmern. Er sagt oft, er wolle, dass seine Kinder es besser haben als er. Als ich das zum ersten Mal hörte, dachte ich, na ja, das ist eine dieser Phrasen. Dann erzählte er, er habe damals die acht Kilometer zur Schule ohne Schuhe gehen müssen. Ich weiß, dass seine beiden Kinder täglich mit dem kleinen Schulbus fahren, den sich ihre Privatschule geleistet hat. Er hat sein Ziel in gewisser Weise also schon erreicht.

Lebensmodelle gibt es viele. Welche glücklich machen, ist nicht klar, vorher nie, hinterher oft auch nicht. Vergleiche mit anderen Menschen sind schwierig. Wer weiß schon, ob die anderen glücklich sind, auch wenn gerade im englischsprachigen Ausland alle immer sagen, es ginge ihnen gut. Sogar der Wächter an der Schranke zu unserem Wohngebiet antwortet immer »Sehr gut!« und bemerkt nie, dass ich gar nicht »Wie geht's?« gefragt, sondern ihm nur einen guten Morgen gewünscht habe.

Statistisch gesehen lebe ich achtzig Jahre. Davon ist noch etwas weniger als die Hälfte übrig. Meine Vergangenheit ist jetzt länger als meine Zukunft. Ändert sich dadurch etwas? Schmeckt das Eis anders, wenn der Eisbecher noch voll ist, als wenn er schon zur Hälfte leer gegessen ist? Das Eis verändert sich während des Essens, es wird mit der Zeit cremiger, was ich persönlich sogar bevorzuge, dann allerdings flüssig, was ich wiederum ablehne. Muss ich die bereits verschwundene Hälfte des Eisbechers betrauern, oder soll ich mich auf den verbliebenen Rest freuen? Vom Eis, das ich schon gegessen habe, weiß ich, dass es geschmeckt hat. Ob auch der Rest schmecken wird? Soll ich ab jetzt langsamer essen oder schneller, vielleicht einen anderen Löffel verwenden oder das Eis vom Pappbecher in eine kristallene Schale umfüllen?

Wir fahren durch einen Ort, an dem jemand irgendwann einmal einen kenianischen Western drehen sollte. Er besteht nur aus Tankstellen, Werkstätten, Trucker-Kneipen und Unterkünften von der Größe eines Gartenhäuschens, die sich auf abblätternden Schildern »Grand Hotel« nennen.

»Wir müssen jetzt links«, sagt Johanna.

Ich biege ab auf die Straße nach Narok. Nach ein paar Kilometern sind wir genau zwischen den beiden Vulkanen. Die Straße ist gut. An einer starken Steigung sitzen Paviane am Fahrbahnrand und warten darauf, dass die Insassen der langsam fahrenden Autos etwas für sie nach draußen werfen. Die Landschaft ist so karg, wie sie von oben aussah, Erde, Steine, Büsche und ein paar Akazienbäume.

In der Kleinstadt Narok tanken wir, fahren weiter und verlassen wenig später die geteerte Straße. Die nächsten einhundert Kilometer lassen keine Gedanken zu, außer solchen, die irgendwie mit dem Zustand der Piste und dem Überleben des Wagens zu tun haben. Schlaglöcher, Spurrillen und Steine werfen uns hin und her. Ich leide still mit unserem Auto und stelle schon einmal die Liste der Ersatzteile zusammen, die ich wahrscheinlich bei unserer Rückkehr nach Nairobi werde kaufen müssen: Stoßdämpfer, Stabilisatoren, Querlenker, Reifen und vielleicht einen Satz neuer Bandscheiben für meinen Rücken.

Links und rechts sehen wir Jungen kleinere Kuhherden durch die Savanne treiben. Manche winken, wir winken zurück. Ein paar Hyänen gönnen sich ein frisches Zebra-Steak zu Mittag. Zwei streiten sich kreischend um einen großen Knochen mit blutigen Fetzen daran. Ein kleines Flugzeug hebt von einer staubigen Piste ab, wir wünschten, es flöge uns den Rest des Weges. Ein Mann steht, auf seinen Stock gestützt, in der Landschaft und schaut uns nach.

Nach vier Stunden erreichen wir unser Ziel, ein Zeltcamp auf einer windigen Hochfläche, direkt an einer Steilwand. Wir checken ein und gehen ein paar Schritte spazieren. Dann setzen wir uns auf einen Felsvorsprung und schauen hinab. Ein paar hundert Meter weiter unten fließt der Mara-Fluss. Vom anderen Flussufer aus dehnt sich die Masai Mara nach Süden, eine grüne Fläche, groß wie ein Meer. Von oben sehen wir zwei Elefanten an einer Biegung durch den braunen Fluss schwimmen. Ich bin vom Fahren müde, aber meine Gedanken beginnen schon wieder, um mein Leben zu kreisen. Johanna legt den Kopf an meine Schulter.

»Bist tapfer gefahren«, sagt sie.

»Danke.«

Auf den Wegen weit unter uns steht aufgewirbelter Staub, wo eben noch Safari-Autos entlanggefahren sind. Winzige Gestalten treiben eine Herde Tiere die Straße entlang.

»Muss man eigentlich immer produktiv sein?«, frage ich.

»Wie meinst du das?«

»Ich meine, dass ich nicht sehr produktiv bin. Du arbeitest, ich sitze zu Hause. Ich rede mit dem Gärtner, der Putzfrau und dem Wächter. Oh, und bevor ich's vergesse: Ich verscheuche den Affen.«

»Das war doch von vorneherein klar. Okay, das mit dem Affen nicht.«

»Ich hatte mir das Nichtstun einfach einfacher vorgestellt.«

Johanna zögert einen Moment. Dann fragt sie: »Sollen wir zurückgehen?«

»Du meinst nach Deutschland?«

»Ja. Wenn du möchtest.«

Ich schaue wieder nach unten. Die beiden Elefanten haben die Mitte des Flusses erreicht. Die Sonne spiegelt sich an irgendetwas im grünen Meer und gibt Blinkzeichen.

»Und was wäre mit deinem Job hier?«

»Ich müsste mir dann eben etwas Neues im Unternehmen suchen.«

»Das möchte ich auch wieder nicht.«

»Was denn dann?«

»Ehrlich, ich weiß es nicht.«

»Ich finde, du musst dich endlich entscheiden.«

»Wofür?«

»Dafür oder dagegen. Hierbleiben oder nicht. Es ist nicht gut fürs Herz, wenn es dazwischen hängt.«

»Was spricht denn dafür?«

Johanna denkt nach. Dann sagt sie: »Erinnerungen.«

»Wie meinst du das nun wieder?«

»Schau doch einfach mal«, sagt Johanna und deutet nach unten. »Woran willst du dich eines Tages erinnern? An Werbekonzepte für Dosenöffner, an Spaziergänge im Stadtwald oder an das hier?«

Ich schaue wieder hinunter auf die Ebene und den Fluss. Die beiden Elefanten haben das andere Ufer erreicht. Sie schütteln sich, dass die Ohren schlackern, und verschwinden unter Bäumen. Ich kann mich nicht erinnern, je in meinem Leben davon geträumt zu haben, Elefanten beim Schwimmen zuzusehen. Aber jetzt möchte ich es um nichts auf der Welt verpasst haben.

40

Der Masai

Mit dem goldenen Wagen, den Wächter Higgins so liebevoll »Lastwagen« genannt hat, bin ich wieder unterwegs in Richtung Masai Mara. Ich will dorthin, wo ich endlich ein bisschen Frieden gefunden habe. Ich will unproduktiv sein, aber so, dass es wenigstens Spaß macht. Ich reite zu lauter Musik auf den Spurrillen der A104 in Richtung Nakuru wie ein Surfer auf den Wellen vor Hawaii. Gerade noch rechtzeitig erinnere ich mich, dass es zur B3 gleich hinter dem Werbeschild des großen Schuhherstellers abgeht, von dem die Safari-Hausschuhe stammen, die ich in einer regnerischen Nacht durchs Badezimmerfenster geworfen habe. Das Wetter ist heute nicht so gut wie bei unserem ersten Ausflug. Der Himmel ist wolkenverhangen, die Aussicht am »Wow«-Punkt nicht mehr ganz so »wow«, und die Vulkane, deren Kraterränder im Grau verschwimmen, scheinen wie alte Bekannte.

Kein Geisterfahrer stört die Fahrt bergab. Ich wechsle gut gelaunt die Gänge, bis der Wagen mit einem Mal ruckelt, dann wieder ruhig läuft, dann wieder ruckelt, nur dieses Mal stärker. Ich drehe den Kopf und versuche, dem Motorengeräusch besser zuzuhören. Dabei entdecke ich im Rückspiegel eine beträchtliche blau-weiße Rauchwolke. Mir wird klar, dass sie von meinem Wagen stammt. Große

Rauchwolken bedeuten bei einem Auto selten Gutes. An der Farbe des Qualms lässt sich das kommende Unheil erahnen. Blau-weiß ist auf der Skala, nach der ich die Schwere einer drohenden Autopanne bewerte, relativ weit oben. Ich erleide einen nervösen Schwitzanfall. Ich bin schon fast am Fuß des Steilhangs angekommen. An eine Rückkehr in die rettende Werkstatt in Nairobi ist nicht zu denken. Es sind noch zwanzig Kilometer bis zu dieser Westernstadt mit ihren Tankstellen, schäbigen Kaschemmen und großspurig benannten Kleinsthotels. Ich schalte den Warnblinker ein und reduziere das Tempo. Nach einer Weile habe ich herausgefunden, wie ich vorwärtskomme, ohne die Straße hinter mir allzu sehr einzunebeln. Mein Blutdruck pendelt sich wieder bei normalen Werten ein.

An der ersten Tankstelle halte ich an. Der Typ an der Diesel-Tanksäule meint, der Mechaniker sei gerade nicht da, käme aber bald wieder.

Ich frage, wann denn etwa.

Er sagt: »Jeden Moment.«

Ich richte mich schon mal auf mehrere Stunden ein. Wo ich wohl warten könne? Er deutet wortlos auf eine der Kneipen auf der anderen Straßenseite. Ich sage, er solle mich von dort holen, sobald der Mechaniker wieder zurück ist, schnappe mir meine Reisetasche, schließe das Auto ab und überquere die Straße zwischen einer Reihe mit Containern beladener Lastwagen. Mehrere Etablissements stehen zur Auswahl. Ich entscheide mich für eines, das »Grand Hotel« heißt, und gehe hinein. Auf blankem Betonboden stehen weiße Plastikstühle und Plastiktische. An der Wand hängt der Fotokalender einer indischen Baufirma von 1998. Das aktuelle Kalenderblatt zeigt November, wir haben April. Gleich neben dem Eingang sitzt ein Mann in einem »Manchester United«-Fanshirt bei einer Flasche Bier. Ganz hinten an der Wand sitzt ein Masaikrieger seitlich zum Tisch. Darauf liegt eine kleine blaue Sporttasche, daran lehnt sein Stock. Er starrt auf irgendetwas, das auf seinen Beinen zu ruhen scheint. Wegen der Tasche kann ich nicht erkennen, was es ist. Ich setze mich an den einzigen freien Tisch zwischen dem Biertrinker und dem Masai.

Eine Frau in bunter Schürze kommt hereingeschlappt und nimmt meine Bestellung entgegen. Eine Cola, eiskalt. Sie schlurft wieder hinaus. Ich prüfe mein Telefon, die Verbindung ist gut. Ich lese mich durch Facebook, Twitter, Google News und ein paar deutsche Nachrichtenseiten. Die Zeit vergeht langsam.

Als wäre ihm etwas Dringendes eingefallen, greift der Biertrinker ruckartig zur Flasche und leert sie. Dann steht er auf und verlässt die Bar. Lärm vorbeifahrender Lastwagen dringt durch die Türe. Der Masai am Tisch neben mir richtet sich irritiert auf. Jetzt sehe ich, dass er die ganze Zeit auf ein iPad gestarrt hat. Unsere Blicke begegnen sich kurz.

Ich sage: »Hi, wie geht's?«

Er antwortet: »Ist okay.«

Dann ist eine Sekunde Stille im Raum. Ich weiß nicht, was ich sagen soll. Er schaut wieder auf sein iPad, ich auf mein Telefon. Ich lese aber erst einmal nicht weiter, sondern denke an unseren letzten Ausflug in die Masai Mara vor ein paar Wochen.

Vor dem Abendessen nahmen Johanna und ich einen Sundowner am Lagerfeuer. Der Manager des Lagers, auch ein Masai, hatte dazu eingeladen. Es wurde dunkel. Im Schein des Feuers sahen wir nur sein rötlich erleuchtetes Gesicht und hin und wieder seine Hände, die beim Gestikulieren im Lichtschein erschienen. Er erzählte uns, wie es ist, ein Masai zu sein. Davon, dass die Masai glauben, alle Rinder dieser Erde gehörten ihnen. Wie er als junger Mann in ein paar Tagen zu Fuß von hier nach Nairobi gelaufen war und dass er jetzt, mit Mitte dreißig, endlich so weit wäre, sich eine Frau zu suchen. Ganz besonders betonte er, dass die Masai ihre Art zu leben liebten und sich ungern ändern würden. Jemand fragte, was er damit meinte. Die Regierung wolle sie von ihrem Nomadenleben abbringen, erklärte er. Abgesehen von ihm hatte ich in Nairobi einen Reiseveranstalter kennengelernt, der behauptete, er sei Masai. Er saß in einem kleinen Büro an einem Schreibtisch, auf dem ein Computer stand, zeigte mir Prospekte von Reisezielen in Kenia und sah in seinem dunklen Anzug aus wie jeder andere kenianische Geschäftsmann.

Der Masai hier im »Grand Hotel« ist ein anderes Kaliber. Er trägt den traditionellen Ornat des Masai-Kriegers, eine rot-blau karierte Shuka, an der kleine Metallplättchen hängen, Armbänder aus kleinsten Perlen, einen bunten Halsring, darüber vielgliedrige Halsketten. Was nicht so richtig ins Bild passt, sind die Sporttasche aus blauem Plastik auf dem Tisch und das iPad in seinen Händen. Ich reiße mich vom Bildschirm meines Telefons los und drehe mich zu dem Masai-Krieger um. Er starrt unentwegt auf sein iPad. Ich räuspere mich. Er dreht sich um. Ich weiß immer noch nicht, was ich sagen soll. Wir haben ja nicht sehr viel gemeinsam, nur die Elektronik, die wir in Händen halten. Deshalb sage ich: »Und, ist die Verbindung gut?«

»Könnte schneller sein.«

Kleine Pause. »Kann ich Sie mal was fragen?«

»Klar, warum nicht.«

»Ein Masai und ein iPad, wie passt denn das zusammen?«

»Warum soll das nicht zusammenpassen?«

Leichter Schwitzanfall meinerseits. »Ich weiß auch nicht, traditioneller Schmuck hier, supermoderner Hightech da?«

»Da schließt sich doch nicht aus.«

»Stimmt schon, stimmt schon«, gebe ich zu.

Ich muss nachdenken. Er schaut mich derweil schweigend an.

Endlich fällt mir etwas ein: »Aber jetzt mal ganz praktisch. Wo lädt man denn bitte ein iPad in einem traditionellen Masai-Dorf?«

Er überlegt. Dann sagt er: »Solarzellen?« Es klingt eher wie eine Frage.

»Im Ernst. Die Masai schleppen Solaranlagen mit sich herum?«

»Vielleicht.«

»So genau wissen Sie's also auch nicht.«

Er beugt sich etwas nach vorne und spricht leiser: »Ganz ehrlich, ich bin gar kein Masai.«

Jetzt ist es an mir, ihn schweigend anzusehen.

»Ich bin ein Kikuyu.«

»Warum ziehen Sie sich dann wie ein Masai an?«

»Zum Geldverdienen. Ich habe gerade mein Studium abgeschlossen. Jetzt arbeite ich manchmal in Mombasa am Strand. Für die Touristen.«

»Wirklich?«

»Klar.«

»Und die anderen Masai dort, die merken das nicht?«

»Die sind doch auch nicht echt.«

»Und was machen Sie dann hier?«

»Ich hatte einen Zwischenstopp in Nairobi. Hier warte ich auf einen Freund, der mich nach Hause fährt.«

»Waren Sie schon einmal in der Masai Mara?«

»Nein.«

»Ist schön da.«

»Glaube ich gerne. Kann ich mir aber nicht leisten.«

»Überhaupt finde ich Kenia ziemlich schön.«

»Ach, wirklich?« Er wirkt fast verärgert.

»Aber ja. Die Landschaft ist schön, die Leute sind freundlich. Finden Sie nicht?«

»Die Landschaft vielleicht. Die Leute, na ja, nicht immer. Heute bestimmt nicht.«

»Warum gerade heute?«

»Weil ich heute einen sehr schlechten Tag habe.«

»Warum denn?«

»Das wollen Sie nicht wissen.«

»Vielleicht ja doch. Was war denn los?«

»Also gut. Ich hatte heute ein Bewerbungsgespräch.«

»Und?«

»Was wohl? Ich habe den Job natürlich nicht bekommen.«

»Tut mir leid. Ist mir auch schon passiert, wenn Sie das tröstet.«

»Aber bestimmt nicht so wie mir. Es ging um einen Job in der Verwaltung. Es gab jede Menge Bewerber. Ich hab es bis unter die letzten drei geschafft. Dann wurden wir zu dritt wieder reingerufen. Ich dachte, jetzt kommt das zweite Interview. Seltsam war bloß, dass sie es mit allen auf einmal führen wollten. Hätte mir gleich zu denken geben sollen.«

»Und dann?«

»Und dann sagt der Typ, der zu entscheiden hatte, dass er denjenigen an die Personalabteilung weiterempfehlen wird, der ihm den kräftigsten Händedruck gibt.«

Er schaut mich an, ich schaue ihn an und zucke mit den Schultern.

»Hallo? Mit Händedruck ist Geld gemeint!«

»Ach so. Und dann?«

»Dann hat einer von uns dreien ihm einhundertfünfzig Euro in die Hand gedrückt. Und der hat den Job bekommen.«

»Unglaublich.«

»Das ist überhaupt nicht unglaublich. Der Typ, der das Geld dabeihatte, erzählte uns hinterher, er hätte gewusst, was kommt, weil er das schon einmal erlebt hat.«

»Und Sie wollten natürlich nicht bezahlen, oder?«

»Den Job hätte ich wirklich gebraucht. Aber ich hatte fast kein Geld mehr.«

»Warum das?«

»Weil ich das meiste gestern einem Verkehrspolizisten geben musste.«

»Haben Sie denn ein Auto?«

»Nein.«

»Was wollte dann der Polizist von Ihnen?«

»Es war das Matatu, in dem ich zum Bewerbungsgespräch gefahren bin. Der Fahrer hatte wirklich alles dabei, Führerschein, Verbandskasten, Warndreieck, wir waren angeschnallt, alles, wie es sein soll. Der Bulle stoppt uns. Überprüft alles. Kann keinen Fehler finden. Dann sagt er, er würde uns jetzt alle verhaften, uns Passagiere samt Fahrer.«

»Wieso denn die Passagiere?«

»Das haben wir ihn auch gefragt. Er sagte, da fiele ihm dann schon etwas ein. Am Schluss mussten wir ihm alle Geld geben. Dann ließ er uns weiterfahren.«

»Meine Güte.«

»Aber das ist noch nicht alles!«

»Danke, danke, ich glaube, ich hab's kapiert: Sie hatten wirklich einen schlechten Tag.«

»Das kann man wohl sagen.«

»Darf ich Sie wenigstens auf einen Drink einladen?«

»Warum nicht.«

Ich stehe auf und hole die Frau mit der bunten Schürze aus ihrer Küche. Ich bestelle zwei Bier. Die Frau bringt es. Ich gebe ihm eins ab. Wir stoßen die Böden der Flaschen aneinander.

»Ich heiße übrigens Thomas.«

»Und ich Mwangi.«

Wir trinken gemeinsam.

»Und, Thomas, was machen Sie in Kenia?«

»Ich halte meiner beruflich erfolgreichen Frau den Rücken frei.« Ich sage das zum ersten Mal seit Jahren mit einem Anflug von Stolz.

»Mannomann, so eine hätte ich manchmal auch gerne.«

41

Das Brathuhn

Das Leben ist schön. Ich verbringe jede Menge Zeit zu Hause, lese viel, halte mich auf einem Fitnessfahrrad in Form, sorge dafür, dass im und ums Haus alles funktioniert. Gärtner, Wächter, Putzfrau und die vielen Handwerker, die wir ständig benötigen, sind mittlerweile ein eingespieltes Team. Leckt das Dach, blasen die Termiten zum Angriff auf den Stützbalken der Terrasse, muss der septische Tank geleert werden, schlägt ein Baum der Länge nach im Garten hin oder lässt Zweige in die Stromleitungen hängen und verursacht knallende Kurzschlüsse – das alles kostet mich ein mildes Lächeln, einen kurzen Telefonanruf, viel Zeit und ein paar hundert oder tausend kenianische Schilling.

Die herbeigerufenen Handwerker kommen, machen sich ein Bild von der Lage, wir verhandeln über den Preis und reißen Witze. Higgins steht in seiner blauen Uniform daneben, versucht, wie ein würdevoller Wachmann auszusehen, muss aber mitlachen, auch wenn er zwischen den Lachern ein Gesicht macht, als stünde im Regelwerk des hauptamtlichen Wächters, dass Heiterkeit nur im absoluten Notfall erlaubt sei. Bei kleinen Problemen in Haus und Garten mache ich vielleicht eine Besorgung, während die Handwerker ihre Arbeit tun, bei größeren bleibe ich zu Hause, um die Arbeiten zu überwachen. Zum Beispiel, wenn mal wieder einer der mächtigen alten Bäume neben unserem Haus einen großen Ast zu verlieren droht, der knarzend im Wind über unserem Ziegeldach hin und her schwankt.

Dann hole ich John, den Baumbeschneider, und seine Truppe, die mit Macheten und Motorsäge anrücken. Higgins, der Gärtner Peter und ich stehen dabei und schauen zu, wie einer von Johns Leuten völlig ungesichert ins zwanzig Meter hohe Geäst klettert, dort den Ast mit einem dicken Seil an einem noch höheren Ast befestigt, sich auf den zu entfernenden Ast setzt und ihn geduldig Stück für Stück mit der Machete abtrennt. Im entscheidenden Moment hängen alle übrigen gemeinsam unten am Seil und lassen das Stück Ast langsam herunter. Nach vollbrachter Arbeit stehen wir in der Nachmittagssonne vor der Pergola und halten Feedback-Runde. Ich bezahle, die Handwerker freuen sich, Peter organisiert schon den nächsten Dienstleistertrupp, der den riesigen Haufen Äste und Gestrüpp abholen soll. John deutet auf weitere Äste, die er gerne absägen würde. Ich sage so etwas wie: »Kommt Zeit, kommt Ast.« Higgins lässt die Arbeiter hinaus und schließt das Tor. Anschließend erläutert er mir, ob er mit dem Verhalten aller Beteiligten einverstanden war, und teilt mir auch mit, ob ich seiner Ansicht nach den Preis für die Dienstleistung genug nach unten verhandelt habe.

Wir ernten Salat und Gemüse aus dem eigenen Garten und haben mehrere Bananenpflanzen, die über das Jahr verteilt immer wieder einmal eine stramme Staude mit fünf bis zehn Kilo Bananen auf die Welt bringen.

In den Tagen vor der Ernte kam der Affe wieder einmal vorbei. Dieses Mal war ich vorbereitet. Higgins alarmierte mich, ich schnappte die Schleuder nebst ein paar Paintballs und rannte nach draußen. Der Bananen-Fetischist und Frauenverächter machte auf cool, setzte sich zwei Äste höher und würdigte uns keines Blickes. Ich zielte, schoss und traf – nicht, weil ich das unbedingt wollte, sondern weil es sich um den prominentesten Körperteil des auf dem Ast sitzenden Tieres handelte – den Affen mit Schmackes am Hintern. Er verschwand in den Bäumen des Nachbargartens und wurde nicht mehr gesehen.

Nachdem wir unsere Bananen so erfolgreich verteidigt haben, bekommt jeder eine Tüte davon ab. Ich koche Marmelade daraus und fabriziere so lange bananenbasierte Nachtische, bis wir schwören, nie wieder in unserem Leben davon essen zu wollen. Ich frage Higgins, ob er Bananenmarmelade mag. Er sagt, er hätte überhaupt noch nie Marmelade gegessen, würde aber schon gerne einmal probieren. Ich gebe ihm eine kleine Schale voll. Zehn Minuten später klopft er ans Fenster und berichtet begeistert, die Marmelade hätte zusammen mit seinem Ugali, dem Kloß aus Maismehl und Wasser, super geschmeckt. Ich denke an einen Nachtisch, den ich einst in einem Spitzenrestaurant in Deutschland gegessen habe, der aus in Balsamicoessig gebratenen Birnen mit Rosmarineis und geriebenem Parmesankäse bestand, und finde, dass Higgins es genau richtig gemacht hat. Ich schenke ihm ein großes Glas von der Marmelade. Drei Tage später bedankt er sich und sagt, dass die ganze Familie sich gefreut habe, endlich mal etwas anderes aufs Weißbrot schmieren zu können als immer nur Margarine.

An anderen Tagen stehe ich stundenlang in Schlangen an, um die Strom- und Wasserrechnung zu bezahlen. Danach streite ich mich mit der hiesigen Elektrizitätsgesellschaft namens Kenya Power herum, die regelmäßig Geldeintreiber schickt, um wegen angeblich offen gebliebener Rechnungen den Strom abzustellen. Higgins hält am Tor die Stellung und behauptet steif und fest, er habe seine Befehle und dürfe niemanden aufs Grundstück lassen. Er schreibt mir dann eine SMS, ich hole meinen Ordner mit den Belegen aus dem Arbeitszimmer, gehe ans Tor und reiche der Abordnung von Kenya Power, die manchmal wie eine kleine Armee zu sechst vor meinem Tor stehen, die Quittungen über den Zaun. Einmal frage ich, warum sie eigentlich immer so viele sind. Einer ist der Chef, einer der Ableser, einer der Elektriker, einer der Fahrer, und wofür die beiden Letzten da sind, kann nicht endgültig geklärt werden.

Ich kümmere mich um das leibliche Wohl meiner beruflich erfolgreichen Frau und bin bei den guten Gemüseläden, Käsehändlern und Fleischtheken der Stadt ein gerne gesehener Kunde. In einem Laden, in dem alle Verkäuferinnen einen weißen Strohhut mit schwarzer Banderole tragen und neben dem Porträt des kenianischen Präsidenten auch ein Bild von Aga Khan an der Wand hängt, fragt mich eine der Damen hinter der Kühltheke immer: »Wie üblich?«

»Ja«, antworte ich.

»Wie üblich«, das sind ein Stück Greyerzer Käse und zehn Scheiben Parmaschinken, hauchdünn geschnitten. Während die Frau mit dem Hut feinchirurgisch an der Schneidemaschine tätig wird, gehe ich im Laden umher, spähe in die Tiefkühltruhen, besuche die Fleischtheke und lande heute vor der Abteilung »Huhn«. Dort liegen frische Hühnchen, und ich stelle fest, dass wir seit Ghana, wo es gefühlt dreimal täglich stark gewürztes und gegrilltes Huhn mit Reis gegeben hat, um dieses Tier einen weiten Bogen gemacht haben. Ich nehme das Huhn, den Schinken, der mittlerweile hauchdünn geschnitten ist, den verpackten Käse, zahle und fahre nach Hause, um den Braten bald in die Röhre zu schieben.

Aber natürlich kommt wieder einmal alles anders, als ich es mir gedacht habe.

Higgins steht am Tor, ich fahre an ihm vorbei, er salutiert, obwohl ich ihm schon oft gesagt habe, er solle das doch bitte lassen. Im Vorbeifahren höre ich ihn sagen: »Wir haben Stromausfall, Sir.« Ich parke ein, steige aus – es ist etwa ein Uhr mittags und ein sehr warmer Tag –, halte die Tüte mit dem Huhn in der einen Hand, die mit dem teuren Schinken und Käse in der anderen, frage Higgins, ob Kenya Power diesmal vielleicht statt sechs Mann ein Dutzend geschickt, ihn überwältigt und sich so Zugang zum Schaltkasten an der Hauswand verschafft hätte. Aber Higgins wiegelt ab, so schlimm sei es nicht, es handle sich um einen ganz gewöhnlichen Stromausfall.

Der ganz gewöhnliche Stromausfall ist ein Ärgernis, das ich nicht müde werde, den Abordnungen von Kenya Power unter die Nase zu reiben. Dann stehen die sechs Männer nur da und lächeln wie ertappte Schulbuben. Manchmal passiert wochenlang nichts, und Strom beginnt wieder das zu sein, wofür ich ihn in Deutschland hielt: eine stets verfügbare Energiequelle. Regentage begünstigen das Versagen der Energieversorgung. Nach ein paar Tropfen knallt und funkt es im Verteilerkasten, der dreihundert Meter entfernt offen auf einem schiefen Mast steht, und alle Lichter gehen aus. Dafür kläffen alle Wachhunde in der Nachbarschaft eine Viertelstunde lang hysterisch.

Heute ist ein phantastischer Sonnentag. Seit Wochen hat es keine Probleme mit dem Strom gegeben. Und ich frage mich, ob ich aus meinem zukünftigen Brathuhn vielleicht doch lieber ein Suppenhuhn auf dem Gasherd machen soll. Erst einmal stopfe ich alles in den bereits abtauenden Kühlschrank und warte ab. Es wird zwei Uhr, drei Uhr und vier Uhr. Johanna wird gegen sieben Uhr nach Hause kommen. Der Strom ist immer noch weg. Das Huhn und ich veranstalten eine Krisensitzung. Aufgeben gilt nicht: Ich wollte ein Huhn braten. Ich muss ein Huhn braten. Und ich werde ein Huhn braten. Für das leibliche Wohl meiner Frau ist mir keine Straße zu holprig, kein Motor zu kaputt und kein Rezept zu kompliziert, solange ich das Huhn nicht selbst erlegen muss.

Ich gehe verschiedene Möglichkeiten durch: der Camping-Kocher, ein Lagerfeuer, vielleicht die Nachbarin fragen, aber die hat wahrscheinlich auch keinen Strom. Da fällt mir der große Kugelgrill ein, den wir aus Deutschland über Ghana nach Kenia importiert haben. In einem Artikel über Grillmeisterschaften habe ich einmal gelesen, dass sich darin auch Weihnachtsgänse zubereiten lassen. Also wohl auch Hühner. Der Grill steht noch verpackt im Abstellraum. Ich sehe nach. Wir haben weder Holzkohle noch Grillanzünder. Also zurück in den Supermarkt. Rechtzeitig erinnere ich mich daran, dass es ohne Strom auch kein Licht gibt. Deshalb kaufe ich neben Brennmaterial auch eine große Petroleumlampe, die aussieht, als hätte sie auf Admiral Nelsons Flaggschiff bei der Schlacht von Trafalgar schon gute Dienste geleistet.

Auch ist mein Kopf klar genug, um an Gewürze zu denken, mit denen das Brathuhn eingerieben werden sollte. Auf dem Weg zur Kasse fahre ich am Gewürzregal vorbei. Ratlos betrachte ich die dreihundert Dosen, Tütchen und Fläschchen, die sich dort wie ein buntes Gebirge vor mir stapeln. Hilfesuchend schaue ich mich um und entdecke eine Verkäuferin, die sich im Gespräch mit einer älteren Kundin befindet. Ich bin überzeugt, mich in einer Notlage zu befinden, und unterbreche die beiden ohne jedes schlechte Gewissen, indem ich frage, ob ich sie mal unterbrechen dürfe. Die Verkäuferin weiß leider keinen Rat, dafür mischt sich die ältere Kenianerin, ihre Kundin, umso energischer ein. Sie sei Köchin für einen Mitarbeiter der Vereinten Nationen, der auch wahnsinnig gerne Brathuhn äße, und deshalb könne sie mir ganz genau sagen, was ich brauche. Sie fährt mit ihrem Einkaufswagen voraus, ich folge ihr zum Gewürzregal, sie deutet mit großer Autorität auf eine Gewürzmischung, die ich ohne zu zögern in meinen Wagen lege. Ein Regal weiter empfiehlt sie eine Barbecue-Soße und beschreibt mir, wie ich beides mischen und das Huhn damit einmassieren solle.

Ich bedanke mich und fahre nach Hause. Dort packe ich den Grill aus, baue ihn zunächst kräftig schimpfend im Freistil und wenig später sehr gelassen nach Anleitung zusammen. Im Schein des gelb flackernden Lichts reibe ich das Huhn ein, glühe die Kohlen vor, schiebe sie am Boden des Kugelgrills in der Mitte auseinander und stecke das Grillthermometer in das Loch im Deckel. Es dämmert, ich fülle die Petroleumlampe mit Öl und entzünde sie. Als sich die Temperatur bei über zweihundert Grad eingependelt hat, plaziere ich über der Lücke zwischen den Gluthälften das Huhn, das ich vorher nach den Vorgaben der Direktorenköchin eingerieben habe. Bei einem kühlen Bier, von dem ich nicht nur mir selbst, sondern auch dem brutzelnden Huhn im Grill einen Schluck gönne, warte ich wunderbar entspannte neunzig Minuten ab. Ibisse überfliegen unser Haus auf dem Weg zu ihren Schlafbäumen, die Katze kommt vorbei und wirft sich auf den Rücken, der Nachtwächter dreht eine Runde und schaut neugierig nach dem dampfenden Grill. Die Admiral-Nelson-Gedächtnislampe flackert, ich kraule die Katze am Bauch und decke den Tisch. Hin und wieder hebe ich die Halbkugel vom Grill und bepinsle das Huhn mit dem Bratensaft aus der Schale darunter.

Gegen zwanzig Uhr geschehen ein paar Dinge gleichzeitig: Das Huhn ist fertig, eine Fledermaus rast wie ein Jagdflugzeug über den Grill, und jemand bei Kenya Power hat endlich den Power-Knopf wiedergefunden. Das Licht geht an, der Kühlschrank, in dem mittlerweile frühlingshafte

Temperaturen herrschen, lässt seinen Warm-Alarm ertönen, die Stereoanlage im Wohnzimmer dudelt elektrisiert los. Ein Schlüssel dreht sich im Schloss der Haustüre, Johanna ist da. Ich sehe sie durch die Terrassentüre in die Küche gehen, die hell erleuchtet ist und völlig verwaist. Ich kann mir vorstellen, wie sie hungrig auf dem Herd nach dampfenden Töpfen sucht, bleibe aber still sitzen und sehe zu, wie sie durchs Haus irrt und mich schließlich auf der Terrasse findet. Eine ganz kleine Falte ziert ihre Stirn. Sie steht mehr für eine Frage als für echten Zorn.

Wortlos nehme ich das Huhn vom Grill, lege es auf das Holzbrett zwischen unseren Tellern und gieße ihr und mir einen Schluck Wein ein. Johanna hebt an, etwas zu fragen. Ich kann mir denken, was sie wissen will: Warum ich auf der Terrasse gekocht habe. Ich lege den Zeigefinger auf meine Lippen. Ich will ihr jetzt nicht erklären müssen, dass wir diesen wunderschönen Abend mitsamt Grillhuhn, Feuer und Petroleumlampe eigentlich den kenianischen Elektrizitätswerken und ihrem maroden Stromnetz zu verdanken haben. Johanna versteht, greift ohne weitere Umschweife zum Besteck und lässt es sich schmecken.

Gegen neun Uhr klingelt Johannas Telefon. Sie nimmt ab und geht in den dunklen Garten hinaus, denn am Rand des Rasens, bei den großen Bäumen ist die Verbindung besser. Erst ist sie ganz still, wahrscheinlich hört sie zu, dann höre ich sie sprechen, kann aber nicht verstehen, was sie sagt, denn der Abendwind weht jede zweite Silbe fort. Ich ziehe den Grill etwas näher an den Tisch und genieße seine Restwärme in der kühlen Nacht. Johanna kehrt aus der Dunkelheit zurück.

Ich frage, was es denn um diese Zeit gegeben habe.

Sie antwortet, das sei die Deutschland-Zentrale gewesen.

Was die denn gewollt hätten, frage ich.

Sie sagt, man hätte ihr eben ein Angebot gemacht, das sie nicht ablehnen könne.

Johanna setzt sich wieder. Ich warte eine Sekunde ab, ob sie möglicherweise vorhat, mich etwas detaillierter zu informieren. Doch sie bleibt still und schaut auf ihr Telefon, das sie immer noch in der Hand hält. Ich drehe den Stil meines Weinglases zwischen den Fingern und betrachte die glitzernde Flüssigkeit. Zweimal habe ich diese Situation nun schon erlebt. Beim ersten Mal erstickte ich vor Überraschung fast am Pumpernickel, beim zweiten Mal war ich zu müde, um mich so richtig zu wundern. Jetzt, beim dritten Mal, merke ich, dass ich vor allem gespannt bin, in welches Land die Reise diesmal gehen soll. Ich spiele im Kopf schon die praktischen Aspekte durch: Kriminalität, politische Stabilität, Klima, Sprache, Rechts- oder Linksverkehr, Dauer und Kosten eines Flugs nach Deutschland, lokale Küche, Verfügbarkeit von Greyerzer Käse und Parmaschinken, Land und Leute, Sehenswürdigkeiten und Möglichkeiten, sich am Wochenende einen ruhigen Lenz zu machen.

Deshalb nehme ich einen kleinen Schluck Wein, um meinen trockenen Mund etwas zu befeuchten, und sage: »Egal, wohin wir gehen, ich hoffe doch sehr, man spricht dort wenigstens Englisch oder Französisch. Ich weiß nicht, ob ich Lust habe, auch noch Spanisch zu lernen.«

Johanna sagt nichts.

»Oder Chinesisch.«

Sie sagt immer noch nichts.

»Doch nicht etwa Russisch?«

»Weder noch.«

»Aha, sehr spannend. Ist eigentlich auch egal. Wenn es sein muss, nehme ich auch Nepalesisch, Finnisch oder auch Altgriechisch. Aber das Klima, wenn's geht, bitte so wie hier in Nairobi. Oder müssen wir wieder dauerschwitzen? Oder dieses Mal Dauersandsturm?«

»Eher regnerisch«, sagt Johanna.

»Indien, Monsun?«

»Es sieht so aus, als gingen wir zurück.«

»Was meinst du mit ›zurück‹? Nach Ghana?«, frage ich.

»Nein, zurück nach Deutschland.«

Dieses Mal muss ich mir keine Landkarte vorstellen. Ich weiß genau, wo dieses Deutschland liegt. Aber jetzt, mit dem warmen Grill im Rücken, dem Weinglas in der Hand und dem Nachthimmel über uns, der mir endlich doch afrikanisch zu sein scheint, seitdem ich weiß, wo ich das Kreuz des Südens suchen muss, scheint mir dieses Deutschland, über dem ersatzweise der Polarstern am Himmel steht, fremder als jedes andere denkbare Land.

42

Das Ende

Tag 1

Manchmal frage ich mich, ob sie das absichtlich macht. In zwei Wochen kommt der Container, in dem unsere einhundertachtundsiebzig Kisten und Kartons – vielleicht sind es sogar ein paar mehr – nach Deutschland zurückschwimmen sollen. Und Johanna ist wieder einmal auf Dienstreise. Sieben Tage wird sie dieses Mal fort sein. Sieben von vierzehn Tagen, die wir haben, um unser Leben in Afrika auszumisten, zu verschnüren und zu archivieren. Sie könne nichts dafür, sagte sie, die Deutschland-Zentrale habe ihr diesen Termin aufgezwungen. Vielleicht sollte ich mit dieser Deutschland-Zentrale demnächst einmal ein ernstes Gespräch führen.

Die gesamte Packerei bleibt also an mir hängen. Aber ich versuche, es positiv zu sehen. Es wird eine sehr ruhige Zeit werden. Das Haus ist menschenleer. Jane, der Haushaltshilfe, haben wir freigegeben. Der Gärtner Peter hat für die nächsten beiden Wochen seinen Jahresurlaub eingereicht. Higgins wird im Hof sitzen und Zeitung lesen. Zu seinen Füßen wird sich die Katze sonnen und lässige Gemütlichkeit verbreiten. Möbel, Kleidung, Bücher und alles, was wir sonst nicht mehr wollen, haben wir bereits aussortiert und verschenkt. Von den meisten Freunden, Bekannten und Kollegen haben wir uns verabschiedet.

Es gibt nichts mehr zu tun in diesem Land.

Nur packen. Und das ist eine seltsame Tätigkeit. Sie ist nicht gerade intellektuell herausfordernd und nimmt mich dennoch völlig in Beschlag. Ich werde Regale und Möbel auseinanderbauen, maßgeschneiderte Verpackungen für Lampen anfertigen und Dinge, die überhaupt nicht zueinander gehören, platzsparend ineinander schichten. Seit unserem Wegzug aus Deutschland weiß ich, was man sich zulegen sollte, noch bevor das erste Stück Klebeband die Pappe eines Umzugskartons berührt: eine persönliche Überlebensstrategie, die dabei hilft, bei guter geistiger Gesundheit die Ziellinie zu überqueren. Denn ein Umzug gleicht einem Marathonlauf. Nie sollte man zu schnell lospacken, sonst fehlt die Kraft auf den letzten Metern. Nie sollte man verzweifeln und glauben, dass all das Zeug niemals in einen Container passen wird. Und nie sollte man nach fünfzig Kisten in Euphorie geraten und meinen, nun sei das Gröbste ja schon geschafft. Gefragt sind Respekt vor der großen Aufgabe, Durchhaltevermögen und die Fähigkeit zur Selbstkritik.

Jeder reagiert anders: mit Ignoranz, mit Leugnen, mit Panik oder mit penibler Planung. Einer von Johannas Kollegen bereitete zwölf Monate lang seinen Umzug von Deutschland nach Ghana vor. Fünf Mal reiste er an, um mit deutscher Gründlichkeit die Küche millimetergenau zu vermessen und die Breite der Einbauschränke im Schlafzimmer mit der Anzahl seiner Oberhemden zu vergleichen. Er fertigte eine lange Liste von Dingen an, die er für lebenswichtig hielt und die es in Ghana nicht zu kaufen gab. Zum Beispiel Bücherregale von Ikea.

Dabei stimmte das nicht einmal. Ein kleiner Möbelladen in Accra importierte damals Ikea-Produkte nach Ghana. Aber das sagte ich ihm nicht. Ich sagte ihm auch nicht, dass diese Pressspanplatten, aus denen Billy & Co. gemacht sind, dem feuchtwarmen Klima nicht sehr lange widerstehen. Der Mann war die Steigerung von beratungsresistent: Er war beratungsimpertinent. Schon bei seinem ersten Besuch erklärte er nicht nur uns, die wir schon zwei Jahre lang dort gelebt hatten, sondern auch den staunenden Ghanaern selbst, wie ihr Land funktioniert, oder besser: seiner Ansicht nach funktionieren sollte. Die Lektüre eines Reiseführers sowie eine fünfzehnminütige Taxifahrt vom Flughafen ins Büro waren genug. Schon konnte er uns allen wertvolle Hinweise geben, wie man schnell und unkompliziert Infrastruktur, Gesundheits- und Bildungswesen sowie die Staatsfinanzen entscheidend verbessern und das Land binnen weniger Jahre in die Schweiz Westafrikas verwandeln könne.

Ich sah ein, dass einem Genie wie diesem meine Ratschläge bezüglich der Haltbarkeit von Regalen im tropischen Klima doch zu klein und unbedeutend vorkommen müssten, und beschloss, ihn mit solchen Lappalien nicht zu behelligen. Er sollte selbst erleben, wie die Luftfeuchtigkeit langsam in die gepressten Holzspäne eindringt, aus denen Billy gemacht ist. Wie sich die Regalbretter unter der Last der Bücher immer stärker durchbiegen. Wie sie langsam von den kleinen Metallstöpseln abrutschen, auf denen sie ruhen. Wie das erste Brett gegen drei Uhr morgens den Kampf gegen die Schwerkraft verliert. Und wie dann dreißig schwere Fachbücher, die man damals beim Umzug für wichtig gehalten und doch immer nur abgestaubt hat, polternd hinabstürzen und dabei eine Reihe von Taschenbüchern von dem Brett darunter mit in den Abgrund reißen.

Alles, was wir an materiellen Gütern besitzen, haben wir mitgebracht und werden das meiste auch wieder mitnehmen, von den aufgeweichten Bücherregalen und ein paar anderen Dingen abgesehen. Ich kann mich klar erinnern, wie wir in Deutschland alles verpackt hatten, bevor der kleine Container auf dem Rücken eines Lastwagens vorgefahren kam. Ich schaute zum Fenster hinaus und sah vor dem Haus die Stahlkiste, etwa sechs Meter lang und etwas über zwei Meter breit und hoch. Unser Wohnzimmer war deutlich größer als der Container, und der Parkettboden war von einem Kistenmeer bedeckt.

»Das passt nie«, sagte ich – mehr zu mir selbst.

»Das passt schon«, entgegnete der Spediteur, der neben mir stand.

Ich fand ihn ziemlich überheblich. Zwei Stunden später ging ich hinunter und schaute in den Container. Die ersten Kisten hatten schon den vorderen Rand erreicht, die Wohnung hingegen sich noch nicht entscheidend geleert.

»Das passt nie«, sagte ich, diesmal dem Spediteur ins Gesicht.

»Das passt schon«, entgegnete der Spediteur und sah dabei nicht mehr ganz so selbstsicher aus.

Am Ende passte es gerade so, und das Gesicht des Spediteurs hatte eine hellrote Farbe angenommen, mit weißen Flecken darin.

Jetzt, fünf Jahre später, muss sogar noch mehr in den Container. Neue Möbelstücke, Kunst, Kitsch und Souvenirs werden die Zahl der Kartons und Kisten nach oben treiben. Ich weiß schon jetzt, dass all meine Verpackungskunst vonnöten sein wird. Das erfordert volle Konzentration. Fremde Hilfe kann ich dabei nicht gebrauchen.

Ich beschließe außerdem, Johannas Abwesenheit als Möglichkeit zur inneren Einkehr zu nutzen. Nichts eignet sich besser, über sein Leben nachzudenken, als ein Umzug. Die Frage, ob es sich lohnt, die Bücher vor dem Einpacken abzustauben, hat viel mehr Tiefe, als man glaubt. Nach ihrer Reise um die halbe Welt und bevor sie ihren Platz im

Regal wieder einnehmen, werden wir sie erneut abstauben. Es wäre also Blödsinn, es jetzt zu tun. Außer ich staube aus Prinzip ab.

Ums Prinzip geht und ging es hier in Afrika die ganze Zeit. Genauer gesagt, um einen Prinzipienstreit. Zeitmangel gegen Zeitüberfluss. Planung gegen Improvisation. Genauigkeit gegen Schätzung. Staat gegen Familie oder Clan. Direktheit gegen Höflichkeit. Besserwisserei gegen Aberglaube. Genervtheit gegen Entspannung. Arm gegen Reich. Konsum gegen Genügsamkeit. Ich weiß immer noch nicht, wer gewonnen hat.

Ich gehe durch die Räume unseres Hauses und betrachte die Dinge. Nehme das eine oder andere in die Hand. Stelle es wieder zurück. Im Wohnzimmer bleibe ich unschlüssig vor dem riesigen Haufen flach gefalteter Umzugskartons stehen. Ich sollte demnächst mal anfangen, denke ich, aber meine Füße befinden sich im Stehstreik. Ich streiche mir übers Kinn. Ich bin unrasiert. Rasieren ist wie das Abstauben von Büchern vor dem Einpacken. Lohnt es sich überhaupt? Drei Tage später sind die Stoppeln ja doch wieder da. Ich hebe die Hand, mit der ich sonst das Rasiermesser führe, zum Schwur: Ich werde mir so lange einen Bart stehen lassen, bis der letzte Karton – gefaltet, gepackt und zugeklebt – im Inneren des Containers verschwunden ist.

Meine Gehsperre ist aufgehoben. Die Umzugsmaschine bewegt sich. Zuerst kommen die Bücher dran. Die ersten Reihen, die Romane, staube ich noch ab, aber schon bei den Sachbüchern lasse ich es bleiben. Zum Teufel mit den Prinzipien!

Auch hatte ich ursprünglich den Plan, die Bücher so, wie sie auf dem Regal stehen, zu nehmen und genauso in den Karton zu stellen. Aber das nimmt zu viel Platz weg. Ich überlege, wie ich die Sortierung erhalten und zugleich platzsparender packen kann. Aber das kostet zu viel Zeit. Packe also tetrisartig, nach Größe und Form. So kommen Sachgebiete und Autoren, Gattungen und Ausgaben zusammen, die wirklich nicht zusammengehören.

Die Kisten zwei bis siebenundzwanzig sind schnell gefüllt. Bildbände unten, Gebundenes in der Mitte, Taschenbücher oben. Zur Hälfte lasse ich die Kisten leer. Ich werde sie später mit Handtüchern, T-Shirts und Bettwäsche auffüllen. Bei den Kochbüchern zögere ich und werde ganz sentimental. Was habe ich nicht alles gekocht in diesen Jahren. Auch in Deutschland konnte ich schon ein paar Gerichte. Aber das Kochen dort war immer etwas Besonderes. Wir hatten in einem quirligen Stadtviertel gewohnt. Italiener, Chinesen, Thailänder, Griechen, Spanier, Franzosen, gutbürgerliche Küche, Crossover, Japaner, Döner-Buden, Hamburger-Bars – all das war zahlreich und in Laufweite vorhanden, sogar ein Restaurant mit ghanaischer Küche.

Damals hatte ich entweder auf dem Weg nach Hause etwas mitgenommen, oder wir waren abends spazieren gegangen und dann eingekehrt. In Ghana und in Kenia gab es diesen Luxus nicht. Ein Spaziergang ins nächste Lokal war entweder zu weit, zu gefährlich oder beides auf einmal. In Ghana hatten wir noch eine Köchin, in Kenia aber auf kochendes Personal verzichtet. Ich wurde vom Gelegenheitskoch zum Generalversorger. Von einem Tag in der Woche abgesehen, kochte ich jeden Tag und lernte, Brot zu backen, Marmelade einzukochen und Zutaten herzustellen, die es hier nicht gab. Bei Besuchen bei meinen Eltern in Deutschland ertappte ich mich immer häufiger dabei, mit meiner Mutter Kochrezepte auszutauschen und Tipps und Tricks in der Küche zu diskutieren.

Die Bücherregale im Wohnzimmer sind leer. Staubbüschel, tote Insekten und Verdauungsreste von Geckos pflastern meinen Weg. Die Kistenstapel wachsen aus der Ecke allmählich in die Mitte des Zimmers. Ich gehe vom Wohn- in den Schlaftrakt. Ab Kiste achtundzwanzig sind Kleidung, Bettwäsche und Handtücher dran. Am schönsten sind die großen Kisten mit der eingebauten Kleiderstange. Ganze Arme voll Hemden, Jacken, Anzügen, Blusen und Mäntel hänge ich hinein. Deckel zu, Kiste fertig. Das läuft ja richtig rund.

Jede Kiste muss nummeriert und für die Versicherung und für den Zoll auf einer Liste notiert werden. Wie genau muss ich die eigentlich beschriften? Genügt »Kleidung« oder muss ich schreiben »Unterhosen, schwarz, mit roten Streifen«? Wegen solcher administrativer Überlegungen geht es nun langsamer voran. Zum ersten Mal zweifle ich. Ist das alles überhaupt zu schaffen? Wird es in den Container passen? Es ist noch keine echte Verzweiflung, nur ein Keim. Wie eine kleine Reizung am Fuß zu Beginn eines Langstreckenlaufs, die sich unweigerlich in eine schmerzhafte Blase verwandeln wird. Man weiß es – und läuft trotzdem weiter.

Ich sehe mich in dem Chaos um.

»Nach so viel sieht es doch gar nicht aus«, flüstere ich mir selbst zu.

»Lügner«, zische ich zurück.

»Apropos Lügner. Du hast dich in der letzten Zeit selbst belogen.«

»Wieso denn das?«

»Na, plötzlich hast du es ja ganz toll gefunden, hier zu sein.«

»Aber es war doch auch schön.«

»Und deine Karriere?«

»Es geht im Leben nicht immer nur um Karriere.«

»Ach, glaubst du das?«

»Ja, das glaube ich.«

»Ich möchte dich nur einmal daran erinnern: Von Erinnerungen kann man sich nichts kaufen.«

»Sich nichts kaufen können ist doch aber auch mal schön. Hier gibt es keine Versandhäuser, keine Online-Auktionen, keine Elektrodiscounter, keine Fußgängerzone, keine Buchläden mit Lesezone bei Kaffee und Keksen ...«

»Ist ja gut, ist ja gut.«

»Johanna hatte übrigens recht: Die Familie ist noch da, die Freundschaften sind es auch. Die vergehen nicht. Manche sind schwächer, manche stärker geworden. Ein paar neue sind dazugekommen.«

»Was macht eigentlich dieser Christoph?«

»War ja klar, dass du nach dem fragst. Dem geht's gut. Soviel ich weiß.«

»Besucht hat er dich in den ganzen Jahren aber nicht, oder?«

»Nein.«

»Ärgert dich das denn nicht?«

»Nein.«

»Kann jeder sagen.«

»Wirklich nicht. Der moderne Mann erlebt seine Abenteuer eben von zu Hause aus, auf dem Sofa.«

»Pffft.«

Ich stelle fest, dass ich wunderbar weiterpacken kann, während ich Selbstgespräche führe. Die Kartons füllen sich wie von selbst. Nächster Halt: Arbeitszimmer. Ich lege mehr Bücher, dann Unterlagen, Ordner und vergessene Bilder aus dem Schrank in die Kartons. Bin schon bei Nummer siebenundvierzig. Der Container wird in Gedanken immer kleiner.

Am frühen Abend gehe ich hinaus und besuche Higgins. Er hat seinen Plastikstuhl halb in die Hecken gestellt, weil dort noch ein paar Strahlen Nachmittagssonne scheinen. Wie erwartet, liegt Katze zu seinen Füßen und ist selbst zum Gähnen zu schläfrig. Vor ein paar Wochen haben wir ihm und den anderen Angestellten gesagt, dass wir bald wegziehen. Für den Gärtner Peter und die Putzfrau Jane wird sich nicht viel ändern. Sie waren nicht Vollzeit bei uns und haben die andere Hälfte der Woche für Nachbarn gearbeitet. Die frei werdenden Tage werden sie schnell füllen können. Higgins ist bei einer Wachfirma angestellt. In zwei Wochen wird er auf einem anderen Grundstück seinen Dienst antreten.

Er steht auf, Katze wirft sich auf den Rücken. Higgins krault sie und fragt mich, wie jetzt das Wetter in Deutschland ist. Ich schaue mich um. Es ist November, wir haben die kleine Regenzeit in Kenia. Die Pflanzen scheinen vor Kraft zu explodieren, noch mehr Vögel als sonst bevölkern unseren Garten, demnächst könnten wir wieder Bananen ernten. Ich sage, in Deutschland hätten die Bäume jetzt ihre Blätter verloren, alles sei jetzt braun, die Tage würden kürzer, es sei jetzt etwa zehn Grad kalt, der Himmel überwiegend grau, und es regne viel und lange. Higgins schüttelt sich und sagt, das sei nichts für ihn. Und ich denke: Für mich eigentlich auch nicht.

Tag 2

Am nächsten Morgen gönne ich mir etwas Abwechslung. Statt Dinge in Kartons zu stapeln, nehme ich auseinander, was sich auseinandernehmen lässt. Das große Gästesofa zerlege ich mit Schraubenschlüssel, Rohrzange und einem Gummihammer in seine Einzelteile. An Dingen herumzuschrauben ist wie Meditation. Alles andere wird ausgeblendet. Die Gedanken sind so erholsam einfach: Wird sich die Schraube lösen lassen oder nicht? Und wenn nicht, nehme ich einfach den großen Hammer.

Die Liste, auf der ich die Packstücke verzeichne, wird immer länger. Unser voll eingerichtetes Haus scheint mir jetzt wie ein Puzzle, dessen Motiv sich ständig weiterentwickelt hat. Solange wir darin wohnten, haben wir es zusammengesetzt. Es war genau in dem Moment fertig, als ich das erste Buch wieder aus dem Regal genommen und in einen Umzugskarton gelegt habe. Jetzt zerlege ich es Stück für Stück, und während ich das tue, wird mir klar, dass es beim nächsten Zusammensetzen ein anderes Bild ergeben wird.

Mit dem Zusammenleben ist es genauso. Eine Partnerschaft in Deutschland ist nicht dieselbe wie in Kenia. Die Umstände sind anders.

»Nach ein paar Jahren im Ausland wisst ihr wirklich, ob ihr zusammenpasst«, hat eine von Johannas Kolleginnen gesagt, mit der wir uns vor der Abreise ausführlich unterhalten hatten.

»Warum erst danach?«, fragte ich.

»Weil ihr dann wisst, ob ihr es auf Dauer miteinander aushaltet. Ihr habt keine Freunde dort, die ihr schnell mal besuchen könnt. Es wird dauern, bis ihr ein paar Kontakte gefunden habt. Ihr habt erst einmal nur euch. Das kann sehr intensiv werden.«

Intensiv – da hat sie wohl recht gehabt, die Kollegin, denke ich und löse endlich die letzte Schraube, die das große Schlafsofa im Gästezimmer zusammenhält. Wir mussten immer darauf achten, dass das Zusammenleben nicht zu einem Auseinanderleben führt. Hätte ich Johanna in Deutschland vielleicht abends erzählt, dass ich heute Geld abheben war, einen Wäscheständer gesucht oder das Auto aufgetankt habe? Ganz sicher nicht. In Deutschland mussten wir einander solche Alltäglichkeiten nicht erzählen, in Ghana und Kenia schon. So mancher Tag verging, an dem ich mit nichts anderem beschäftigt war, als einen funktionierenden Geldautomaten zu finden oder eine Tankstelle, die genug Diesel für mein Auto vorrätig hatte.

Das waren meine Abenteuer, und Johanna wusste meist nicht, wovon ich eigentlich rede, wenn ich davon erzählte. Andersherum konnte ich mir kaum vorstellen, wie es ist, Minister oder sonstige Personen des öffentlichen Lebens zu treffen. Wenn Johanna mir abends erzählte, was dieser und jener zur Lage des Landes zu sagen hatte, fehlte mir das Hintergrundwissen, um die Tragweite dessen zu verstehen, wovon sie eigentlich redete. Während ich Marmelade einkochte, ging sie mit den Mächtigen einen heben. Während sie in schmucken, holzgetäfelten Büros saß und mit Menschen redete, über deren Schreibtischen ein Bild des Präsidenten hing, beobachtete ich, wie Handwerker ohne Sicherung in unseren hohen Bäumen herumkletterten und mit einer Machete Äste abschlugen.

Mit dem Teppichmesser schneide ich lange Kartonbahnen in Stücke und baue eine Verpackung für das Sofa. Ich singe eine Weile »Kein Schwein ruft mich an«, weil mich kein Schwein anruft. Higgins läuft am Fenster vorbei, ich verstumme, bis er vorbeigegangen ist. Sonst fragt er mich noch, was ich da singe, und ich müsste erklären, dass mein Lied eben nicht von einem in Kenia wenig angesehenen Nutztier handelt, das zu meinem Verdruss nicht oft genug das Telefon benutzt, auch wenn Titel und Inhalt das vielleicht vermuten ließen.

Das Leben hier war immer irgendwie öffentlich, und ich habe mich bis jetzt nicht daran gewöhnt. Wenn ich morgens beim Kaffee am Esstisch sitze, läuft erst Higgins am Fenster vorbei und wünscht »Guten Morgen«, dann folgt Peter, der ebenfalls winkt, und ein paar Minuten danach schließt Jane die Küchentüre von außen auf und steckt den Kopf zur Begrüßung kurz ins Wohnzimmer. Hier ist die ganze Zeit jemand in der Nähe.

Nach meiner Gesangseinlage mache ich mich über einige Regale, Stühle und Kommoden her, schraube Beine ab, klebe Schubladen fest, fülle, wo es geht, mit leichtem Gepäck, also Schlafsäcken, Bettdecken und Kopfkissen. Als es Abend wird, dusche ich und lasse mich erschöpft aufs Sofa im Wohnzimmer fallen. Zwischen den Kistenbergen links und rechts ist der Fernseher in der Mitte gerade noch erkennbar. Ich zappe mich durchs Programm: chinesische Nachrichten, Bollywood-Filme, englische Comedyshows, südkoreanische Telenovelas, nigerianische Billigdramen, die entweder in spießigen Villen oder in Lehmhütten spielen, und dann das ZDF, in dem Krimis in Endlosschleife zu laufen scheinen. Zöge ich vom Fernsehen Rückschlüsse auf das jeweilige Land, dann würde in Indien getanzt und gesungen, in England wohnten Alleinunterhalter, in Nigeria säße man auf Sofagarnituren aus Discount-Einrichtungshäusern, und Deutschland wäre das Land, in dem von morgens bis abends Morde begangen und innerhalb weniger Minuten aufgeklärt würden.

Tag 3

Heute ist die Küche dran. Higgins wird in den nächsten Tagen nichts mehr zu lesen haben. Die Tageszeitungen brauche ich für Gläser und Geschirr. Alle vier dickbauchigen Weinkelche haben die bisherigen Container-Reisen überlebt. Von den vierundzwanzig einfachen Ikea-Trinkgläsern sind noch fünfzehn übrig. Damit kann ich leben. Meine weiß-blauen Teller, die ich seit der Studentenzeit mit mir herumschleppe, sind vollzählig anwesend. Sogar das kleine Messer meiner Kindertage mit dem Lehrer-Lämpel-Relief ist noch da. Manchmal drängt es mich, alles wegzuwerfen, um die Erinnerungen zu tilgen.

Tag 4

Ich wache morgens auf und denke sofort ans Packen. Drehe mich um und schlafe weiter. Beim nächsten Aufwachen ist der Alptraum leider immer noch nicht verschwunden. Ich schlurfe ins Badezimmer und betrachte mich im Spiegel: Ringe unter den Augen, wirres Haar, Bartstoppeln. Wann habe ich eigentlich das letzte Mal mit jemandem geredet? Gestern Morgen habe ich mit Higgins kurz das Wetter diskutiert, dann das Haus nicht mehr verlassen.

Ich mache mir Kaffee und werfe einen Blick auf die Ladeliste, die auf dem Kartonstapel liegt. Ich bin schon auf Seite fünf. Gar nicht schlecht, finde ich. Dann gehe ich über den Hof zur Waschmaschine und stopfe die Arbeitsklamotten von gestern hinein. Da fällt mein Blick auf die Türe zum Abstellraum. Den habe ich ganz vergessen. Mein Optimismus bekommt einen ordentlichen Dämpfer.

Den halben Tag verbringe ich damit, alte Kisten zu öffnen und mich darüber zu wundern, was ich alles seit Jahren nicht vermisst habe. Ich habe mal von jemandem gehört, dessen Container auf der Fahrt von Kenia nach Hause vom Schiff gefallen ist. Alles, was er hatte – Möbel, Dokumente, Kunstwerke, Erinnerungsstücke –, schwamm im Indischen Ozean auf und davon.

Tag 5

»Was wirst du eigentlich in Deutschland machen?«, fragt mich mein Alter Ego, während ich Kiste hundertzweiundzwanzig zuklebe.

Das ist genau die Frage, der ich in den vergangenen Tagen ausgewichen bin. Der Typ weiß genau, wo es weh tut.

»Vermutlich dasselbe wie vorher«, sage ich schnell.

»Stichwort: Dosenöffner?«

»Warum nicht. Andere promovieren in Biochemie und arbeiten ihr Leben lang an Hundeflohhalsbändern.«

»Und damit willst du was genau sagen?«

»Damit will ich sagen, dass es nicht an mir ist, Leuten vorzuschreiben, was sie mit ihrem Leben machen sollen.«

»Aber vielleicht ja mit deinem eigenen?«

»Ich sagte ja schon: Dosenöffner, warum auch nicht.«

»Dann weißt du also noch nicht, was du tun wirst? Wäscheständer gibt's da übrigens an jeder Ecke.«

»Ich sag's mal so: Schauen wir mal. Sieht man dann. Kommt noch. Das ergibt sich.«

Tag 6

Meine Hände haben Schnitte von den Kartons. Das ganze Haus riecht nach Staub und Pappe. Ich arbeite wie in Trance. Will nur noch fertig werden. Mir scheint, als würden zwar die Kisten mehr, aber die Dinge, die ich noch verpacken muss, nicht weniger werden. Bin den ganzen Tag nicht hinausgegangen. Einziger Kontakt zur Außenwelt heute war die Katze, die im Vorbeischleichen durch die Gittertüre in die Küche geschaut hat. Früher blieb sie dort immer stehen und maunzte. Sie hatte nicht vergessen, dass es an den

Küchentüren, an denen sie bisher bettelte, immer etwas zu fressen gab, obwohl ich die Katzenfütterung längst Higgins und seinen Kollegen im Wachhäuschen übertragen hatte. Nach einigen Wochen wurde das Gewohnheits-Maunzen an der Küchentüre weniger, jetzt lässt sie es ganz sein und legt sich vorsichtshalber immer neben den Plastikstuhl, auf dem der Wächter sitzt.

Einen kleinen Becher voll solle die Katze täglich bekommen, hatte ich dem Wächter eingeschärft, ganz egal, wie viel sie jammerte. Die Zweikilopackung Katzenfutter sollte so für einen Monat reichen. Als wir einmal länger Urlaub machten und nach vier Wochen wieder nach Hause kamen, war die Katze rund wie ein Fußball. Der Nachtwächter hatte ein zu weiches Herz und das Futterschälchen beim kleinsten Wimmern immer randvoll aufgefüllt. Als die Packung mit dem Futter nach zwei Wochen leer gefressen war, liehen sich die Wächter in ihrer Fürsorge zwei weitere Kilo bei unserer Nachbarin Helga. Ich setzte die Katze auf Diät und bekam ihre Rache bald zu spüren. Wenn ich jetzt mit dem Auto nach Hause kam, setzte sie sich immer direkt auf den Platz unter der Pergola und blieb dort sitzen, da konnte ich noch so sehr hupen, aus dem Fenster nach ihr rufen oder den Motor aufheulen lassen.

Helga hat gesagt, sie würde sich um die Katze kümmern, wenn wir wieder in Deutschland sind. Das müssen wir jetzt nur noch der Katze beibringen.

Tag 7

Endspurt. Heute kommt Johanna wieder. Ich will unbedingt vorher fertig werden. Während ich im Akkord die letzten Kisten fülle und Kartons bastle, die wie zeitgenössische Pappskulpturen aussehen, frage ich mich: Warum das alles?

Die Frage drängt sich mir noch mehr auf, als ich beginne, die Lampen abzuhängen, Haken aus der Holzdecke und Schrauben aus den Wänden zu drehen und die Löcher mit Spachtelmasse zu verschließen.

Später ziehe ich mit einem Ratschen die Rolle mit dem Klebeband über einen Karton. Dann schreibe ich mit zitternder Hand eine Nummer auf Seite neun der Packliste. Ich bin fertig!

Als ich mich später an diesem Tag zum dritten Mal dusche und Schmutz und Staub zu meinen Füßen in den Ausguss strudeln, zieht mein Leben der vergangenen Jahre vor meinem inneren Auge vorbei. Ich erinnere mich, dass ich eintausend Mal morgens Kaffee gemacht und mich autodidaktisch zum Klempner weitergebildet habe. Ich lernte Französisch, destillierte Mango-Obstler und adoptierte eine Katze. Stritt mit korrupten Polizisten, suchte einen Wäscheständer und sprach im Schein eines Laptops mit einem Gecko. Vergaß meinen Namen beim Geburtstag der Queen und erfand einen Gott namens Zebmaya. Scheiterte an einer ghanaischen Haushälterin, traf einen Masai-Krieger, der keiner war. Jagte monatelang Gebrauchtwagen nach und fand ein goldfarbenes Schrottmobil. Geriet mit einem polygamen Grenzbeamten aneinander und rettete einen greisen Termitenjäger vor dem Verdursten. Sah Elefanten durch einen Fluss schwimmen, verjagte einen Affen mit Paintball-Kugeln und fürchtete mich jahrelang vor Tropenkrankheiten, die ich dann doch nie bekam. Packte hunderte Kisten und Kartons und fand noch die Zeit, Kartoffelsalat zu machen, der, wenn man es ernst meint, mindestens eine Nacht lang durchziehen muss.

Ich trete aus der Dusche, binde mir ein Handtuch um den Bauch und gehe tropfend durchs Haus.

»Bin ich eigentlich irre?«, sage ich zu den Umzugskartons.

»Dafür muss man nicht irre sein«, antworte ich mir.

»Was denn dann?«

»Das wirst du gleich sehen.«

Am frühen Abend hupt ein Auto vor dem Tor. Ich stürze zur Türe hinaus und renne die Treppen hinauf. Higgins ist schon dabei, das Tor zu öffnen. Durch den Spalt sehe ich, wie Johanna aus einem Taxi steigt. Ich nehme ihr den Koffer ab, greife ihre Hand und ziehe sie ins Haus, dann durchs Wohnzimmer, vorbei an einem Meer von Umzugskisten nach draußen auf die Terrasse. Auf dem Campingtisch stehen Bratwürstchen, Kartoffelsalat und Pumpernickel bereit. Kein Affe weit und breit. Es dämmert, die weißen Ibisse fliegen wie jeden Abend kreischend über unser Haus. Ich deute auf einen der Campingstühle. Sie setzt sich, erzählt vom Flug, vom Wetter in Deutschland und dass sie sich kaum vorstellen kann, dort bald wieder zu leben.

Ich warte auf einen ganz bestimmten Moment, dann sage ich: »Willst du mich heiraten?«

Ihr Gehirn hat wahrscheinlich schon in den Feierabend-Modus geschaltet. Sie rechnet nicht mehr mit dramatischen Neuigkeiten. Auch der Pumpernickel, auf dem sie gerade herumkaut, lenkt sie ab.

»Was hast du noch mal gesagt?«, fragt sie.

»Ich habe gefragt, ob du mich heiraten willst.«

Johanna schaut mich lange an und sagt:

»Afrika hat aus dir einen mutigen Mann gemacht.«